眠狂四郎虚無日誌　上

柴田錬三郎

集英社文庫

目次

眠狂四郎虚無日誌　上巻

少年必死

一

空いちめんを厚く掩《おお》うた雲の上に、遠雷があった。この雲は、もう二日間も江戸の空を動かず、時折り、思い出したように、雨をおとしているのであった。

蒸した湿気が肌にまとわりつく、いやな宵であった。

家路をいそぐあわただしい人影の中を、ゆっくりとした足どりで、駒形《こまがた》堂の前を過ぎた黒の着流し姿が、諏訪《すわ》町の角の蕎麦《そば》屋の前に来た。

「二八蕎麦」の行燈《あんどん》に灯が入って居《お》り、そのあかりの中に入った顔は、相変らず、冷たく暗いものだった。

土竈《どがま》の前にしゃがんでいたあるじの松次郎《まつじろう》が、紺暖簾《こんのれん》をはねて、入って来たその姿をみとめて、

「旦那！」

と、顔面を、ほころばせた。

「きっと、寄って頂けるものと思って居りましたが、……ちょうど、二年お待ちしました」

松次郎というこの男は、以前は旅の薬売りであった。その頃、当所《あてど》なく道をひろう眠狂四郎に、自分から願って連れになり、狂四郎に襲いかかる敵に、まきぞえをくって、あやうく斬られそうになったことも、一度や二度ではなかった。

薬売りをきりあげて、ここに蕎麦屋をひらいたのが二年前で、毎日、狂四郎の現われるのを待っていた、といっても誇張ではなかった。松次郎は、虚無の翳《かげ》の深い、この異相の持主に、惚《ほ》れていたのである。

胸をはずませて、なつかしさを示す松次郎に対して、狂四郎は、無表情のまま、なにも応えず、床几《しょうぎ》に腰を下ろした。その冷たい態度が、松次郎には、また、なつかしいものであった。

鯛《たい》のあらいに山葵《わさび》を利かして、摘《つま》みを二品ばかり添えて、はこんで来た松次郎は、

「てまえの手打ちが、お気に召しますかどうか――」

と、云《い》った。

狂四郎は、ようやく、口をひらいた。

「外処者《よそ》が、江戸のまん中で、蕎麦屋をひらけば、いろいろケチをつけられるであろう」

「それアもう、江戸趣味というのは、面倒なものでございますね。鰻《うなぎ》屋の古漬、寿司《すし》屋の番茶、蕎麦屋のしたじ、ぐらいは存じて居りましたが、いざ店をひらいてみますと、粋な江戸っ子衆の口は、まことにうるさいものでございます。……一本つけてくれ、といわれて、燗《かん》をしようといたしますと、べらぼうめ、蕎麦屋で、一本つけろ、というのは、まず、もりすってからだ、と呶鳴《どな》られました。その一本が空になった頃を見はからって、天ぷらを出すというしきたりも、こちらは一向に存じませんでした。……利休頭巾をかぶった御仁などが、おいでになると、どんなことを云われるか、ひやひやしなければなりませぬ。こういう御仁は、ちゃんと割箸《わりばし》をご持参で、拝見いたしますと、ご自分の紋所がうってある凝り様でございます」

狂四郎は、薄ら笑って、

「江戸っ子の通など、あてにはならぬ、通ぶった奴《やつ》は、ざるしか食わぬが、汁の出し加減が大切なら、まことの味は、かけにあろう。どうでもよいことに、目の色を変えるのが、どうやら、通という奴らしい」

その時――。

いままで、降り惜しんで、ためていたらしい黒雲が、一挙に凄《すさ》まじい勢いで、落して来た。

稲妻が走り、雷が頭上でとどろいた。

松次郎は、行燈の灯が風で吹き消されたので、店さきへ出て来て、そこに立った小さな人影をみとめた。

前髪立ちの、熨斗目《のしめ》に袴《はかま》をつけた、一瞥《いちべつ》にして、旗本も大身《たいしん》の子弟と知れる少年であった。

驟雨《しゆうう》の中を奔《はし》って来て、ずぶ濡《ぬ》れて雨やどりしたのであった。

「これアひどい。なかへお入りなさいまし。まだしばらくは、止《や》みますまいから、そのあいだ、竈《かまど》の前で、かわかしてお行きなさいまし」

松次郎にすすめられて、少年は、ちょっとためらっていたが、店へ入って来た。

まだ十歳あまりの、眉目の明瞭な、いかにも氏素姓《うじすじよう》の正しげな容子《ようす》であった。

狂四郎をみとめると、作法を心得た一揖《いちゆう》をしてから、土竈の前へ、寄った。

松次郎が、手拭いで拭いてやろうとすると、少年は、かぶりを振って、

「かもうてくれなくてもよい」

と、ことわった。

その顔には、少年のものとは思われぬ暗い表情があったので、態度を一層大人びたものにみせていた。

「熱い麦湯でもさしあげましょうかな」

松次郎が、云うと、少年は、これも、きっぱりとことわってから、

「これから麻布《あざぶ》の本村町へ参りたい。方角を教えてもらいたい」

と、云った。

二

松次郎は、けげんな面持になって、少年を見なおした。

旗本大身の、まだ元服前の子弟が、たった一人で、夜道を遠くまで歩くには、よくよくの事情がある、と解釈してよいことだった。

「ここから、麻布まで、お一人でお行きなさる、と申されますので——？」

「どう参ればよい？」

「ご無理でございますよ」

「方角を教えてもらえば、行く」

「駕籠《かご》をやとってさしあげましょう」

「金を持たぬ。歩いて行く」

「いえ、おたてかえいたしましょう」

「町人に、金をたてかえてもろうては、恥になる」

「貴方《あなた》様が、元服なされてから、お支払い下されればよろしゅうございます。雨やどりなされたのも、なにかのご縁でございますよ。……夜道をお歩きなされて、もし万一、途中で、難儀な目にお遭いなされると、ご両親様に嘆きをおかけなさいます」

「………」

少年は、唇を嚙《か》みしめて、俯向《うつむ》いた。

狂四郎は、少年の小さな心にはあまりに重い苦しみに堪えているらしい様子を、眺《なが》め乍ら、不幸で孤独であったおのれの少年時代を、思い出していた。

「お屋敷が麻布にございますので――？」

松次郎の問いに、少年は、俯向いたまま、かぶりを振り、

「祖父の隠居所が、ある」

と、こたえた。

「ご両親様は、貴方様が、そちらへ行こうとなされているのを、ご存じではないのでございましょう？」

「………」

「お屋敷は、どちらでございます？」

「本所北割下水《ほんじよきたわりげすい》」

「どうでございましょうな。今宵のところは、いったん、お家へおもどりなされては……。てまえが、お送り申し上げましょう」

少年は、必死に怺《こら》えていたが、ついに、泪《なみだ》を頰につたわせた。

「お祖父《じい》様に、おたのみしなければならぬのじゃ。……家を滅ぼしとうは、ない！」

思わず、口から出た自分の悲痛な言葉に、少年は、はっと、われにかえって、狼狽《ろうばい》の色を示した。

松次郎は、きかぬふりをして、小止みになった雨の中へ、駕籠をさがしに、出て行った。

あとには、沈黙が来た。

少年は、狂四郎の横顔へ、視線をあてて、しばらく、ためらっていたが、

「ご浪人——」

と、呼びかけた。

「………」

狂四郎が、視《み》かえすと、少年は、頭を下げ、

「いまのわたくしの言葉を、きかなかったことにして下され」

「………」

「おねがい申す」

「物事をたのむなら、姓名を名のるのが、礼儀だろう」

狂四郎は、冷やかに、云った。

「は、はい——」

少年は、小さな肩を、喘《あえ》がせた。

「名のれ！」

狂四郎は、鋭く、促した。

「旗本大番組頭《おおばんぐみがしら》……長岡采女正重武《ながおかうねめのしょうしげたけ》——一子、守一《もりかず》……と申す」

狂四郎は、少年に名のらせておいて、視線をおもてへ向けた。

「雨があがったな」

少年は、必死に、狂四郎を瞶《みつ》めている。

狂四郎が、視線を少年にもどして、何か云おうとしかけた時、職人ていの男たちが三人ばかり、がやがやしゃべりたて乍ら、どやどやと入って来たので、口をつぐむことになった。

程なく、松次郎が、駕籠を連れて、もどって来た。

「さ——、お乗りなさいまし」

松次郎にすすめられると、少年は、

「ご厚意のほど、忘れ申さぬ」

と、礼をのべ、狂四郎にも鄭重《ていちょう》に頭を下げておいて、店を出て行った。

見送った職人たちは、

「えれえものだのう。おめえの餓鬼《がき》とは、臍《へそ》の穴まで出来がちがってらあ。ご厚意のほど、忘れ申さぬ、か。おめえの餓鬼と来たら、饅頭《まんじゆう》やろう、とさし出したら、黙って、ひったくりやがる」

「てめえが、おれから一両借りて、三年越し返さねえのを伜《せがれ》は知っていて、利息のつもりで、取っているんだ」

「へっ、置きやがれ。あの一両は、おめえが、伊勢屋の嬶《かかあ》と――あわわのわ、の口止め料に、むりやり押しつけて来やがった金だぞ」

「しっ！　しっ！」

「しっしっ、しったか見たかで、うろたえて、頭かくして尻かくさずだあ。あの時、てめえは、大層きたねえふんどしをしていやがったのう」

「へへ、そねめそねめ。知れてみたさと隠してみたさ、忍んだ当座の心もち、って――こんな気分を、一度知らせてやりてえや」

狂四郎が、すっと腰を上げた。とたんに、職人たちは、怯《おび》えたように、口をつぐんだ。

松次郎が、あわてて、

「もう、お行きなさいますので――？」

なごり惜しそうに、見やった。

「たのまれもせぬのに、行先がひとつできた」

「へえ――？」

「旗本が一軒、どういう滅びかたをするか、それを見とどけて来る」

三

五千石以上――と、驟雨とともに千切れた雲のあいだから照らす月光で、その屋敷の構えを、狂四郎は、看《み》てとった。

長屋門が、はるか彼方《かなた》までつづいて居り、張り出したいくつもの窓には、いずれも灯があった。

――格式通りに家来の頭数をそろえているところをみると、知行所に豊かな産物があるということだろう。

あの少年が、これほどの大身の子息であったとは、思わなかったことである。

尤《もっと》も、これほどの大身だから、かえって、少年は、こっそり、屋敷から抜け出すことができた、とも考えられる。数千石ともなれば、表と奥は厳然と区別され、主人が出る玄関と、夫人や子供の出る玄関が別になっているし、表の家来たちには、奥のことは一切判《わか》らぬくらしぶりなのであった。

いくばくかの後、狂四郎は、邸内の深い木立の中に立っていた。

彼方にくろぐろと浮きあがった建物は、大名屋敷のそれに準じているため、どれが表で、どこから奥になるか、狂四郎の目には、はっきりしていた。

木立の中から、歩み出ようとして、狂四郎の心中に、ふっと、ひとつの予感が起った。あの建物の中へ踏み込むと、なにか、ひどく重い荷を背負わされることになる。そんな不吉な予感であった。

この男の感覚は、未来に待つ不幸な事柄に対しては、きわめて正確な働きをするようにつくられていた。これまで、それは、はずれたことがなかった。

にも拘《かかわ》らず、予感が起った時、一度も踵《きびす》をまわしたことがないのも、この男らしい生きかたなのであった。

奥の建物の廊下の闇の中に立った狂四郎は、はたして、おのれの予感たがわず、屋内になにかがあるのを、感じた。

無人の家のごとく、森《しん》としずまりかえっているのであった。まだ、物音の絶える時刻ではなかった。むしろ、あちらこちらに、灯があって、人声や物音がひびいているべき時刻であった。

この静寂は、異常であった。片はずしの女中たちは、多勢いるのだ、それが、息をひそめているのだ。

跫音《あしおと》を消して、歩き乍ら、狂四郎は、各部屋で、息をひそめている気配を察知した。

突然――。

静寂を破る悲鳴が、ずっと奥から、つらぬいて来た。

しかし、どの部屋からも、女中が廊下へとび出しては来なかった。

――奥の部屋で、何事が起っているか、女中たちは、先刻承知ということだな。つまり、毎晩それは、起っている。

この屋敷のあるじの部屋で、くりひろげられている光景は、流石《さすが》の狂四郎が、いまだ曾《かつ》て接したことのない、意外な、陰惨きわまるものであった。

部屋いっぱいに、剝ぎとられた女の衣裳《いしょう》、帯、下着が散乱していた。

はだかにされているのが、奥方であることは、髪かたちで明白であった。

剝ぎとっている人物は、その面貌を、あの少年にそのまま生写させていた。

狂暴な発作を起している狂人ではないか、と疑われる振舞いであった。

裸にひき剝《む》かれ乍ら、すこしも抵抗しようとせぬおのが妻から、みじんの容赦もなく、腰に巻いた二布《ゆもじ》も、ひきむしった旗本は、床の間に飾ってある甲冑《かっちゅう》を、音たてて、摑《つか》みとると、

「さあ、志津！　着けい！　長岡家の始祖采女正重正様が、幾多の戦場を駆《は》せ巡って、おのが血汐《ちしお》と敵の血汐で染められた家宝だぞ。六千石をものされた鎧《よろい》と冑《かぶと》だぞ。……どれほど重いか、着けろ！」

と、喚《わめ》きたてた。

「お、おゆるしを――」

一糸まとわぬ素裸の奥方は、畳へひれ伏した。

「許さぬ！」

旗本は、その頭髪をひっ摑むと、「立てい！」と、ひきずりあげておいて、まず、萌《もえ》葱威《ぎおどし》の鎧の中へ、白いふくよかな胸を押し込んでおいて、冑の鍬形《くわがた》を双手《もろて》摑みにして、その頭へたたきつけるように、かぶせた。

「ははは……、どうだ！　重いか！　重かろう。……長岡家十三代の重みだぞ。ははは――ずしりとこたえるこの重みが、長岡家の武門の誉れを示して居るのだ。充分に、あじわえ！　この重みゆえに、わしは、おのれの妻を犯されても、じっとあまんじなければならぬのだ。……志津！　わかったか！　どれほど、重いか、わかったか！」

怒号しざま、旗本は、萌葱威を蹴った。

奥方は、悲鳴をあげて、のけぞった。

旗本は、倒れた妻に、のしかかるようにして、双の股《もも》を摑んで、ひき裂くように、下肢を一杯に、押しひろげさせた。

草摺《くさずり》の蔭《かげ》に、あらわになった恥部を、かっと睨《にら》みつけた旗本は、

「ここか！　ここが、上様の寵《ちよう》を蒙《こうむ》ったか！……さあ、申せ！　上様は、どのようにして、ここを、愛撫《あいぶ》されたぞ？　指を使われたか？　それとも、口でか？……申せ！　申

さぬか!」

叫びざま、顔を押しつけて、むさぼりついた。

四

奥方は、もはや、悲鳴も呻《うめ》きもたてなかった。

むさぼられるままに、死んだように微動もしなかったが、やがて、良人《おっと》が股間から顔を擡《もた》げた時、かぼそい声音で、

「ご成敗を——」

と、云った。

「殺してくれ、と申すのか! よ、よし!」

旗本は、よろめき立つと、長押《なげし》の槍《やり》を摑みとった。

奥方は、兜《かぶと》をはずして、起き上ると、良人を仰いだ。その双眸《そうぼう》には、微《かす》かではあるが、良人——というよりも、男そのものに対するさげすみの色が湛《たた》えられていた。

旗本は、そのさげすみの色をみとめた。もし、妻の顔に、悲運にあまんじた哀《かな》しい表情だけがあったならば、穂先を擬しただけで、実際に突きはしなかったに相違ない。

そのさげすみの色が、旗本を、逆上させた。

殺すことは許されぬ妻であった。もし殺せば、おのれは切腹し、長岡家は改易になる

ことは、明白であった。

しかし、もはや、この生地獄の苦悩には、旗本は、堪えられなかった。

長岡采女正重武は、殺意を総身にみなぎりわたらせると、槍をひとしごきした。

「よいか、志津！」

「………」

覚悟をさだめた奥方は、眉宇も動かさなかった。萌葱威をはめられた胸をまっすぐに立てて、待った。

「えいっ！」

穂先を突き出すのと、狂四郎がとび込みざま、その柄《つか》を中ばから両断するのが、同時であった。

狂四郎自身、予想もせぬことが、次の瞬間に起った。

はねとんだ穂先の方が、弧を描いたとみるや、采女正の咽喉《のど》めがけて、生きもののように翔《か》けて、ぐさと突き刺さったのである。

――しまった！

狂四郎は、仰のけに倒れた采女正が、一瞬裡《り》に、双眼をひき剝いたなり、事切れたのを、みとめた。

――やむを得ぬ。

狂四郎は、足もとに拡《ひろ》がっている衣裳をひろって、奥方へ投げてやっておいて、

「差し出がましいことをした。ゆるされい」

詫《わ》びておいて、廊下へ出ようとした。

とたん——。

狂四郎自身、ぎょっとなった。

そこに、少年が、立っていたのである。

目も唇も凍《い》てついたようにこわばらせて、眸子《ひとみ》のみを異様に光らせ乍ら、少年は、狂四郎を、睨みつけていた。

祖父の家へ行かずに、ひきかえして来たに相違ない。

狂四郎は、口にすべき言葉を、知らなかった。

この男の胸が、はじめて、名状しがたい負い目で疼《うず》いたのである。

重苦しい沈黙が、しばし、そこを占めた。

さきに、口をひらいたのは、少年の方であった。

「姓名を——」

「眠狂四郎、とおぼえておかれい。……父上の仇《あだ》を討ちたければ、どれほどの助太刀をたのまれてもよい」

云いおいて、歩き出そうとすると、少年が、

「待たれい！」

と、とどめた。

振りかえった狂四郎は、少年の眸子から放たれるかわいた光を、まぶしいものに受けとめた。

「母上を、つれて行って下され」

少年は、云った。

「…………」

「母上が、ここに残されれば、死なねばなりませぬ。母上を、死なせとうはない。つれて行って下され」

襲撃

一

「さっても、時はいつなんめり、天延四年春なかば、渡辺綱《わたなべのつな》は上意にて、さしかかったる一条堀川戻橋――」

立川談亭《たてかわだんてい》は、高座で、張り扇で読み台を叩《たた》いておいて、夏羽織を脱ぎすて、

「月もおぼろの七つ刻《どき》、アレ鐘が鳴る、犬が啼《な》く、いま鳴る鐘は、初夜の鐘――。渡辺綱は、足停めて、小手をかざして、はてこは如何《いか》に、そこにたたずむ女人の影は、人目を忍ぶ紅梅打着《うちぎ》、伴もつれずに、しょんぼりと、待っていたかと、手と手をからめ――アレ主《ぬし》さま、雨が、と見交わす顔を蛇目《じゃのめ》にかくし、濡れぬようにと濡れに行く。いい風情だねえ。左褄《ひだりづま》を、こう、取って、明石《あかし》からほのぼのと透く緋縮緬《ひぢりめん》――湯もじの蔭から白い脛《はぎ》が、ちらりとのぞいてのう」

「師匠、思い出させやがるねえ。三年前に、あの娘《こ》と首尾した大川端――」

客の一人が、舌なめずりすると、隣りの客が、

「こいつ、よだればかりか、洟水《はなみず》まで、たらしやがって――きたねえや」

「昨日から風邪で、鬼の霍乱《かくらん》だあ」

「鬼か。ちげえねえ。おめえら夫婦を、世間で何と云っているか、知っているか。鬼千《せん》振《ぶり》に醜女《しこめ》に辛子。ついでに、おれの借金をまけたら、鬼の目に泪だぜ」

「えっへん、おっほん――渡辺綱におかせられましては、女人の身にて、夜道を一人ひろうのは、さてこそ、宇治橋に棲《す》む鬼女ならめ、おのれ憎っくき奴、ひっ捕えて、鬼がら焼きになしくれんと、件《くだん》の女房をかき抱き、都大路をまっしぐら――」

談亭は、ピシリピシリと読み台を叩いて、

「……はやさしかかる五条坂、とたんに、美女は夜叉《やしゃ》となり、にょっきり生やした角一本。襟くび摑んで、ぐいと引きゃ、烏帽子《えぼし》の紐《ひも》と女房のふんどし、ぐいぐい、ぐいと食い込むばかり――」

「うめえぞ。しかし、師匠、どうして女子《おなご》ばかりが、化けやがるんだい？」

「それ、依《よ》って来る所以《ゆえん》のものは、嫉妬であるな。嫉妬の烈《はげ》しいことを、妬悍《とかん》と申し、妬悍の女房を、臙脂虎《えんじこ》という。紅をつけた虎という意味じゃ。本邦では、蛇となり鬼となる。これが女子の特権でな、焼餅とかき餅は焼くがよい、こっちは浮気で出来心、もてるが道理、金があって色男――これを鬼に金棒と申してな。綱は強者《つわもの》、宙吊りなんぞ河童《かっぱ》の屁《へ》、源頼光《みなもとのよりみつ》拝領の鬚切丸《ひげきりまる》の宝剣をば、電光石火、燕返《つばめがえ》しの手練の迅業《はやわざ》、目にも止らず一閃《せん》すれば、見事に斬った鬼女の腕――」

この折、楽屋口から、談亭に、合図があった。

「……斬り取ったる鬼の腕をば、持ちかえって、焼いて食ったか、糠《ぬか》に漬けたか――そのくだりは、また明晩のお愉《たの》しみ――」

談亭は、きりあげて、楽屋へ降りて来た。

客は、眠狂四郎であった。

「今朝、茶柱が立ったので、たぶん今日あたりは、と――」

談亭が笑い乍ら、さし向って坐《すわ》ると、狂四郎は、

「たのみがある」

「待ってました。千里の馬、伯楽を待つこと久し。なんでげす？」

「女を一人、預かってもらいたい」

「女？　さては、眠狂四郎、またぞろ市に禍《わざわい》を買い、美女をひろうて大弱り――というところですかね」

「そんなところだ」

「合点承知！　美人と骨董《こっとう》は、いったん預かったからにゃ、金輪際、返さねえのが、立川談亭の建て前でござる」

談亭は、しかし、裏口から出てみて、そこに佇《たたず》むお高祖頭巾《こそずきん》の女を一瞥するや、

「おっ！　こりゃ——芸妓でもないのに、棲をとるとは、はて面妖な……先生、これは、旗本の奥方じゃありませんか？」

と、ささやいた。

「六千石布衣《ほい》の妻女だ。亭主は、おれが、昨夜、殺した」

談亭は、首をすくめた。

「天の将《まさ》に之《これ》を与えんとするや、必ずまず之を苦しむ——美保代様の時がそうだったが、こんども、どうやら拙の観《み》るところ、ただではすみそうもありませんぜ」

狂四郎は、女に寄ると、

「この講釈師が、そなたを預かってくれる」

と、告げた。

旗本大番組頭長岡采女正重武の妻志津は、黙って、ふかぶかと、談亭に、頭を下げた。

「たのむ」

狂四郎は、はなれて行こうとした。

「先生——、冗談じゃありませんよ。ご自身で、おつれになって下さらなくちゃ——」

談亭が、あわてて、たのんだ。

「情婦《いろ》にしたわけではない」

返辞は、にべもないものだった。

その後姿を見送る志津の眸子には、冷たくかわいた光があった。

二

半刻（一時間）後——。

狂四郎は、内桜田の老中・水野越前守忠邦《えちぜんのかみただくに》邸表長屋の側用人《そばようにん》宅の書院で、腕を組んでいた。

この書院に、こちらが進んで訪れて、坐ったことは、殆《ほとん》どなかった。常に、武部老人から、呼ばれて、やって来ていた。そして、その依頼は、例外なく、この眠狂四郎を、死地におもむかせる仕事であった。

とうてい生きて還《かえ》れぬ、と思われる仕事を、小猫か何かを殺して来てもらいたい、といったぬけぬけした口調で、老人はたのむのであった。

老人はすでに古稀《こき》を越えているので、娑婆《しゃば》をふさいでいる歳月も、さほど長くはないと思われる。しかし、もし老人が逝ったならば、こちらの寂寥《せきりょう》感は、名状しがたいものがあろう。

遠くから、咳《せき》の音がひびいて来た。

入って来た武部仙十郎《たけべせんじゅうろう》は、

「珍しいの」

と、云った。呼びもせぬのに、やって来たことを云ったのである。

「西の丸殿は、今年何歳になられたか、うかがいたい」

「本年四十歳になられるが……」

武部仙十郎は、唐突な狂四郎の質問に怪訝《けげん》の面持でこたえた。

十一代将軍家斉《いえなり》は、六十歳を越え乍らも、なお、西の丸に住む世子家慶《いえよし》に、征夷《せいい》大将軍の職を、ゆずろうとせずにいるのであった。

「もうそろそろ、内大臣（家慶）に、公方《くぼう》の座をゆずらねばならぬの」

家斉が、そう口にしてから、すでに数年経《た》っていた。

晩年を迎えるにつれて、その驕奢《きょうしゃ》ぶりが、惰性になっていたので、家斉は、家慶に本丸を明け渡すことに、ひそかなおそれをおぼえていたのである。

すでに、その驕奢ぶりは、庶民の間の取沙汰になっていた。たとえば、江戸城内の賄《まかない》をみても、雉子《きじ》橋門内の御搗家《おつきや》という御用屋敷では、菓子を製《つく》るために、一日に白砂糖千斤《きん》も使っていた。

御膳番に新任した旗本が、これを知って、あきれはて、「砂糖を一日千斤費やせば、一年に積って三十数万斤に相成り、あまりに、これは仰山にすぎる。いったい、どうして、千斤も費やさねばならぬのか？」と、御膳所の役人たちに、立合せて、見分することにした。

立合ってみると――。

半切桶《はんぎりおけ》に、砂糖三百斤を入れると、水をたくさんそそいで、白木の棒で、かきまわし、

「砂がまじりすぎる」

と云って、ひっくりかえし、さらに新しい三百斤を入れて、かきまわすというありさまであった。これでは、千斤が二千斤あっても、足りない道理であった。

御膳番は、あいた口がふさがらなかった、という。

こうした驕奢に馴《な》れてしまった身が、一朝一夕に、質素倹約ができるものではなく、家斉は、世子に、その職をゆずるのを、一日のばしにしていたのである。

「西の丸様のおん齢《とし》を、きいて、どうだと申すのかな？」

老人は、じっと、狂四郎を見まもった。

狂四郎は、薄ら笑って、

「四十くらがり、四十腕――不惑を迎えて、その行状が突如として狂ったものになるとは、どういうことか、ご老人には、お判りか？」

「………」

老人は、黙って、痛風の膝を、さすった。

「西の丸殿が、大番組頭長岡采女正の妻女を犯した、という事実を、ご老人は、ご存じか？　いや、知らぬととぼけるのは、もうおそい」

「………」

老人は、むすっと、口をつぐんだまま、狂四郎を、見かえしている。

「長岡采女正は、どうやら小心者とみえて、そのために日夜懊悩《おうのう》して、犯された妻を、責めさいなんだ果てに、素裸にひき剝いて、家重代の大鎧をつけさせ、槍で突き殺そうとした……」

「お主が、その場に、入った、というのかの？」

「わたしが、槍を両断すると、穂先があやまって、采女正の咽喉を刺した」

「ほう！」

老人は、眉宇をひそめた。

「他人のことに、かかずらうことのきらいなお主が、どうして、また――？」

「父母の陰惨な状態を救おうとして、祖父の隠居所へ、一人で趨《はし》ろうとした采女正の息子に、行き会うたと思われい。まだ元服前の少年の必死な振舞いが、つい、この足を、長岡家へはこばせた」

「で――采女正が、相果ててから、お主、どうしたな？」

「その妻女をつれて、屋敷を出た」

「なに!?」

「少年が、戻って来て、父の斃《たお》れるさまを目撃して、けなげにも、母の生命《いのち》を救うほぞ、をかためて、わたしに、その身柄を預けたのだ」

「ふむ！」

老人は、膝を撫《な》でていた双の掌《て》を、皺《しわ》の深い頬へあてて、視線を畳に落した。この狡《こう》智《ち》な側用人が、困惑のていを、狂四郎に示したのは、はじめてのことだった。

「わたしは、西の丸殿は、親爺《おやじ》殿とちがって、その人となりは信頼の置ける御仁だ、と思っていたが……」

「うむ、たしかにのう――」

家慶が、父の驕奢放縦のくらしを、心よからず思っていることは、水野忠邦が西の丸老中であった頃から、はっきりと口にしているのを、武部仙十郎も主人からきかされていた。

「不惑を迎えて、逆に、血迷ったとは、どういうことか、ご老人に判断して頂こう」

「判らぬの、わしにも――」

老人は、こたえた。とぼけているのではなく、たしかに判断に苦しんでいることを、その態度にかくしていなかった。

「判らぬでは、すまされぬことだ」

「左様、判らぬでは、すまされぬ」

「親爺殿が、いつまで経っても、本丸をあけ渡してくれぬので、不服と焦躁が昂《こう》じて、狂躁を生んだか――」

「まさか、の。……しかし、人が変られたことは、みとめる。今年春、京へ上られた。上様が左大臣に、ご自身が内大臣になられたお礼の参内が、のびのびになって居って、やっと今年に入って、上洛《じょうらく》されたのじゃが――、その時をさかいにして、人がお変りなされた」

「………」

「この半年のあいだに、とうてい考えられぬこと、信じ難いことが、その行状に現われて居る」

「どのようなことが――？」

「わしの口からは、申せぬの」

「理由がなくして、血迷う筈《はず》はないと思うが……」

「その理由が――さて、さっぱり、判らぬのじゃな」

老人は、嘆息した。

三

沈黙が、あってから、老人は、再び口をひらくと、

「長岡采女正の変死は、世間には、知れまい。伜が、無事に、遺督を継ぐであろう」

と、云った。

「あの少年が、すでにお目見《めみえ》を済ませているからであろうか?」

「近頃は、元服前に、お目見はせぬならいになって居る」

嗣子たるものは、将軍家に拝謁して、奉公認知をしてもらっていないと、父が急死した場合、家は改易の憂目に遭うのであった。

元和《げんな》の頃——。

肥前大村の領主大村純頼《すみより》が、二十八歳で逝去した際、その子松千代は、わずか二歳であった。もとより、お目見は済んではいなかった。当然、改易処分をまぬがれぬ。

家臣一同は、協議の末、江戸へおもむいて、幕閣の要職にある人々に、嘆願することにし、家老大村彦右衛門《ひこえもん》と富永四郎左衛門《とみながしろうざえもん》が、かわるがわる、松千代を背負うて、江戸へ出た。

両名は、老中邸を巡って、嘆願したが、先例がないという理由で、拒否された。幾度足をはこんでも無駄であった。

そこで、ついに、大村彦右衛門は、切腹を覚悟して、酒井雅楽頭忠世《さかいうたのかみただよ》邸を訪れ、文字通り必死の哀訴をして、断わられるや、かたわらの柱に凭《よ》りかかって、

「お取りあげありまするまでは、ここを動きませぬ」

と、坐り込みの非常手段に訴えた。

坐り込み数日に及んで、酒井忠世も、ついにその誠意に動かされ、前に立って、

「たとえ主家がほろんでも、その方の忠誠のほどは、上様のお耳に入れて、直参にとりたてて頂くよう、とり計らうゆえ、納得いたせ」

と、なだめた。

彦右衛門は、両手をつかえると、

「それがし一身の安泰を考えて、かような嘆願をいたして居るのではありませぬ。鎌倉以来、累世相伝えて、名家と称《うた》われて参りましたる主家を、存続させたいためのお願いをつかまつるのでございます。もし、領地没収されますれば、家臣はもとより、百姓まで、去就を共にいたす覚悟でありますれば、何卒《なにとぞ》相続の儀おとりなしの程を――」

と泪と倶《とも》に、訴えた。

雅楽頭も、その誠忠ぶりに感動して、阿部備中守《びっちゅうのかみ》正次と計って、松千代をお目見させ、所領を安堵《あんど》させた。

時代が下るにつれて、万般の規矩《きく》が整然たるものになればなるほど、例外は認められなくなっていた。

父が変死し、子は稚《おさな》くてまだお目見が済んでいないというのに、どうして改易をまぬがれることができるものであろう。考えられぬことだった。

しかし、武部仙十郎は、こともなげに、存続可能を口にしたのである。

老人は、狂四郎の不審の眼眸《まなざし》に応えて、

「お目付に、佐野勘十郎《かんじゆうろう》という人物が居る。この半年の間に、同役七人を蹴落した利け者で、上司たる若年寄も、この人物には一目置いて居る。……この佐野勘十郎が、西の丸様のご失態を、万事巧みに、隠蔽糊塗《こと》して、世間に知れぬようにはからって居る」

そう告げておいて、手をたたいた。

女中が顔をのぞけると、老人は、筆と紙を命じた。

老人が、紙に記したのは、八人の旗本の名前であった。

「これは――？」

狂四郎が訊《たず》ねると、老人は憮然《ぶぜん》として、

「この半年間の被害者だ。いずれも、被害を蒙って以来、門を閉じて居る。家の中を、のぞいて来てもらおうかの」

と、たのんだ。

そのくせ、老人は、この八人の旗本がどのような被害を蒙ったか、打明けてみせようとはしなかった。

四

あたりが昏《く》れなずんだ時刻、大名小路を出て、道三橋を渡りかかった時、狂四郎は、背後に尾行者があることに、気がついた。

——ただの尾行者ではないようだ。

殺意を持って、すこしずつ距離を縮めて来ている、と直感した。べつに、その殺気を感じた次第ではなかった。これは、無数の敵を持ったこの男の、自身でも説明しようのない、霊気のようなものであった。

狂四郎は、そのまま歩いて、常盤橋《ときわ》御門を出た。

佐久間町河岸にさしかかった時、尾行者は三人になっていた。そして、その距離も、三間余に縮められていた。

不意に——。

狂四郎は、踵をまわした。

まだふところ手のままで、

「お主ら、襲って来るにしては、尾《つ》けて来かたが、長すぎるが、どういうのだ？　こちらが気づくのを待っているような、長い尾行が解せぬ」

と、あびせた。

それに対する応えは、無言裡の抜刀であった。

切先をそろえて、じりじりと詰めて来た。

いずれも、尋常でない腕前を備えていることが、月明りにも、はっきりとみとめられた。

狂四郎が両手をふところから抜き出した時、距離は数歩に迫っていた。

無想正宗の柄《つか》へ、右手をかけた――その刹那。

銃声が、後方で轟然《ごうぜん》と噴いた。

岸の方へ、よろっとよろめいて、片膝を折った狂四郎めがけて、三人の刺客が、宙を截《き》って殺到した。

白刃の唸《うな》りと、肉と骨を断つ音が、連続した。

三人の刺客が、地に伏してから、狂四郎は、やおら、身を起した。

左肩に、烈しい疼きがあった。

敵がたの作戦は、巧妙であったとみとめるべきであった。

こちらが、どのあたりの地点で、踵をまわすか――それまで、計算していたのである。

――刺客を稼業にしている手輩、というよりは、おれを討つ命令を受けて、これだけの作戦を樹《た》てた面々、となると、どうやら、えりぬきの公儀隠密《こうぎおんみつ》と考えられる。

待っていれば、敵の方から正体をあらわして来ることは、これまでの経験が教えてくれる。

狂四郎は、一町ばかり歩いて、辻《つじ》に出ると、自身番屋に入り、

「すまぬが、河岸道に、死体が三つばかり横たわって居る。そのひとつを、かついで来

てもらえぬか」

と、たのんだ。

公儀隠密かどうか、灯の中でたしかめるつもりであった。

番人が若い店番二人をつれて、走って行ったあと、狂四郎は、自身で左肩の傷の手当をした。弾丸《たま》は、さいわい貫通していた。

やがて、駈《は》せ戻って来た番人が、

「旦那、死体なんぞ、どこにも見当りませんが……」

と、云った。

「そうか。それなら、仲間が、かつぎ去ったのであろう」

「どうなすったので――？」

「銃声を、きかなかったか？」

「へえ……？」

「府内に住む者が、銃声などきいたことがないのは、あたりまえであったな」

府内十里四方、発砲厳禁の掟《おきて》であった。

にも拘らず、敵は、それを冒したのである。

それができるのは、公儀隠密以外はないのであった。死体を調べるまでもなかった。

「旦那、そのお怪我《けが》は、鉄砲で撃たれたと仰言《おつしや》るんで……？」

「うむ」

「それじゃ、すぐ、大番屋へ報《しら》せなくっちゃ、いけません」

「その必要はない。駕籠を呼んでくれ」

「だって、旦那——、すておいちゃア……」

「今夜のことは、終ったのだ。当人が申すのだから、まちがいなかろう。明日のことは、明朝からはじまる」

母恋い

一

当時――。

江戸の路上は、物売りの声が、季節を示す風物のひとつになっていた。

荷《にな》い箱を格子にして涼しさを示すところてん屋につづいて、暑気を洗うように、のんびりと語尾を長びかせる金魚売り。

荷箱に糸立筵《いとたてむしろ》の日除《ひよ》けの屋根をつくり、箱のまわりにさまざまの風鈴をつるして、ゆっくりと歩み乍ら、風をさそって涼味の音色をつくる風鈴売りは、夕立のあとなどは、いかにも情緒がゆたかである。

夕餉《ゆうげ》どきになると、豆腐売り、納豆売り、そして一荷《いっか》百文の水売りが、その呼び声を、宵の薄闇にないまぜて、横丁新道を、いろどる。

時刻はずれに、売れのこりの品をかついで、思い出したように、声をあげて行くわびしげな姿も、これに加えなければなるまい。

神田川沿いの左衛門河岸を、青竹の物干竿《ものほしざお》を四五本かついで行く男も、その一人であった。

売れのわるさに肩も足も重いのか、あとからゆっくりと来た駕籠にも、追い越された。

と、みせたのは、実は、こんたんがあってのことだった。

駕籠が、追い越して、四五歩さきに出た——瞬間、左肩に置いた竹竿の一本を、右手に摑んで、大きく宙に弧を描いたとみるや、長槍《ちょうそう》の構えをとった。

他の竹竿が、地べたにころがった時には、すでに、男は、猛然と奔って、駕籠のたれを、貫いていた。ひとしごきの刹那、先端をとばして、穂先を出していたのである。

しかし——。

次の瞬間、竹竿売り男の口からほとばしったのは、

「しまった！」

その一言であった。

狙った者が乗っているとばかり思っていた駕籠の中は、空だったのである。

仕込み槍《やり》を、駕籠から抜き取った男は、背後の気配に、ぱっと身をひるがえして、

「おおっ！」

と、呻きを発した。

狙った者は、いつの間にか、駕籠を抜け出して、うしろを歩いて来ていたのである。

黒の着流しのふところ手姿は、刺客に、皮肉をあびせる前に、駕籠昇《か》きたちへ、声をかけた。

「兄哥《あにい》たち、御苦労だった。それだけの芝居気があれば、明日からでも、中村座の花道を踏むことができよう」

空駕籠を、客を乗せているとみせかけたことを、ほめたのである。

刺客は、屈辱と憤怒《ふんぬ》を、総身にみなぎらせて、じりじりと、肉薄した。

眠狂四郎は、冷たい眼眸を、その身構えに当てて、

「先程、短銃で、おれを撃ったのも、お主か。……どうやら、公儀隠密衆の中でも、もっぱら、卑劣な攻撃方にまわされている、損な役割の御仁らしいな、お主は——」

と、云った。

からかえるような、なまやさしい敵ではないと知っての上で、あびせかける揶揄《やゆ》であった。こちらは、手負うているのであり、その疼痛《とうつう》は、歩行さえを苦しいものにしているのであった。

刺客の五体が、すこしずつ、沈むのを見まもり乍ら、狂四郎は、なお、両手を懐中に置いたままであった。

……無言裡に。

目にもとまらぬ突きが、襲って来た。

同時に、無想正宗が、抜きつけの一閃を、腰から送り出した。

生捉《いけど》ろうとして、峰をかえした抜きつけの業には、手負いの身としては、無理があった。

立っていた地点を、換えたばかりであった。

やむなく、狂四郎は、こちらがその正体を看破していることを告げて、余裕を失わしめることにした。

わざと、白刃をダラリと下げると、

「戻って、お目付佐野勘十郎殿に報告するがよい。小細工を弄した攻撃では、眠狂四郎は討ちとれません、と――」

と、云った。

佐野勘十郎の名を、口にしてみたのは、当推量《あてずっぽう》のカンであった。

刺客の様子に、反応があった。

――そうか、やっぱり！

「それとも、今宵のうちに、討ちとることができなければ、死ね、と命じられているのか」

その言葉に対して、敵は、槍に第二撃を生ませた。

もはや、峰搏《みねう》ちの必要はなかった。

眠狂四郎は、魔の迅さで襲って来た穂先をひっぱずしざま、存分に胴を薙《な》いだ。

神田川へ落ちる水音をきき乍ら、狂四郎は、左肩の傷の痛みに、歯を食いしばった。

二

待っていてくれた駕籠に乗って、浅草鳥越明神裏の、立川談亭の家に着いた時、狂四郎は、かなりの熱が出ているのをおぼえていた。

格子戸を開けて、一歩入ったとたん——。

二階で争う叫びと物音が、降って来た。

はっとなったが、その叫び声が、談亭のものであるのをきいて、

——そうか。

と、合点した。

そういうことも起るかも知れぬ、と予想はしていたのである。

「……止《よ》すんだ、と云ったら、止《や》めて頂きましょう。……ええい、ききわけのない！　死に急ぎと果物の取り急ぎはしないものと……盂蘭盆《うらぼん》だって、ちゃんと、水瓜《すいか》も桃も茄《な》子《す》も、榧《かや》の実も熟してから——、柿だけはまだ青いが、その代り罰があたって、熟れたって、渋があって——そんなことは、ともかく、死に急ぎだけは——」

喋《しゃべ》りたてている談亭の声をきき乍ら、階段をのぼって行った狂四郎は、蚊帳の中でも

み争う影をみとめたが、黙って、出窓の方へまわって、そこへ腰を下ろした。

「おっ！　先生、いいところへ――」

談亭は、ようやくのことで、旗本六千石・大番組頭長岡采女正の妻の手から、懐剣をうばい取って、蚊帳から匍《は》い出して来た。

　手の甲で、額の汗をぬぐいつつ、

「水に投身するのを、魚腹に葬られる、山野に斃死《へいし》するのを、鴉《からす》の腹を肥やす、それから、棺桶の中に入れられるのを、木に就く、といいましたね。こいつで、のどをぶっつりやるのを、なんと云いますかねえ」

「あとは野となれ山となれ、か」

「それだ……いやはや、美人と骨董は、預かるものじゃありませんや。夜もおちおちねむれぬことに相成ったり」

「…………」

「どうしますかねえ。奥方は、思いつめておいでですぜ。どうも、死ぬときめた一念は、しまつが悪い。……命あっての物種、畠《はたけ》あっての芋種なんだが――、なにしろ、一念というやつは、三千の法界を具《そな》えている、というくらいのものですからね、講釈師なんぞの手におえるものじゃありませんや」

「階下《した》に降りてくれてよい」

狂四郎は、云った。

「大丈夫ですかね？」

「もう、お主に、迷惑はかけぬ」

「へえ、それじゃ——？」

談亭は、不安をのこして、降りて行った。

狂四郎は、蚊帳の中に入った。

片隅に、端座して、うなだれている志津へ一瞥をくれておいて、狂四郎は、牀《とこ》の上へ仰臥《ぎょうが》した。

「そなたが自害する前に、こちらから、ひとつ、たのみがある」

狂四郎は、目蓋を閉じて、云った。

「……？」

志津は、顔を擡《あ》げて、狂四郎の寐顔《ねがお》を、視た。その眸子は、依然として、かわいていた。哭《な》くことを忘れた女のようであった。

「死にたくないと思っている男が、こうして、身を横たえている。武家の女房なら、弾丸傷の手当ぐらいは知って居ろう。ついでに、額でも、ひやしてもらおうか」

そう云われて、志津は、はっと、その寐顔を見なおした。

「どこに、お怪我を——？」

狂四郎は、左肩を示した。

自身番屋で、臨時の手当をしただけであり、傷をしばった手拭いは、しぼれるほど血汐に濡れていた。

「ただいま、すぐに！」

志津は、急に別人のようになって、階段を降りて行った。

茶の間で、おちつかずにいた談亭は、姿をみせた志津から、

「眠殿は、手負うておもどりなされて居ります。傷薬と、焼酎と、真新しい晒《さらし》をおねがい申します」

と、云われて、面くらった。

「そいつは、大変だ。すぐ、医者を――」

「いえ、手当は、わたくしがいたします。眠殿は、わたくしにして欲しい、と申されましたゆえ――」

「成程！」

談亭は、大きく頷《うなず》いた。

いっそ、いそいそとした態度で、二階へあがって行く志津を、見送って、談亭は、首を振った。

――自分の傷を手当させて、女に死ぬ気を忘れさせるとは、成程、女心を知らなけり

や、できねえ芸当だ。おそれ入りやした。

柏手《かしわで》でも打ちたい気持であった。

三

志津は、手当を終え、額に濡れた手拭いをあてておいて、枕元に、坐ったものの、不安が起って、

「医師に診て頂いた方が、よろしいかと存じますが……」

と、独語するように、云った。

「死にたくはないが、生きたくて生きている男ではない、と思って頂こう」

狂四郎は、こたえた。

志津は、息をのんで、その彫のふかい、暗い翳の濃い面貌を、瞶めた。

それなり、狂四郎は、口をつぐんだ。熱も高くなっていたのである。

志津は、額の濡れ手拭いを、とりかえるのにいそがしかった。

談亭が、新しい冷水を、桶にはこんで来て、そおっと、首をのばして、蚊帳の中を覗《のぞ》いた。

志津は、こちらの視線にも気づかぬていで、狂四郎の寐顔を、瞶めつづけている。

談亭は、跫音をしのばせて、茶の間に降りて来ると、長火鉢の猫板を、煙管《きせる》の雁首《がんくび》で

たたき乍ら、小声で、

　夕立ちに、すっくり濡れた薄羽織
　かけて乾させる衣紋竹《えもんだけ》、想《おも》いの丈は長くとも
　アレ、着やしゃんせ、この浴衣
　女房きどりであるわいな

と、うたった。


その夜は、談亭も、蚊遣火《かやりび》の中で、うたた寐をして、すごした。

目が覚めてみると、朝陽《あさひ》がさしそめていて、塀の外を、手習いに行く子供たちの話し声がきこえていた。

寐起きはわるい方であったが、今朝だけは、談亭の脳裡は、たちまちにして冴えた。

「はて、と――、さて、と――」

天井を仰いで、

「月はかすみと寐たという、かすみは月と寐ぬという」

と、呟《つぶや》いた。

じっとしていられなくなって、談亭は、立ち上って、もみ手をした。

「はてが、さてとなり、さてが、はてとなり……どうやら人目をつつむ袖、晴れて添う

たら世間の人に、なんとひとことわびずまい、ということに、なりはせぬかと他人の疝《せん》気《き》、と来た」

わざと、跫音たてて、階段をのぼって行った談亭は、

「はい、お早うござりたてまつる」

おどけ乍ら、障子を開けた。

蚊帳は、とりはらわれ、狂四郎の枕元には、志津が依然としてかわらぬ姿を、端座させていた。

「これア、おどろきましたな。昨夜は、おやすみになりませんでしたので――？」

談亭が、眉宇をひそめて、訊ねると、志津は、すこしもやつれをみせぬ顔を向けて、

「熱が、ずっと、ひきませせぬゆえ――」

と、こたえた。

そう云われて、談亭は、狂四郎の寐顔へ視線を移してみた。

高熱に冒された狂四郎を視たのは、談亭も、はじめてであった。この孤独な、虚無の男が、隠して他人にみせなかった人間の弱さが、侘しい色になって、閉じた目蓋や口もとに刷《は》かれているようであった。

「この御仁のことを、うかがわせて下さいましょうか？」

「それはまア、てまえの存じて居りますことなら、お教えいたしますが……」

「昨夜からこうして看護いたし乍ら、どのような素姓の御仁であろうか、ずっと、考えて居りました」

「くわしいことは、御当人も口になさいませぬし、てまえもうかがったことはありませんが、不幸な星の下にお生れになったことは、まちがいございません。……物心ついた時から、たった一人の友達もなく――母上と二人きりで、どこかの寺院の離れで、淋《さび》しくおくらしなすった由でございます。いつか、こういうことを、申されて居りましたが……、十五歳の時、母上がお亡くなりになると、母上のご先祖が豪族として栄華を誇って居られた丘の上に、たったお一人で遺骸をはこばれ、穴を掘って、葬られたそうでございます。……自分で、一人で生きて行こうと決意して、為《な》した最初の行為が、それであった、と申されて居りましたな」

「…………」

志津は、息をのんで、じっと、談亭の言葉に耳を傾けている。

「これまで、かぞえきれぬほどの人命を、あの世へ送られましたし、薄倖《はっこう》な女人に対して、ずいぶん無情な仕打ちもなさいました。こちらが、親しくなって、狎《な》れようとすると、急に、冷たく厳しく、心をぴしゃりと閉じておしまいになります。……哀楽、時を失えば、殃咎《おうきゅう》必ず至る、という言葉が、左伝にございますが、まるで、それを、地で振舞っているようにみせかけているところがございますな。……しかし、心の奥底では、人を愛するということを、人一倍知っておいでてございますよ。愛してその悪を知り、憎みてその善を知る——そういう御仁でございますて」

志津は、その寐顔へ、眸子をもどすと、飛んで来た蠅《はえ》を、団扇で追って、しずかに、風を送った。

談亭が、降りて行くのも気づかぬように、志津は、寐顔へ当てた眸子を、まばたきもさせなかったが、やがて、はじめて、かわいた光が潤み、しずかに、泪がその頬をつたった。

良人の横死に遭《お》うても泣かなかったこの女性《によしよう》が、はじめて、泣く機会を得たようであった。

四

その人物は、鼻下と頤《おとがい》を、無精とみえるむさくるしい髭《ひげ》で掩うているほかは、別にどこといって特長のない、中肉中背の中年男であった。

長岡采女正重武の屋敷に入って、書院に坐ると、

「暑いのう、冷たい麦湯をもらおうか」

と、注文したたし、女中が、それをささげて入って来ると、生れはどこか、ときき、

「ほう、知行所の百姓の娘か。肌がいいのう。抱き心地がよさそうだ。どうじゃ、わし

の屋敷に来ぬか。もっと肌をみがいてやるぞ」

と、云って、高笑いしてみせた。

やがて、采女正の遺児守一が、亡父の伯父である交代寄合の田淵左近《たぶちさこん》にともなわれて、挨拶にあらわれると、

「ふむふむ――、チト小柄じゃが、公年は通るであろう。父采女正重武は、突然の乱心で急死。それから、重武の妻――つまり、お主の母も、急死。よいな。そういうことに相成った。わかったな」

「お言葉をかえしますが、出奔つかまつりました母の儀は、詮議無用にして下さいましょうか？」

守一は、必死の面持で、訊ねた。

「詮議無用にはならぬのう。お主の母は、急死いたしたのじゃ。生きて居られては、困る。死んでもらわねばならん。気の毒だが、やむを得ん」

お目付佐野勘十郎は、こともなげな口調で云ってのけた。

「お看過《みのが》し頂けませぬか？」

「子として、母をたすけたいとねがうのは、当然であろうな。わかるわかる。しかし、そうは参らぬのが、御奉公のつらさでな。我慢せい。……お主の母は、急死したのじゃ。生きている亡霊は、早々に消えてもらわねばならぬ。長岡家存続のためにはのう。官尊

き者は憂い深く、禄《ろく》多き者は責大なりじゃ」

「………」

守一は、俯向いた。

「さ、これで済んだ。長岡家安泰、目出度い。そうではないかな、田淵殿？」

「ご高配のほど、おん礼の申し上げようもござらぬ」

田淵左近は、頭を下げた。

「祝うて、一献汲《く》みたいところだが、あいにく下戸でな」

佐野勘十郎は、立ち上った。

そこへ、いそいで、用人が、三方へ、金をのせて、入って来た。

勘十郎は、三百両はあるその山を眺めて、

「礼か。無理したのう。せっかくだから、すこしもらって行こう」

切餅（二十五両包み）を二つ、無造作に袂《たもと》に入れると、さっさと、書院を出た。

歩き出し乍ら、左近を振りかえって、

「貴公に後見をつとめてもらえるとは、安心じゃな。口はかたい御仁であることは、存じて居る」

と、云った。

「お誓い申す」

左近は、緊張した面持で、語気に力をこめた。

「ははは……、万事、わが身安堵、事なかれで生きるに限る。泰平の御時世は、見ざる聞かざる言わざる——庚申猿《こうしんざる》になるに限る」

お目付佐野勘十郎は、その言葉をのこして、去った。

左近が、玄関へ見送って、書院へひきかえしてみると、守一ただ一人、じっと俯向いていた。

その膝に、泪がしたたり落ちているのを見てとった左近は、

「守一、お目付の申された通り、我慢だぞ。なにごとも、長岡家を保つためには、当主たるお前が、我慢せねばならぬのだぞ。……わかったな？　よいな？」

と、云いきかせた。

「………………」

守一は、歯を食いしばって、こたえなかった。

「守一！　返辞をせぬか？」

「………………」

「守一！　母のことは、忘れるのじゃ！」

「………………」

「守一！」

左近が、小さな肩をつかむや、守一は、ぱっとその手をふりはらって、縁側を横切るや、庭へとび出した。

左近の目からとどかぬ遠くへ、奔った守一は、泪に濡れた顔を仰向けて、空に向って、絶叫した。

「母上っ！　つかまらないで下され！　生きて下されっ！」

黄昏《たそがれ》決闘

一

炎暑の午《ひる》さがり——江戸の街衢《がいく》も、急に、ひっそりと、物音の絶えるひとときであった。

灼《い》りつける陽ざしの眩《まぶ》しい往還から、人影は絶えるし、職人たちは肱枕《ひじまくら》をし、商家では、老番頭は硯函《すずりばこ》へ肱をつき、手代は算盤《そろばん》にもたれ、小僧は舟を漕《こ》いでいる。奥では内儀《おかみ》さんが子供を寐かしつけ乍ら、うとうとしているし、勝手では、下婢《かひ》たちも忍び睡《ねむ》りしている。

こうした時刻に、炎天をおそれずに、呼び声をあげて往くのは、定斎屋のほかにはいない。

薬箱を天秤《てんびん》にかついで、カチカチカタカタと音たて乍ら、時おり、ものうげに、

「ええ……定斎やで、ございい」

と、呼び声をあげるのも、江戸の夏景色のひとつであった。

定斎屋は、日本橋新右衛門町と馬喰《ばくろ》町とに一軒ずつあるだけであったが、どんな炎天でも、笠《かさ》をかぶらず、日蔭を歩かぬのが薬の効験を示すことだというので、売り歩く歩合取りは、しだいに減っていた。

立川談亭の住む浅草鳥越明神界隈《かいわい》は、早朝から夜更けまで、さわがしいのであったが、午さがりになると、他の地域と申し合せでもしたように、ひっそりと、近隣から物音を絶やした。

定斎屋の薬箱を鳴らす音が、この横丁にも入って来て、高くひびくのも、この時刻ならではのことだった。

談亭の家の二階では、今日もなお、眠狂四郎は、痩身を、牀に横たえていた。

蚊が多いので、一日中蚊帳が吊ってあり、出窓に下げた風鈴の鳴るたびに、蚊帳もそよいでいた。

志津は、枕辺で、狂四郎の顔へ、団扇を動かしていたが、定斎屋の音をきくと、そっと、蚊帳の外へ出て、階段を降りた。

格子を細目に開けて、定斎屋が近づくのを待ち、声をかけて、

「湿布をひと包み下され」

と、云った。

「へい」

定斎屋は、三尺ばかりの竪長《たてなが》の薬箱を、地べたへおろしておいて、それを持って、格子戸へ近づいて来た。

手渡すとみせた——次の一瞬、定斎屋の猿臂《えんぴ》は、非常な素早さで延びるや、志津の利腕を摑んでいた。

志津は、あっとなって、ふりほどこうとしたが、定斎屋の手には、鍛えられた力がこもっていた。

「長岡采女正殿の奥方ですな！　ご同道を、ねがう！」

志津は、無言で、必死に、抵抗をこころみようとしたが、徒労だった。

ずるずると、表へひき出された。

「騒がれるな！　騒ぐと、この場で、討ち果さねば相成らぬ。そうなれば、せっかく存続ときまった長岡家は、改易になりますぞ！……ご子息のことを、考えられい！」

鋭くきめつけられて、志津は、全身から力が抜けた。

贋《にせ》定斎屋が、そこへ薬箱を置きすてて、志津をともなって、足早に立去ろうとした——その時。

「おい！」

頭上から、声が降って来た。

はっ、とふり仰いだ定斎屋は、二階の出窓から投じられた小柄《こづか》を、躱《かわ》すいとまもなく、咽喉へ受けて、のけぞった。

狂四郎が次に為したのは、志津に早く家に入るように促しておいて、向いの長屋の一軒めがけて、小判を一枚、投じることであった。

小判は、ぼろ簾《すだれ》の破れ目から、家の中へとび込んだ。

破れ畳の上には、あぶれた渡り奉公の中間《ちゅうげん》が、いぎたない恰好《かっこう》でうたた寐をしていた。小判は、その顔へ当った。

「おっ！　な、なんでえ！」

はね起きた中間は、畳に落ちた小判をひろいあげて、きょとんとなった。

「まっ昼間から、びっくらさせやがるねえ。い、いってえ、どうしたってんだ？」

顔を擡げた中間の視線が、向いの二階の出窓に立つ狂四郎の冷たい眼眸と、合った。

「旦那ですかい、こいつを投げたのは？」

「昨夜は、どこかの旗本屋敷の渡り部屋で、無一文になったとみえる」

旗本屋敷の渡り部屋で、毎夜のごとく賭場がひらかれているのは、当時の常識であった。

「図星でさ。きれいさっぱりオケラになりやしてね、ふて寐をしているところへ、こんなものが降って来ちゃ、気が狂いまさあ。べつに、旦那から、おめぐみを蒙る理由がねえが……？」

「たのみがある」

「へえ——？」

「おもてに、定斎屋が、死んで居る」

「え？」

「早桶へ納《い》れて、回向院《えこういん》へはこんで、葬ってくれぬか」

「そんなことは、造作はありやせんが……」

中間は、褌《ふんどし》のままで、表へ出て来て、死骸へ寄ると、顔をしかめて、

「これア——旦那が、お殺《や》んなすったので？」

「大番屋に届ける必要はない。無縁仏になるのを覚悟で、定斎屋に化けた男だ」

「化けた？……するてえと、こいつは——」

「はやく、家へかつぎ込め。……一両の日当は、わるくない筈だ」

「有難え。薬箱も頂戴できるんですね。へへへ、明日から、商売がえだあ」

中間は、まわりに見つからないように、大いそぎで、死骸を家の中へ、かつぎ込んだ。

二

談亭は、上野の講釈場の昼席へ行って、留守であった。

狂四郎は、蚊帳の中へ戻ると、仰臥した。

ひそやかな跫音が、階段をのぼって来て、気配は、蚊帳の外でうずくまったが、狂四郎は、目蓋を閉じたままであった。

「かるはずみな振舞いをいたし、申しわけありませぬ」

志津は、詫びた。

「定斎屋に化けて、そなたをおびき出したとは、考えたものだ。この家をかぎつけたところをみると、探索の網を江戸市中へ張ったと考えられる。敵は、わたしが傷ついたことを知って居る。……この上は、手に手を把って、駆落ちとしゃれなければならぬかも知れぬ」

志津は、蚊帳の中へ入って来た。

「縁もゆかりもない貴方様に、ご迷惑をおかけしとうはございませぬ。わたくし一人が、この身をすてればよいことでございます」

「そなたを、死なせてはならぬ理由が、できた」

「……？」

「そなたの息子が、母の生きていてくれることを、のぞんでいるからだ」

「いいえ、わたくしはもう、長岡家とは……」

云いかけた志津は、不意に、膝に置いた手を、狂四郎に、握られた。

引かれるままに、狂四郎の脇に崩れた志津は、そのまま、目蓋を閉じた。

「無頼の徒が、そなたを生きさせるには、一手しかない、と思うがよい」

抱き込んで、仰臥させると、狂四郎は、しばらく、そのまま、動かずにいた。

良人ならぬ者に、一度犯されている身が、再び、さらに別の男に犯されることに堪えようとして、一瞬、こわばらせた四肢を、はたして、自らのぞんでゆだねるために、やわらげるか否か――それを、待ったのである。

狂四郎の眼眸は、冷たかった。

と――。

志津は、顔を狂四郎の胸に、うずめて来た。

狂四郎は、片手を、胸もとからさし入れようとして、止めた。

少年守一の面影が、泛《うか》んだからである。あの少年が、この胸の隆起をまさぐり、吸ったのだ。

狂四郎の片手は、胴をすべって、下へのびた。

志津は、この家に来てから、談亭の提供で、白縮緬の湯具の上に透綾縮《すきやちぢみ》をまとい、黒繻子《じゅす》の帯、水髪《みずかみ》に京打簪《きょううちかんざし》をさした町姿になって居り、狂四郎の片手のうごめくままに、まとうたものを、肌からすべらせて、あらわな姿態になった。

夜の薄あかりの中の営みしか知らぬ肢体は、白昼の光にあてられて、おそれと羞恥に顫《ふる》えつつ、求められるがままに、ひらいてゆく。

口外すべからざる生贄《いけにえ》にされ、良人を喪《うしな》い、家を捨てた女の、これは、浮世に対する必死の反抗かも知れなかった。

狂四郎は、女の肌が燃えて来るのを感じた。

——燃えるがいい！

燃えることによって、生きの生命のよろこびを知るならば、それは、熾火《おきび》のごとく、この後、心の底にたくわえて、おのれを生きつづけさせる力になろう。

狂四郎は、志津に、女のよろこびを知らせるために、衰え弱った痩軀《そうく》に、鞭《むち》を打った。

……営みは、終った。

長い沈黙ののち、

「……わたくし、知りました」

微かなささやきが、志津の口から、もらされた。

狂四郎は、しずかに起き上ると、枕辺に置かれた黒羽二重へ、手をのばした。

志津は、はっとなって、はね起き、

「ど、どちらへ、おいでなさいます？」

と、眼眸をすがりつかせた。

「そなたを、かくさねばならぬ」

「わたくしのことなど……」

「たったいま、女として、知った、と申したではないか」

「………」

「こちらは、生きることを知った、ときいた」

「は、はい」

狂四郎は、かるい眩暈《めまい》が、波状で襲うて来るのに堪え乍ら、着物をつけおわると、

「落人《おちうど》の道行は、こうした契りのあとで為されるものか」

と、自嘲の呟きをもらしていた。

三

陽ざしが、斜めになって、物影を長く延ばした頃あい、二梃《ちょう》の駕籠が、本所横川に架った本法寺橋を渡り、出村町に添って右へ曲った。

——尾けられているかも知れぬ。

その予感が、うしろの駕籠の中の者の脳裡に、絶えず、つきまとうていた。

行先は、押上《おしあげ》村の古刹《こさつ》竜勝寺であった。

幾年か前、眠狂四郎は、そこの庫裡を隠れ住いにして、二年ばかりすごしていた。

住職の空然は、狂四郎が心をゆるす数寡《すくな》い知己の一人であり、狂四郎という業念深い男のために、生命の危機に襲われることを一向にいとわぬのである。

さしあたって、志津を預けるところは、竜勝寺よりほかはなかった。

尾行者がいるとすれば、このあたりで、食いとめなければならぬ。狂四郎は、たれをはねあげて、その気配を、さとろうとした。

衰弱し、疲労している五体に、ふれて来る気配はなかった。

尾行者がいないのではなく、こちらの神経が鈍磨しているように思われた。

狂四郎は、森と田畠のひろがる郊外の広さに、急に視点がぼやけるのをおぼえて、目蓋を閉じた。

駕籠は、小梅村にさしかかっていた。

突然、狂四郎の心身が、緊《ひ》きしまったのは、うしろから跫音が近づいたからであった。

しかし、追いついて来た者は、この残照の中の暑気をなんの苦にもせぬ足早さで、さっさと、駕籠を追い越して行った。

深編笠をかぶった武士であった。浪人者であることは、その袴が、つぎをあててあり、色褪《あ》せているのであきらかであった。六尺ゆたかの長身であったが、痩せこけているので、飄々《ひょうひょう》としていた。

狂四郎は、再び目蓋を閉じた。

駕籠が、地面におろされるまでの、ほんのしばしのあいだ、仮眠に陥《お》ちていたようであった。

狂四郎は、なつかしい顔が、境内にあるのを見出した。

駕籠を出ると、住職空然は、ゆっくりと近づいて来て、眉宇をひそめ、

「患われているのかな？」

と、訊ねた。

「いや、べつに――」

狂四郎は、かぶりを振ってから、

「女人を一人、預かって頂きたい」

「それは、造作もないが……」

空然は、頭を下げる志津に、会釈をかえしておいて、

「眠さん、預かるのを邪魔する御仁が、一足さきに、ここに来て居る」

と、告げた。

「………？」

「むかし親しかった友人が、ここで無縁仏になっている、と云って、墓の裏地へ行って居るが……、どうなさるかな？」

「それは、編笠をかぶった、背の高い、浪人ていの男ではありませんか？」

「左様――、ちょっと風変りな御仁と見受けた」

「やむを得まい」

狂四郎は、きっぱりと云った。

「墓地に、むかしの友人とならんで、無縁仏になってもらうことになる」

「眠さん、あんたは、どう見ても、平常のからだではない。……無理ではないかな、刀を抜くのは――？」

空然は、不安な面持であった。

「わたしが、こうした場合、どのような行動をえらぶか、空然殿はご存じのはずだ。この女人を、庫裡にご案内頂こう」

狂四郎は、志津の必死な視線を感じ乍ら、わざと、彼女を視ようとしなかった。

空然は、うなずいて、志津を促すと、歩き出した。

志津は、二三歩従ってから、堪えきれずに、振りかえると、

「わたくしが、あきらめますれば、それで、よいのでございます」

と、云った。

狂四郎は、顔をそむけたなりで、

「おれに惚れたのなら、死ぬのは、おれが死んだあとにしてもらおう」

冷やかなその言葉を、投げかえした。

四

空然と志津の姿が、庫裡に消えるのを、待っていたように、本堂わきから、編笠をかぶった長身の姿が、現われた。

小梅村の往還で、さっさと追い越して、先まわりして、この男が、ここで待っていたのは、それを指令したお目付佐野勘十郎がなみなみならぬ実行力の持主であることを意味している。この眠狂四郎が、江戸で身を隠す場所が、幾箇処あるか、洩《も》れなく調べあげているのだ。

それにしても、この執拗《しつよう》さは、異常にすぎる。佐野勘十郎が、そういう変質者であろう、とかんたんに片づけられぬ、なにか、かくされたものが、佐野勘十郎の後側にあるに相違ない。

武部老人は、そのことにうすうす気がついているのではないのか。気づいてい乍ら、口外できぬのではないのか。

――この男、どうやら、隠密とはちがう。

狂四郎は、近づいて来る対手《あいて》を、そう看てとった。隠密というものは、なんの特徴も持たぬ、きわめて見かけは凡庸な人間がえらばれるのであった。薬売りにでも、呉服屋の手代にでも、大工とか植木屋とか職人にも、すぐに化けられる人間でなければならないからである。

いま眼前に来た男は、この風体以外は考えられぬようであった。

七八歩の距離を置いて、立ち停った対手は、編笠をはずした。

おどろくほど鼻梁《びりょう》の発達した、ひろい額に叡知《えいち》のたくわえを感じさせる相貌であった。

双眸は澄んでいたし、口もとには優しさがあった。

ただの刺客ではなかった。

狂四郎は、こういう男を刺客に使うことのできる佐野勘十郎に、微かなおそれをおぼえた。

「明日心剣《あしたしんけん》と申す。心《しん》はこころ。もとより、貴公と同様、偽名でござる」

男は、そう云った。

「途中で襲わず、ここに先まわりしたのは、お主の考えでしたことか?」

「友人の墓詣《はかまい》りをしてやりたかったのでござるよ。……左様、もう十四年前になり申すかな。身共とその友人は、ここからすこしはなれた森の中で、果し合いをいたして、勝った身共が遺骸をはこんで、ここの墓地へ葬ってやったのでござる。いい奴でござったな。爾後《じご》、あれほどの奴には、出会い申さぬ」

「……………」

「ところで、貴公が保護されて居る長岡采女正の妻女を、当方へお渡し下さることは、出来申さぬか？」

「おことわりする」

「一応、おうかがいいたしたまででござる。もとより、お渡し下さるものとは、思っては居り申さなんだ。……そこで、この場にて、決闘することに相成るが、身共は、どうも、気が進まぬのでござるよ」

「………」

「貴公は、手負うて居られる。たぶん、勝利は、身共のものでござるな」

「いささか、うぬぼれが過ぎるように思われるが――」

「うぬぼれではござらんな。それが証拠に、身共は、貴公を一瞥した刹那、おのが生涯で出会う唯一の強敵である、と直感して、総身の血汐が、さわぎたてるのをおぼえ申した。このような替えがたい強敵とは、心身とも充実した状態の時に、雌雄を決したいものでござるよ。……いかがなものでござろうか。十日間、お待ち申そうか」

「今日だけがあって、明日はない男と思って頂こう」

「左様か。ざんねんだ。このような強敵と、むざむざ、勝つときまって居る果し合いをするとは――」

明日心剣と仮名を名乗る男は、いかにも、心から惜しげに、かぶりを振った。

狂四郎は、昏れる前の束《つか》の間の明るさの中で、宛然《さながら》死相でも呈しているように顔色を蒼《あお》ざめさせて、凝然と立っている。

「では――」

明日心剣は、ゆっくりとした動作で、腰から大刀を、鞘《さや》ごと抜いた。

その構えは、狂四郎がはじめて接する奇妙なものであった。

胸の高さに、左手で鞘の栗形《くりかた》の下を逆握りにして、右腕をやや彎曲《わんきょく》させて、柄を掴み、右半身にとったのである。

その構えを視て、狂四郎は、

――そうか！

と、合点した。

その鞘は、ただの鞘ではなく、鋼鉄造りだったのである。鞘もまた武器になると考えて、その業を工夫したのである。

抜かずに、構えをとったのは、居合の修業から出発して、独特の抜きつけを放つ会得をしたものに相違ない。

心剣が、この果し合いは、おのれが必ず勝つ、と高言したのは、この意外の業前《わざまえ》を備えていたからなのだ。

狂四郎は、しかし、眉宇も動かさず、無想正宗を抜く前に、ひとつ質問を投げた。

「お主は、佐野勘十郎の部下か、それとも、ただのやとわれか？」

「お目付には、恩を売られて居り申す。貴公を討ちとることをたのまれて、ことわれぬ義理があるゆえ、出向き申したが……いまは、それを理由とはいたさぬ。もし、貴公に負けても、いささかの悔いもない」

その言葉をきいて、狂四郎は、やおら、無想正宗を鞘走らせた。

円月殺法を生む地摺《じず》り下段をとらず、八相の構えをえらんだ。

「うむ!」

心剣は、狂四郎の構えを視て、ひくく、しぼるように、唸った。

いくばくかの固着の対峙《たいじ》ののちに、じりじりと間隔をせばめはじめたのは、心剣の方であった。

双方が間合を見切った瞬間、汐合がきわまった。

同時に動き——昏れなずむ古刹の境内に、刃金が悲鳴をほとばしらせる異常な響きがあった。

その直後、徐々に、前へ身をのめらせたのは、狂四郎の方であった。

切腹

一

この決闘の目撃者は、一人いた。

鐘楼の蔭に佇立《ちょりつ》している住職空然《くうねん》であった。

空然は、狂四郎が徐々に前へのめるのをみとめて、あっとなった。

はじめて、狂四郎が敗れるのを、視たのである。

左様——目撃者の目には、まぎれもなく、狂四郎が敗れた、と映った。

対手の明日心剣は、大きく右足を踏み出し、抜きつけを放つ前の構えに、もどったまま、そこに、立ちつくしている。

鞘ごと抜いた大刀を、胸前に、水平に横たえたまま、微動もせぬ。

空然の目撃する地点からは、心剣はちょうど背中をみせて居り、狂四郎との一瞬一閃裡の闘いでは、どう抜きつけたか、みとめられなかった。

空然には、心剣が文字通り目にもとまらぬ迅さで狂四郎を斬り、斬った刹那にその白刃を鞘に納めたのだ、と思われた。

空然は、いそいで、その場へ、近づいた。

その時――。

地に俯伏《うつぷ》した狂四郎を、見下ろす心剣の口から、意外な一言がもらされるのを、空然は、耳にした。

「……ま、負けた！　こ、このわしが――」

空然は、狂四郎の傍《そば》へ寄って、視線を心剣に向けた。

心剣は、柄を摑んだ右手を、ゆっくりと動かして、だらりと下げた。

柄だけが、右手にあった。白刃は、鍔《つば》さき二寸あまりのところから、両断されていたのである。

すなわち。

心剣が、抜きつけの一撃を放とうとした刹那――その白刃を、鞘から三寸も抜かぬうちに、狂四郎は、無想正宗で、それを両断したのであった。

両断するとともに、狂四郎自身、精根尽き、意識を喪って、倒れたのである。

心剣の方は、あまりの凄まじい狂四郎の迅業に、茫然《ぼうぜん》自失していたのである。

空然が、錯覚したのも無理のない決闘であった。

「なんという強さか！」

心剣は、正直に、その感動を口にした。

「拙僧にとっては、回向せねばならぬ墓が、増えずにすみ、有難う存ずる」

空然は、そう云い乍ら、狂四郎をかかえ起した。

「後日、あらためて、果し合いを所望いたすと、おつたえ下され」

心剣は、そう云いのこすと、深編笠をひろいあげて、山門へ向って、遠ざかって行った。

「眠さん……眠さん……」

空然にゆさぶられて、狂四郎は、意識をよみがえらせると、薄暮の境内へ、視線をまわした。

「敵は、引きあげましたぞ」

狂四郎は、空然に云われて、大きく吐息した。

「あの男は、わたしが倒れた時、脇差で斬れたはずだ。どうして、斬らなんだのか？」

「あんたの迅業に、舌を巻いて、うつけになったと思われる」

「御住持、わたしは、また生きることになったらしいな」

「生きてもらおうではないか、眠さん。雲はれてむなしき空にすみながら、うき世のなかをめぐる月影。……仮の浮世に仮の旅——どうせ、往《い》き着くところは同じだから、べつに急ぐ必要もないわさ。庫裡で、女人が待ってござる」

空然は、本堂の方へ、去った。

狂四郎は、踏んで行く大地が、いつ崩れるかわからぬようなおぼつかなさをおぼえた。

陽のあるうちから空に在った月が、光を増し、それに濡れた痩身を冷たく感じていた。

庫裡の戸口に、人影があった。志津であった。

狂四郎は、その影へ、視線をあてて、近づいた。

狂四郎がその前に立つと同時に、志津は、その胸へ身を投げかけると、嗚咽《おえつ》しはじめた。

狂四郎には、女をささえてやる力は失われていた。

よろめいて、柱に凭りかかると、そのまま、ぐったりとなった。女の嗚咽は、遠いものになり、この虚無の男を感動させることはできないようであった。

二

同じ日、江戸城内に、ひとつの椿事《ちんじ》が起った。

それは、本丸老中水野越前守忠邦の下城の時に起った。

老中の下城は、八つ（午後二時）というのが、それまでの定例になっていた。正四つ（午前十時）に登城して、八つに退出するこの老中の定例は、各藩の城代はじめ、下は寺小屋の子供にまで及んで、当時のならわしになっていた。武家でも町家でも、人を訪問するのは、その時刻内がよいとされていたのである。四つ以前の朝のうちとか、午後おそくの訪問は、失礼とされて、よほどのことがないと、しなかった。

しかし――。

水野忠邦が、本丸老中となってから、この定例はしばしば、破られた。

幕政改革に、異常な熱意を燃やす忠邦は、むしろ進んで慣習を破り、また、政務はきわめて繁多でもあったのである。

この日、忠邦が、本丸玄関を出たのは、七つ（午後四時）過ぎであった。

忠邦は、御書院御門、中之御門、三の御門を、足早に通り抜けた。

元来、歩くことの早い人物であったが、老中になってから一層早くなっていた。忠邦は、大名旗本が、ゆっくりと歩くことをきらっていた。徒歩《かち》にしても、駕籠にしても、上に立つ者は常に早くあるべきである、という考えを持っていた。

なにか異変が起った時のみ、歩行また駕籠を早くすれば、すぐさま、一般の人々に、何かが起ったな、と感づかれる。異変というものは、世間の取沙汰になることを、ふせがなければならぬ場合が多いのである。したがって、日常、絶えず忙しげに通るならわしをつけておく必要がある。これが心得というものである。

忠邦は、自らそれを実行していた。

忠邦が、駕籠の待つ下乗橋の門ぎわまで来た時であった。

突然、
高くそう呼びかけて、門蔭から、すべるように、砂利道のまん中へ出て来た者があった。

「ご老中！」

忠邦は、その場へ土下座したのが、白髪の老人であるのをみとめて、眉宇をひそめた。

旗本もかなりの大身であることは、その衣服であきらかであった。

供連はすべて、下乗門の外で待ち、門を入れぬ規則になって居り、忠邦のうしろには、三人ばかりの供しか従《つ》いていなかった。

その三人が、忠邦の前へ出ようとするのを、

「待て」

と抑えた忠邦は、対手の出様を、じっと見まもった。

老いた旗本は、両手をつかえ、

「旗本大番頭・西条主水正外記《さいじょうもんどのしょうげき》と申しまする。武士道の吟味に叶《かの》うべく、この場にて、切腹つかまつることをお許し下さいまするよう、願い上げ奉る。仔細《しさい》は、これに——」

と、懐中にさしていた封書を、前に置いた。

そして、裃《かみしも》をはずし、紋服を肩から脱ぎ落した。

下には、白衣を左前にまとうていた。

その態度は、いかにもおちつきはらったものであった。

忠邦は、一瞬、迷った。忠邦には、その封書の内容が、判ったからである。

西条主水正外記という名も、すでに、忠邦の脳裡にあった。

——死なせてやろうか。

忠邦は、自分に問うた。

いかなる理由があるにせよ、江戸城内で切腹することは、謀叛《むほん》心あったものとみなされる。許されざる振舞いである。その家族も死罪をまぬがれぬ。

しかし、忠邦の看るかぎり、この老いた旗本に残されているのは、切腹以外にはないようであった。覚悟をさだめた者のしずけさが、その態度にはある。

忠邦は、しかし、この老いた旗本に同情して、死なせてやるのが慈悲と考えた次第ではなかった。

西条外記が、城内で、しかも、老中の面前で、切腹しようと覚悟をさだめたのは、私怨ではない筈であった。その効果を、忠邦もまた、考えたのである。

——死なせてやろう。

忠邦は、自分に呟くや、歩み寄って、その封書を把りあげた。

いま、この不幸な、忠誠心にこりかたまった老人の最期に対して、せめてはなむけをおくってやれるとすれば、渠《かれ》がしたためた必死の訴えを読んでやることであった。

忠邦は、封書を披《ひら》いた。

西条外記の双眼には、泪が滲《にじ》んだ。

額を砂利にすりつけて、忠邦が読みおわってから、かけてくれる言葉を待つ外記の白髪も、肩も、手も顫えていた。

「相判った」

忠邦は、みじかく、それだけ云った。

「忝《かたじけ》のう存じ奉る！」

外記は、姿勢を正すと、用意して来た白鞘の短刀を抜き、左手を脇腹に当てた。

介錯人《かいしやくにん》は、いないのである。

外記は、確実に、生命をすてる切腹をしなければならなかった。

切腹の正しい作法は——。

刀をまず、左の脇腹に突き刺し、右へぎりぎりとひきまわす。但し、あまりに深くかき斬ると、腸が出る。これは無念腹といい、心得ある武士は戒めとする。一文字に斬って、ひき抜いた刀を、取りなおして、刃を下に向けて、胸の下鳩尾《みぞおち》（心臓の場所）へ突き刺し、柄を逆手に持って、渾身《こんしん》の力をこめて、下へ押し下げ、胸から臍まで、ま二つに断つ。

咽喉笛を突くのは、婦女子の自害であり、武士は、これを取らぬのである。

しかし、時代は下って、このような、介錯人なしの切腹をした武士は、例がなくなっている。

体力の衰えた老人に、はたして、作法通りの切腹が為せるものかどうか。忠邦は、それを心配してやった。

「ごめん！」

外記は、短刀を脇腹へ、突き立てようとした。

刹那——。

「うっ！」

外記は、呻いて、短刀を握った右手を膝へ落した。

一個の石が、忠邦の後方から、飛来して、手くびに当ったのである。

「その切腹、相成らぬ！」

大喝する者を、忠邦は、振りかえった。

お目付佐野勘十郎が、そこに出現していた。

忠邦が、何か云おうとするより早く、佐野勘十郎は、馳《は》せ寄りざま、外記の右手から短刀を奪い、

「謀叛人、神妙にせい！」

と、きめつけ、忠邦に向っては、

「ご老中のおん身、何事もなくて、重畳至極に存じます。あとのしまつは、それがしにおまかせあって、ご帰邸の程を——」

と、云った。

たしかに、これは謀叛心ある振舞い、と咎《とが》めることのできる罪であった。

事実は、そうでないことは、明白なのである。死なせてやるべきであったのだ。たとえお目付であっても、見て見ぬふりをすることはできた筈である。

とはいえ、佐野勘十郎の冷酷な処置を、忠邦は、武士のなさけを知らぬもの、と叱咤《しった》する立場にはいなかった。いや、佐野勘十郎は、それを承知しているからこそ、このような態度に出たのである。

いわば、これは、一介のお目付が、御三家にも頭を下げさせ諸大名を呼びすてる権威を持った老中に対する挑戦とも、受けとれる。

三

忠邦が、屋敷へもどって、平服に着かえて座に就いた時、武部仙十郎が入って来た。

「妙なことが起りました由——」

そう云って、仙十郎は、あるじの顔色を視た。

忠邦は、不快を抑えきれぬ眼眸を宙に置いて、しばらく無言でいた。

仙十郎は、待った。

忠邦は、ようやく、口をひらいた。

「お目付の佐野勘十郎は、よほど、西城府（家慶）の信頼を得ているとみえる」

そう云った。

三年前、忠邦は、西の丸老中から、本丸老中に転じた。以来、西の丸のことには、殆ど目を向ける余裕がなかった。

そのあいだに、西の丸の状勢は、忠邦の知らぬうちに、大きな変化があったようである。

「爺さん――」

忠邦は、三四年前から、仙十郎を、そう呼ぶようになっていた。

「西条外記の伜は、たしか、変死いたしたのであったな？」

「二月に相成りまするか。馬責めに出て、神奈川の崖から、墜落して相果てて居りまするな」

「うむ。伜に、子はなかったか？」

「なかったとききますす」

「では、屋敷には、いま、伜の嫁が、ただ一人で、留守をして居ることだな」

「御意――」

「西条の屋敷へ、足労してもらおうか。念のためだ」

忠邦は、命じた。

仙十郎は、主人が何を考えているか、すぐに、さとった。

「殿――。もはや、間に合わぬかも知れませぬ」

「であろうが、すてておくわけにも参るまい」

「では――」

仙十郎が、腰を上げかけると、忠邦は、ふと、思い出したように、

「爺さん、こういう場合、眠狂四郎という男の使いかたがあろう」

と、云った。

仙十郎は、にやりとして、

「すでに、狂四郎めは、西城府様より被害を蒙った家と、かかわりを持ち……首を突っ込んで居りまするな。手前の許《もと》に、この疑惑を持ち込みましたゆえ、他に被害を蒙った旗本八軒を、教えておきました」

「手まわしがよいな。すると、狂四郎は、もう西条の屋敷ものぞいて居るかも知れぬの」

「それが……、狂四郎め、不覚をとって、手負うて臥牀《がしよう》している由、立川談亭と申す講釈師より報せて参って居りますれば……」

「あの男が、手負うたか」

「佐野勘十郎の使うているのは、なかなかの手練者《てだれ》ぞろいと存じまする。……では、ちょっと、西条家を、のぞいて参ることに――」

仙十郎は、出て行った。

一人になると、忠邦は、急に、眉間に縦皺を寄せ、暗い色を口辺に刷いた。

――どうして、西の丸が、突如として、人格が一変されたのか？

忠邦にとって、この半年間の家慶の行状は、全く不可解であった。狂気沙汰――そう云ってもよかった。旗本の妻を犯すという乱行が、つづいているのであった。諫《いさ》めた近習を、三人も、手討にしている。

この狂気沙汰で、最も当惑しているのは、この越前守忠邦といってもよかった。

忠邦は、次代を継ぐ家慶が、後楯《うしろだて》になってくれる、という安心感があればこそ、史上にも残るほどの幕政改革をやってのけよう、とほぞをかためているのであった。

その家慶が、乱心して、人望を失ったとしたら、どうなるか？

改革はおろか、忠邦自身の身もあぶなくなることは、目に見えて居る。

――いったい、なにが原因なのか？　ひそんでいた悪い性情が、おもてへ出たというのか？

忠邦は、嘆息した。

四

武部仙十郎は、西条外記邸の玄関に立って、案内を乞い、あらわれた用人の顔を一瞥して、

――手おくれであったな。

と、合点した。

用人の顔は、蒼ざめ、眼球が血走っていたのである。

「修理《しゆり》殿のご妻女は、もはや、ご自害なされたかな？」

修理というのは、馬責めに出て、神奈川の崖から墜落死した外記の嫡男であった。

「は、はい」

用人は、両手をつかえて、平伏した。

「では、弔問ということにいたして……、上らせて頂く」

仙十郎は、草履を脱いだ。

修理の妻の遺骸は、仏間に安置されてあった。

咽喉を突いて果てたとみえて、頸《くび》に巻いた晒に、血汐が滲んでいた。

――舅《しゆうと》と時刻を合わせて、覚悟の自害をしたものであろう。

仙十郎は、念のために、用人に、その時刻を訊ねた。

「七つをすこし過ぎた頃あいでございました」

外記が、下乗門前で、忠邦の前に土下座した時刻である。

仙十郎は、枕辺で、合掌してから、白布をあげてみた。

死顔は、美しかった。

美貌をうたわれた女性《にょしょう》に相違ない。

「花を吹き、柳を劈《つんざ》く、か」

仙十郎が、呟いた時、人の気配が、うしろに近づいた。

「ご老中の側用人殿が、はやばやと弔問か」

そういう人物を仰いで、

——これが、佐野勘十郎か。

と、仙十郎は、直感した。

「花の散るのを止めようとして参って、弔問になったのを、愁嘆しているところでござる」

仙十郎は、こたえた。

「まことに、気の毒——」

佐野勘十郎は、心のこもらぬ一言を口にして、頤の無精髭を、撫でた。

「本丸老中の側用人として、おうかがいつかまつる。……この家の当主の方の致し様は、なんとされますかな？」

仙十郎は、訊ねた。

「西条家は、三河譜代の名門。謀叛人として、処罰するのは、あまりに気の毒ゆえ、愧《き》死《し》してもらうことに相成る」

「愧死？」

「左様――」

勘十郎は、冷然とうなずいた。

――愧死だと！　なんということを！

仙十郎は、肚《はら》の底からの憤怒をおぼえた。

下乗門で、切腹すれば、表沙汰になるので、捕えて、何処《どこ》かにとじこめておいて、毒殺し、これを病死として片づける、というのである。

処置としては、いかにも、当然のように思われる。

実際は、そうではないのだ。すでに、その嫡男は死に、嫡男に子供はいないのである。

西条家は、外記が切腹しようが病死しようが、改易絶滅することは、きまっているのである。とすれば、外記に、せめて死花を咲かせてやるべきであったのだ。

しかし、もはや、云って詮方ないことであった。

仙十郎は、新仏に一礼すると、

「御主人が蓮《はす》の台《うてな》の半座をあけて、待たれているほどに、お往きなされ。おそらく、御主人は、故意に、神奈川の断崖から突き落されたのであろうゆえ、その無念さが、そもじが生贄となったあわれを許すことに相成ろう。……南無阿弥陀仏《なむあみだぶつ》——」

そう云いのこして、やおら立ち上った。

その独語は、佐野勘十郎に対して、はっきりと、敵にまわったことを示す宣言であった。

日本橋焼き

一

江戸の夏の賑《にぎわ》いは、午後に睡って、夕食後、行水の汗を流してから、はじまるのであった。

往還には、子供たちが群れて、じゃん拳、いも虫ころころ、蓮華《れんげ》の花が開いた、子捕ろ、などの遊びに夢中になっている。

大人たちは、板戸をおろした店の前に打水して、涼台《すずみだい》をならべ、あるじ、女房、使《し》傭人《ようにん》がそれぞれの腰掛け場所をきめて、団扇《うちわ》をつかい乍ら、とりとめない四方山《よもやま》話に耽《ふけ》っている。

按摩《あんま》の笛の音は、此処彼処《ここかしこ》に、絶え間はないし、物売りの声も、切れ目がなかった。

枝豆、白玉、すいとん、カリン糖など。

髪結床や麦湯店の前の涼台は、八さん熊さんがへぼ将棋に余念がない。

「へへ、どうだ、この角めの鼻っさきへ、香車《やり》だ」

「やりくり算段、火の車、角なり果つるも身の因果——とは、どっこい、ここに、桂馬が七三に構えてら。そっちは、頓馬」

「と思うのが、桂馬のまの字の、ぬけたところよ。ちゃあんと、ここに、飛車がひかえてら。これを高飛車——といってな、桂馬を頂戴して、はい・じゃんぷ、というんだ。えげれす語だぞ、学があらア、学が——」

「こん畜生、押しまくって来やアがる」

「あたりめえよ、こっちは、鮨屋《すしや》だ。押すのは商売だ。押しがつよいと云われるとても、主《ぬし》と添うなら一夜《ひとよ》鮨、と来た」

　そこへ——。

　黒の着流しの浪人姿が、音もなくすっと、寄ったので、鮨屋の職人は、ぎょっとなって、ふり仰いだ。

「ああ、びっくりした。おどかさねえでおくんなさいよ、旦那——」

　たしかに、むぎゅ、と仮名書きした横行燈のあかりを背に受けたその姿は、幽鬼にも似た凄味《すごみ》をおびていた。

「金八が、どこにいるか、知らぬか？」

　眠狂四郎は、金八が、近頃は、この麦湯店でとぐろを巻いている、ときいていたのである。

「金八って、これの——」

鮨屋の職人は、将棋の対手に、人差指を曲げてみせた。

「ああ——」

対手は、うなずき、

「昨日までは、毎晩ここで、通りがかりの女子をからかって居りやしたが……、おい、だれか、金八の居どころを、知らねえか？」

と、店内へ声をかけた。

すると、紅染の襷《たすき》をかけた小女をからかい乍らくず湯をすすっていた客が、

「金八なら、聖天《しょうでん》横丁の植政の家にいらア。昨夜、日本橋の橋桁から、首を縊《くく》ろうとした植政の伜を、たすけた、と云って、つれ戻って来たところが、植政の伜め、どうしても三途《さんず》の川を渡るって、肯《き》かねえものだから、金八は、まだ、植政んところで、睨《にら》めっくらしている筈だ」

と、告げた。

鮨屋の職人が、

「どうして、植政の伜は、首を縊ろうとしたんだ？」

と、訊ねた。

「親爺ゆずりのいい腕を持っていやがるし、床下には、二十両も小判を容《い》れた瓶《かめ》を埋め

ている、というもっぱらの噂《うわさ》だし……、てめえの生命を縮める理由はねえやな」

「先月、植政が、どこへ行っちまったか、行方知れずになってから、伜の野郎、しょんぼりしていやがった。七光りが消えたんで、途方にくれたんだろう。無理もねえやな、まだ十七だア」

「十七の時は、おれは、女郎買いをしていたぞ。雷親爺め、がみがみうるせえから、早くくたばりやがれ、と八幡《はちまん》様に願かけしたくれえだ。植政の伜は、よほど、腰抜け野郎だのう」

「人のことなんざ、どうでもいいやな。もう一番、来い」

「よおし、負けたら、おれの嬶《かかあ》を一晩、貸してやらあ」

「てめえの女房は、女郎上りだからのう。誰に抱かりょと笑うてみせる、そこが勤めの廓《さと》の花、と来らあ。気安く貸せらあ。しかし、てめえ、この前も、そう云やがって、待ち呆《ぼう》けをくわせやがったぞ。おや、浪人者は、どうしたい？」

「行っちまったあ。墓場から餉い出して来たような、うす気味わるい浪人者だったのう。ち盆が近づくと、迎え火も待たねえで、怪しげなのが、うろつかあ」

二

狂四郎は、今戸橋を渡って、右へ折れ、山谷堀《さんやぼり》沿いに、ゆっくり歩いて行った。

俗に「砂利」と称《よ》ばれる、江戸で最下等の賤民《せんみん》が住んでいる山川町にさしかかった時であった。

広い空地で、多勢の孩子《こども》たちが、蝟集《いしゅう》して、がやがやとさわぎたてていたが、突然、その闇がはじけて、無数の鼠花火《ねずみはなび》が、噴いた。

わあっ、とはやしたてる喚声の中で、鼠花火は、八方へ数間も、飛び散った。つづいて、いたるところで、三剣尺《みけんしやく》が、水車のごとく、目まぐるしく、美しく、廻りはじめた。

鼠花火も三剣尺も、貧窮の裏店《うらだな》で、買ってやれる煙火ではなかった。

孩子たちに、それを贈った奇特者が、そこにいたのである。

「ははは……、今夜は、これでおしまいだぞ」

大声で云って、空地から出て来ようとする者へ、狂四郎は、目をとめた。

見おぼえのある男——というよりも、いずれは出会って、雌雄を決しなければならぬ強敵であった。

明日心剣という仮名を使う、一度眺めたら忘れられぬ面貌が、花火のあかりに、その高い鼻梁を、浮きあげたのである。

「小父《おじ》ちゃん、明日も、花火を持って来てくれるかい?」

「たのまあ、小父ちゃん」

「げんまんしてくれえ」

口々に叫びたてる洟ったれ餓鬼にとりまかれて、歩き出し乍ら、

「この江戸には、貧しい子供が多すぎる。ひとまわりしたら、夏はおわりになるであろう」

明日心剣は、云った。

——やはり、只者《ただもの》ではなかったな。

狂四郎は、その場に足を止めて、心剣が、道へ出て来るのを待った。

心剣の方は、なにげなく視線を、こちらに向けて、佇立するのが誰人か、みとめたが、べつにおどろかず、知己でも待たせていたように、すたすたと近づいて来ると、

「やあ——」

と、隔意のない声を、送って来た。

「お主は、子供好きか？」

「女色は無縁、酒は一滴もたしなまず、鳥を啼かせたり盆栽をいじる趣味もない。となると、金の使途に苦しむ次第でござる」

「お目付佐野勘十郎が、お主に呉《く》れる手当は、すくなくない、ということになるのか」

「ははは……、まさに、その通りでござる。ところで、貴公は、もう出歩いてもさしつかえのないまでに、恢復《かいふく》されて居られるのか？」

「この場で、お主に討手になられても、べつに、避けはせぬ」

「童心を愉しませたあとで、白刃を抜く気にはなれぬとお思い下され。それに、貴公の迅業に対する工夫も、まだ、成っては居り申さぬ」

その言葉をきくと、狂四郎は、一揖して歩き出そうとした。

「あいや——ちょっと」

心剣は、呼びとめた。

「眠殿は、佐野勘十郎という人物を、ご存じでござろうか」

「まだ、会ったこともない」

「左様か。ご存じないがゆえに、平気で楯突かれるのだな。……あのお目付を、敵にまわすのは、どう考えても、貴公の損でござる」

「佐野勘十郎が、どういう人物か、ほぼ想像はつけている。げんに、お主のような一風変った剣客を、やとうことができる器量は、相当のものだ、と思える。……しかし、行きがかりに、敵にまわったからには、あとへは引かぬつもりだ、とこたえるよりほかはない」

「義をみてせざれば、という次第でござるか?」

「義?……ただ、なんとなく乗りかかった舟に、乗ってみるだけのこと、という以外の気持はない」

「ふむ！……惜しい！」

心剣は、影になって遠ざかる狂四郎を見送って、心からそう思う声音を、もらした。

狂四郎が、やがて、尋ね当てたその家は、妾宅《しょうたく》かと見まがうほど、黒板塀に、見越しの松を添えたしゃれたたたずまいであった。

狂四郎は、わざと、玄関の格子へ手をかけず、小さな庭へ、足を踏み込ませた。

——涼台の男たちが云っていたように、かなり裕福と思われる。行方知れずになった親爺というのは、植木屋としては、江戸で指折りの、名人と称せられた職人であろう。

そう思いつつ、杉松の青葉をふすべている縁側へ、近づいた。

「どうした、金八？」

狂四郎は、蚊遣の煙越しに、声をかけた。

寐そべっていた巾着切は、はじかれたように、はね起きた。

「冗談じゃねえ！　たまげさせねえでおくんなさい。……なんでまた、どうして、ここへ——？」

「お前にたのまれてもらいたい仕事があって、さがして来たのだが……」

狂四郎は、縁側へ上って、金八のむこうに、膝をそろえている若者へ、眼眸を当てた。

十七歳といっていたが、見たところ、まだ十五ぐらいの少年のようであった。

思いつめた気色を、金八に救われた時から、ずっと持ちつづけている様子を示していた。

「この若者が、日本橋から、吊り下ろうとした、ときいたが……」

「吊《つ》り下っていやがったのは、こいつじゃなくて、藁人形《わらにんぎょう》だったんでさ」

「藁人形？」

「そうなんでさ。この野郎、細い鎖で、藁人形の頸をくくって、橋桁へ通して、舟の上から、ひっぱって、宙吊りにしてやがったんでさ」

「そういう舟遊びもあるのか」

「どっこい、遊びなんてえのんきな振舞いじゃありませんや。……この野郎、むかしの振袖火事みてえに、江戸中を焼きはらっちまおうと、大それたことを企てていたんでさ。気ちげえの火遊びなら、まだ、許せやすがね、こいつ、根っから正気で、やっつけようとしやがったんだから、しまつがわるいんでさ」

三

昨夜、更けてから吹きまくった風は、夜あかし屋台もひっくりかえしそうな烈しさであった。

金八が、十軒店の問屋場の賭場で、無一文になって、出て来たのは、もう子刻《ねのこく》（午前零時）を過ぎた頃合であった。

人影の絶えた日本橋を渡りかかって、ふと、焦臭いのに気がついた。

どうも、橋の下らしいので、欄干からのり出してみると、ぼうっと火の色が闇に滲み、水面にうつってせわしくゆれていた。

そこは、巾着切の身軽さで、欄干をのり越えてみると――。

なんとも奇妙な光景が、そこにあった。

一人の男が、小舟の上から、人形《ひとがた》らしいものを燃やし乍ら、細鎖をひっぱって、橋桁へ吊りあげていたのである。

烈風を利用して、あろうことか、日本橋を焼こうとしている模様であった。

「野郎っ！　何をしやがる！」

金八は、夢中で、小舟へ跳び降りた。

とりおさえてみれば、まだ十五六にしか見えぬ――この植木屋政兵衛の伜政吉だったのである。

「その人形ってえのをいまごらんに入れやす」

金八は、次の間から、携《さ》げて来た。

「これなんでさ」

三尺あまりの、なかば焼けた藁人形であったが、松脂《まつやに》を塗りつけ、油もしみ込ませてあった。それよりも、狂四郎の眉宇をひそめさせたのは、人形の胸には、五寸釘《くぎ》が打ち込んであったことである。

「呪い人形か。これで、日本橋を焼いて、江戸中を火の海にしようとした、というわけか」

「大番屋へ突き出して、拷問をかけさせりゃ、泥を吐くんでしょうがね、なにしろ、あっしゃ、岡っ引と股引は、性に合わねえんで、こうして、こいつの家へつれもどって、誰をうらんで、日本橋を焼こうとしやがったんだか、白状させようと、昨夜から、こうして、ねばっている次第なんで――」

金八が、いまいましげに告げるのをきき乍ら、狂四郎は、藁人形の首を、すっと、ひき抜いた。

首には胴を刺す棒がつけられていた。

その棒に、下手な筆蹟《ひっせき》で、次のように記されているのを、狂四郎は、読んだ。

西の丸大なごん

西の丸大納言、すなわち、将軍家世子家慶のことである。

この若い植木職は、次代の将軍家に呪いをかけたのである。

「お前は、公方の世嗣《よつ》ぎに、なんの怨《うら》みがあるのだ？」

狂四郎は、政吉を見据えて、問うた。

金八が、びっくりして、

「な、なんですって？　こいつが、公方様のお世嗣ぎをうらんで、火つけをしようとしやがったって!?」

「そういうことだな」

「あきれけえった大たわけだあ、こん畜生っ！」

金八は、とびかかって、政吉の胸ぐらをつかんだ。

「やいっ！　人間、血迷いかたもいろいろあるが、てめえのような、破れかぶれの傘っ骨野郎は、神武天皇以来、見たことも聞いたこともねえぞ。富士山を蟻《あり》がせせ突くようなまねをしやがって、いってえ、どういう料簡《りょうけん》だ！　ぬかせっ！」

腹立ちまぎれに、頬桁へ一発くらわせた金八は、ふうっと溜息《ためいき》ついて、

「まったく、あきれけえった唐変木だ」

と、呟いた。

すると、狂四郎が、薄ら笑い乍ら、

「もしかすると、唐変木ではないかも知れぬぞ。お前が止めていなければ、いま頃は、あの烈風では、江戸の半ばが焼野原となり、もとより、江戸城本丸、西の丸も、烏有《うゆう》に帰して、この若者の恨みは、はらされていたかも知れぬ」

と、云った。

四

すると――。

いままで、うなだれていた政吉が、屹《きっ》と、首を擡げて、

「左様でございます。この御仁が、よけいな邪魔立てをなされなければ、わ、わたしは、親爺の仇が討てたんだ！」

と、口走った。

「親爺の仇討だと？」

金八が、再び、胸ぐらをとった。

「てめえ、親爺の敵《かたき》が、公方様のお世嗣ぎだ、とほざくのか？」

「西の丸の、御苑《ぎょえん》は、わたしの親爺が、二十年もかかって、お、おつくりしたのです」

「それが、どうした？」

「そ、それだのに、……西の丸様は――」

云いかけて、政吉は、双眼から、どっと泪をあふらせた。

声がつまり、烈しく、喘いだ。

狂四郎が、政吉の云おうとすることを、代って、口にしてやった。

「それほど、半生をついやしてご奉公した父親を、西の丸大納言が、手討ちにした、と

いうのか？」

「そ、そうでございます！　その通りでございます！　わたしの親爺は、仏のような善い人間でございました。お手討ちになるような、わるいことなど、できる人間ではございませなんだ」

政吉は、哭きむせびつつ、血をしぼるように、云った。

「西の丸大納言に、お手討ちになった、と誰が報せてくれた？」

「親爺が親しくしていたお添番が、報せて下さいました」

添番というのは、江戸城大奥警備の小吏であり、禁苑づくりの植木職とは、当然長いあいだのつきあいとなっている。

「その添番は、どのような落度で、お前の父親がお手討ちになったか、教えてくれたか？」

「い、いえ……。お城内のことは一切、口外できぬ誓紙をさし出している身であるゆえ……、ただ、気の毒であった、と申すよりほかはない、と――それだけで、親爺が、どんな罪を犯したか、どのようなところで、お手討ちになったのか……何も、教えて頂けなかったのでございます」

「もとより、死骸も還らなかったのだな？」

「はい」

狂四郎は、政吉が頷くのを見のこして、立ち上った。

「金八、参ろう」

「だって……、こいつは、まだ、火つけの覚悟を、すてちゃいませんぜ」

「政吉、そうか？」

「………」

政吉は、狂四郎を仰いだ。その双眸は、一途に思いつめて、青い焔《ほのお》を燃やしていた。

狂四郎は、冷たく瞶めかえして、

「仇討は、この眠狂四郎にまかせてもらおう」

と、云った。

眠狂四郎という異名は、この若い植木職も知っていた。

「日本全土をさがしても、いざとなった時、将軍家を平然と斬れるのは、わたしのほかには居らぬ。……まかせるがよい」

「は、はい」

政吉は、両手を畳についた。

外へ出て、十歩ばかり歩いたところへ、金八が、あわてて追いかけて来た。

「いってえ、どういうんですかねえ、あれア——？」

「度胸は買える。そうではないか」

「そ、そりゃ、まアそうですが……、日本橋を焼いて、江戸中を火の海にしてやろうなんて、どうも、なんとも、空恐ろしい一念をこめやがったものじゃありませんか」

「一介の植木職人が、将軍家の世子に復讐《ふくしゅう》するために、思いついた企てとしては、まず、あっぱれ、と云えよう」

「先生！　政吉の味方になったような口ぶりですぜ」

「そうかも知れぬ」

「冗談じゃありませんぜ。植政がお手討ちになったのは、なにか、とんでもねえへまをやらかしたに相違ねえんだ」

「そうでなく、理由もなく、斬られていたら、どうする？」

「どうするって、西の丸様ともあろうお方が、わけもなく、しがねえ植木屋を、ばっさり殺る道理がねえじゃありませんか」

「乱心していたとしたらどうする？」

「乱心？　へえ、そんな噂があるんですかい」

「噂にならぬように、せっせと、火をもみ消している人間がいるのだ。……西の丸が、乱心したかどうか、それを突きとめるために、おれが動く。その手下として、お前が要るのだ」

きっぱりと云う狂四郎の横顔を、街灯《まちび》の仄《ほの》あかりの中に、ちらと見やった金八は、

――こんな烈しい気色を、つくりなすったのに、久しぶりにお目にかかったぜ。

と、からだがぞくぞくっとなった。

悪女代金

一

巾着切の金八が、眠狂四郎の命令を受けて、まず手はじめに忍び込んだのは、お先手《さきて》鉄砲組頭・大久保兵庫の邸宅であった。

大久保兵庫は、伊豆の宇佐美村、上総《かずさ》の人見村、上野《こうずけ》の宮内村・六千石村、下野《しもつけ》の新田女塚村・篠塚村――合わせて六箇村・二千六百七石の知行を取る大身であった。屋敷は、芝露月町にあり、邸内に、地方役所を置いていた。

こうした旗本大身のくらしぶりのあらましを述べておけば――。

家老あるいは側用人が、財政をつかさどり、渠ら自身がその年の田畑の様子を巡視に出向き、村々のもめごともまた、当地で裁いた。年貢は、正月十五日に、名主たちが、年頭の挨拶に出府して来た時に、現金で納めた。

いわば、邸内に地方役所を置いていることは、現代の中小企業に似ていた。

しかし、文政あらたまって天保に入ったこの時代では、三千石以内の旗本の窮迫は、見るも惨めなものになっていた。

金八が、忍び込んで、母屋の天井裏を、身を移して行き、やがて、とある部屋を覗きおろした時、恰度《ちょうど》、当主大久保兵庫を上座に据えて、家老、用人、用人並の重立った面々が、鳩首《きゅうしゅ》して、窮状対策をねっている最中であった。

金八は、耳をすまして、ぬすみ聴いているうちに、

――へえ、あきれた。旗本が貧乏だってえことは、かねて、耳にしていたが、こんなにひでえものだとは知らなかったぜ。煤掃《すすは》きや何のひとつも棄《す》てられず、ってえやつだ。

と、闇の中で首を振った。

どうやら、大久保家では、愈々《いよいよ》首がまわらなくなって、知行地六箇村に、賄金をせがんで、ことわられた模様であった。

どうせ、これまで、たびたび、年貢の先納金やら用金を、村々にせがんでいたに相違ない。

仏の顔も三度で、六箇所の名主が連名で、このたびの無心を拒絶したばかりか、家計をたてなおして欲しいという具体案をつきつけて来たのである。

兵庫の前に、ひろげられている訴状が、それであった。

殿様御衣服料金二十両のところを十五両に

奥方様御衣服料金十五両のところを十両に

姫様御衣服料金七両のところを五両に
次いで、殿様お小遣二両を五分に、雑費一両を二分二朱に
などと箇条書きに、大幅な出費削減を求めていた。

「藪蛇《やぶへび》であったのう、惣兵衛《そうべえ》」

兵庫は、いささか中風の気らしく、多少もつれる声音で、家老に、云った。

「まことに——」

あまり有能でなさそうな家老は、嘆息するよりほかに、すべはなさそうであった。

「年間総出費を、二百両以内に抑えて欲しい、などとは、名主どもも、主家をなめすぎる」

用人が腹立たしげに、呟いた。といって、この用人も、一向に対策など、脳裡にうかんで来そうもない様子であった。

主人も家来も、馬瘦せて毛長く、人貧にして智《ち》短し、といったていであった。

見下ろしている金八の方が、いらいらして来た。

——貧すりゃ鈍する、って、ざまアねえな。

「もう一度、無尽をいたしましては——？」

末座の用人並が、おそるおそる云った。

「その手には、もう百姓どもは乗って参らぬ。郷人足も出さぬほど、村々は結束して、

反抗いたして居る」

家老が、投げ出すようにこたえた。

重苦しい沈黙が、来た。

「やむを得ぬ」

兵庫が、沈黙を破ると、

「奥に、もう一度、たのむことに、いたそう」

と、云った。

家老も用人も、はっとなって、主人の苦渋の表情を見まもった。

兵庫は、家臣たちの視線を、わずらわしげに、ふりはらうように、首を振ると、脇息《きょうそく》に両手をついて、よろよろと立ち上った。足がかなり不自由のようであった。

「殿！　し、しかし、それは、あまりに、奥方様にとって、苛酷な致されかたでありますれば……」

「惣兵衛、奥にそれをたのむわしの方が、奥よりも、もっと惨めなのだぞ」

兵庫は、吐きすてた。

二

兵庫は、片足をひきずり乍ら、奥へ入ると、境に出迎えた女中の肩をかりて、

「奥の居間へ参る」

と、告げた。

その部屋の前に来ると、兵庫の鼻孔に、えもいわれぬ香が匂うて来た。

兵庫は、障子を開けると、

「麝香《じゃこう》ではないか」

その贅沢《ぜいたく》を咎めるとがった声音をあげた。

眩しいばかり美しい女性が、そこに坐っていた。

須賀というその妻は、兵庫とは三十も年齢《とし》がちがっていた。もとより後妻であった。伊豆の宇佐美村の郷士の娘で、家老が巡視の際、見かけて、その父親に談判して、江戸へつれて来て、鰥《やもめ》ぐらしの主人にあてがったのである。

須賀は、屋敷へ容れられた時十八歳であったが、日一日とみがきがかかり、二十五歳の今日、旗本の妻では随一の美しさ、という評判をとっていた。

良人の兵庫が、三年前、倒れて、右半身にしびれがかかったのは、皮肉といえた。

須賀は、麝香を焚《た》いているのを咎められると、冷やかな笑みを、切長の双眸へうかべた。

「これは、西の丸様より下賜された品でございます」

それをきくと、兵庫の口辺が、歪《ゆが》んだ。

須賀は、いっそ、小気味よさそうに、そのみにくい表情を、見まもっている。

いつの間にか、その部屋の天井裏に移っていた金八は、

——おかんばせも、ずば抜けていやがるが、根性もしたたかな悪らしいぜ。

と、胸の裡で、呟いた。

兵庫が、座に就いてから、容易に口をきこうとしないのを、須賀は、苛立《いらだ》たしげに、

「なんぞ、ご用でございますか?」

と、促した。

「こ、これじゃ」

兵庫は、六箇村名主連名の、経費節約の訴状を、須賀の膝の前に、投げた。

把りあげて、一読した須賀は、自分の衣服料が三分の二に削られているのを知って、

「たった十両で……、ほほほほ——いったい、どんな身なりで、来年をすごせというのであろう」

と、さもおかしげに笑い声をたてた。

次の瞬間、須賀は、眦《まなじり》をつりあげて、老いた良人を、睨んだ。

「わたくしは、存じて居りますよ。あのことのあと、お目付より、金子百両が、とどいたことを——」

「う、うむ」

兵庫の面上に、狼狽の色が滲んだ。

「あの百両は、どうなされましたぞ？」

「あ、あれは……、あちらこちらの借財の利払いにあてて、もはや、一文も、残っては居らぬ」

「わたくしが頂いた金子を、利払いにあてるなど――。わたくしが黙っているのをよいことにして、勝手なまねをなさいます」

さげすみをこめた、なんとも冷たい言葉が、天井裏の金八の耳にまで、我慢ならないものにひびいた。

しかし、兵庫は、その言葉に対して、

「す、すまぬ」

と、詫びた。

――やれやれ。

金八は、うんざりした。

「それで……、わたくしに、なんのご相談でございます？　用向きがなければ、ここへは、おみえにはならぬ筈――」

「う、うむ」

兵庫は、ためらっていたが、ついに、思いきって、

「たのむ、も、もう一度、西の丸に……」

「貴方様は！」

須賀は、一瞬、唖然《あぜん》となって、まじまじと、良人のみにくく歪んだ顔を眺めたが、不意に、はじけたような高い笑い声を、ほとばしらせた。

しかし、兵庫の方は、その笑い声にかえって、ほっとした様子で、

「たのむ！　こ、この急場をしのぐためには、どうしても、百両の調達を、せねばならぬ」

と、云った。

須賀の表情は、再び冷たいものに一変した。

「なんという見下げはてた御仁なのか！　いかに自身が、男としての役に立たぬ身になっているとはいえ、妻のからだを、売って、家計をおぎなおうとするとは――」

「す、すまぬ」

「詫びてすむことと、すまぬことがございましょう。貴方様は、この若い美しい妻が、他人の男の腕に――たとえ、それが、次代の天下人であるにもせよ――抱かれるのが、口惜しゅうは、ありませぬのか？……いえ、胸の奥底では、嫉妬の炎が、狂わんばかりに、燃えていなさるのじゃ。そうでありましょう？……え、このからだが、西の丸様に……、さんざ、なぶられることを、想像なさるがよい」

須賀は、双手をうしろに突くと、片膝を立てて、放俗《ほうぞく》な姿態をつくった。

兵庫は、呻いた。

須賀は、わざと、腰をひと捻《ひね》りして、立膝から、衣裳をすべり落した。旗本の妻にあるまじく、下肢にまといつけていたのは、緋縮緬の二布《こしまき》であった。

「申しましょうか。西の丸様は、まずはじめに、わたくしの足もとに、蹲《うずくま》って、この足の指が美しい、とお口の中に入れて、痴愚のように、ひとしきり、おしゃぶり遊ばしました。そうして、くるぶしから脛へ、脛から内腿へと、だんだんに、この二布を捲《まく》りあげつつ、嘗《な》めまわされて——」

「止せっ！　止さぬかっ！」

兵庫が、絶叫した。

須賀は、冷然として、語気鋭く、

「口惜しゅうございましょう。良人じゃもの、口惜しくなければ、嘘じゃ。……口惜しければ、売る前に、ご自分で、そうなされては、如何でありましょう」

「…………」

兵庫は、無言で、喘いだ。

「さ、おやりなされ。遠慮は要りませぬ。おのれの妻のからだではありませぬか」

促しつつ、須賀は、徐々に、下肢をひらいてみせた。二布がすべり落ちた。隠微な黒い翳が、奥を包んでいた。

——やるか？　やらねえか？

天井裏から、固唾をのんで凝視する金八は、遽《にわ》かに、心臓が早鳴って来た。

三

眠狂四郎は、柳橋の船宿のひとつ「ふくべや」の二階で、床縁を枕にして、仰臥していた。

陽が落ちてからかなり過ぎて居り、座敷は、宵闇になじんでいた。

出窓から入る川風が、涼船を出す河岸の騒がしい音を、はこんで来ていた。江戸っ子の短気を誇りにする船頭たちの声が、いちだんと高い。

せわしげに、使傭人たちに指図しておいて、とんとんと階段をのぼって来るおかみの跫音をきき乍ら、狂四郎は、

——いま頃、金八は、大久保兵庫邸の天井裏で、なにを目撃しているのか？

と、考えていた。

「あら——灯も入れていないで、あのおかめ、どこであぶらを売っているんだろう。……旦那、おっぽらかして、ごめんなさい」

おかみは、いそいで、行燈のそばに寄って、燧石《ひうちいし》をきろうとした。

「灯はまだ、点《つ》けずともよい」

狂四郎は、云った。

「どうしてです?」

「おれの刀に、螢《ほたる》がとまっている」

「え?」

おかみは、視線を床の間へ向けてみて、そこにたてかけた無想正宗の鍔で、青い光を明滅させているのをみとめて、

「あら、ほんに――きれい!」

「おれの刀をおそれぬやつだ。しばらく、光らせておこう」

おかみは、そばへ来て、団扇を把ると、狂四郎へ風を送り乍ら、

「にくいねえ。お前様というおひとは、つめたいのだか、あたたかいのだか、とらえようがありやしない」

三年前まで左褄をとっていたこのおかみと、狂四郎は、たった一度だけ、牀をひとつにしたことがある。

「そっちの螢には、情けをかけても、ここにもう一人いる螢の方は、忘れているんですか。こっちの方も、もう一度――昼は世間をはばかる螢、夜半の逢瀬《おうせ》をたのしみに、と待っているんですよ」

いきなり、掩いかぶさって来た。

狂四郎は、女が口を吸うままにまかせて、動かなかった。

そこへ——。

「旦那は、ここかい、二階かい」

金八が、声とともに、階段を駆けあがって来た。

おかみは、すばやく、はなれて、

「金八、しずかに！」

と、叱った。

「おや、まっくら、くらの暗闇で——へへ、もとの闇路に心はもどる首尾は短き川びらき、と来たか」

「ちがうんだ。螢がとんで来て、そのおそろしい血刀をきよめているのさ」

「おっ、なあるほど——こいつは、しゃれてらア」

狂四郎は、おかみが階下へ去るのを待って、起き上った。

「どうした？」

「どうしたも、こうしたも、びっくり——じゃねえ、ひっくり、でさ。あとへ、けえる、がついて、げろが出るような屋敷ですぜ、あの大久保兵庫てえ旗本は——」

金八は、目撃して来た一部始終を、告げた。

相槌《あいづち》も打たずに、黙ってききとった狂四郎は、無想正宗の鍔から飛び立って、ふわふわと出窓から出て行く螢を見送った。

「で、いよいよ、先生の出番てえことになりやすが……、どう料理なさるんで？」

「どうするかな」

狂四郎の視線は、なお、出窓の外へ送られていた。

四

「相変らず、蒸すのう」

お目付佐野勘十郎は、明日心剣が待つ書院へ入って来るなり、そう云い、座に就くと、すぐに、

「眠狂四郎を討ち損じたらしいの」

と、じろりと心剣を見据えた。

「身共が、見事に敗れました」

「敗れたと申すが、ピンピンいたして居るではないか」

「斬られたのは、身共の差料《さしりよう》でございました」

「それで――？」

「あの男の迅業に対しては、工夫を必要といたします。その工夫に、しばらくの日数を

頂戴いたしとう存じます」

「こちらは、急いで居る」

「お急ぎならば、他の御仁を討手にさし向けられますよう――」

「お主が斬れぬものを、どうして、他の連中が斬れるか。まアよい。待とう。但し、条件つきだ。長岡采女正の妻を、片づけてもらおう。これは、今明日《こんみようにち》うちにも、やってもらおう」

「眠狂四郎を討ち果した上で、妻女を拉致して参る、というお約束でありました」

「討ち果せなんだではないか」

「工夫の上、討ち果します」

「待って居れぬ」

「身共は、眠狂四郎に対し、決闘して勝った場合、妻女を申し受ける、と告げて居ります。これを違約するわけには参りませぬ」

「わしとの約束を破っても、狂四郎との約束は守る、と申すのか」

勘十郎の顔は、しかし、すこしも慍《いか》ってはいなかった。肚裡《とり》の感情は、一切おもてにあらわさぬ人物であった。

「眠狂四郎を討ち果すまでは、妻女を拉致する儀も、お待ち頂かねばなりませぬ」

「筋を通している、というわけかの。わしに、一歩ゆずらせるのは、お主だけだ。やむを得まい。では、一歩ゆずったところで、あらためて条件をつけるぞ」

「おうかがいつかまつる」

「いかなる事態にいたっても、眠狂四郎側に寝返る、ということはせぬ、と誓ってもらおう」

勘十郎は、この言葉を口にする時、はじめて威儀を示した。

「お誓い申し上げます」

心剣は、こたえた。

「もし、裏切った場合は——念のために、申しておく——お主の倅の一命は、喪われる」

そう云われて、心剣の顔面に、烈しい動揺の色が刷かれた。

自分に息子があることを、このお目付は、知っていたのだ。ひたかくしにしていた秘密であった。この事実を知っているのは、この世に、ほんの数人だけであった。そして、その人々は、かたく口をとざして、他人に語っていない筈であった。

——どうして、このお目付が、知ったのか？

心剣は、肚の底まで蒼ざめた。

勘十郎は、その様子を眺めて、薄ら笑った。

「わしは、敵にまわった者に対しては、みじんの容赦もせぬ人間だ。……これだけは、おぼえておくがよい」

云いのこして、さっさと立ち上った。

大久保兵庫邸から、網代《あじろ》駕籠が、到着して、式台へ据えられたのは、それから半刻ばかり後であった。

勘十郎は、用人から、それを取次がれると、

「大久保家は、三河譜代だが、やむを得ぬの、当代で消え去ることになる」

と、云った。

「と仰せられますと？」

用人は、怪訝《けげん》な面持で、冷酷な主人を見やった。

「いかに台所が火の車だからと申して、百両欲しさに、女房を売るしまつでは、もはや旗本の体面は保てぬ。……さて、これから、女衒《ぜげん》の真似《まね》をいたさねばならぬ。尤も、西城府様は、大久保の女房なら、大よろこびで、お買い上げになられよう。……登城の支度――」

やがて、佐野勘十郎は、裃姿になって、玄関へ現われた。

そこへ据えられた網代駕籠に、

「家の窮状を救うために、わが身を生贄にするとは、当代の節婦と申せる」

と、中へ云いかけた。

　すると、これに応えるように、洩れ出たのは、異様な呻き声であった。

「……？」

　勘十郎は、眉宇をひそめた。

　大久保家から、この駕籠をはこんで来た家来たちは、一人のこらず、ひきあげてしまっていた。ここからは、お目付の配下たちが、江戸城西の丸へ、はこんでゆくことになっていた。

　勘十郎は、駕籠の戸を、ひきあけた。

「これは！」

　勘十郎のこめかみに、青い筋が浮いた。

　どこで、どう捕えられて、そうされたのか——大久保兵庫の妻須賀は、一糸まとわぬ素裸にひき剝かれて、猿ぐつわをかまされ、高手小手に縛りあげられていたのである。

　勘十郎の視線をあびて、須賀は、はずかしさとくやしさで、裸身をねじった。

　すると、その背中には、次の文句が、墨くろぐろと記されていた。

『この悪女の代金、せいぜい一両が相場に御座候　　眠狂四郎』

魂《たま》棚《だな》

一

江戸に、盂蘭盆が来ていた。

盂蘭盆は、正月とともに、当時の人々が最も心をつくす行事であった。

武家屋敷から九尺二間の裏店まで、魂棚をつくって、先祖累代の精霊をはじめ、有縁の霊はなおさら、無縁の族《やから》にいたるまで、それに迎えて、供養をいとなんだ。

盂蘭盆が近づくと、市中には、魂棚の材料である間瀬垣《ませがき》（杉の青葉を竹に編みつけて垣のようにしたもの）や、菰《まこも》や、篠竹《しのだけ》を売りあるく呼び声が、江戸の風物になった。

辻々には、魂祭のための市が立ち、燈籠、盆提灯《ぼんぢようちん》、線香、土器《かわらけ》、苧殻《おがら》、粟穂《あわほ》、赤茄子、白茄子、紅の花、榧《かや》の実、青柿、青栗、萩、蓮の葉、蓮花、鶏頭、瓢簞《ひようたん》などが、とぶように売れた。

また、数珠造りの仏師、仏壇の漆器類をあきなう店は、この数日が、かき入れの大繁昌であった。

幕府譜代の老中・若年寄はじめ諸侯は、盂蘭盆の前日には、奉書張りの見事な切子燈籠を、上野東叡山《とうえいざん》と芝増上寺の両廟《りようびよう》へ献じ、また他の大名や旗本は、おのおのの菩提所《ぼだいしよ》へ、盆提灯を奉ずるのをしきたりとした。美しい切子燈籠や提灯を、中間に持たせて奉納に行く麻裃の武士の往来も、また、江戸の風物のひとつであった。

川の畔《ほとり》には、大きな構えの魂棚が設けられて、有縁無縁の位牌《いはい》をならべ、水瓜や桃など水菓子の、精進の供饌《ぐせん》がされて、僧侶が木魚を搏ちつつ勤める誦経《ずきよう》の声が、川面を流れたし、寺院では、山門前に、おそろしく高い丸太を立てて、頂上へ杉の青葉を束ねて、旗をたらし、燈籠をつりあげた。

盆中、この燈籠に、毎夜、灯がともされたが、いかにも、精霊が、墓地から出て来るのを迎えるにふさわしい陰気な眺めであった。

十三日の日暮になると、大名旗本大身をのぞくすべての家で、門口で、霊魂を迎える火を焚いた。

武家では、門をひらき、主人はじめ家臣らが麻裃で、玄関に粛然と列座したし、町家でも、番頭手代小僧にいたるまで、のこらず店に居並んで、あたかも、生きた人の来訪を待つように、振舞った。

苧殻を積んだのへ、火が移されるや、鉦《かね》を打ちならし、称名をとなえ……江戸は、ひとときに、煙火と合唱の世界になった。

往還は、鉦とか木魚を鳴らして念仏を唱える布施僧や、施物を貰《もら》いに現われた乞食《こじき》たちで、賑わった。

こうした行事で、江戸は、季節を区切ったのである。

押上村の古刹竜勝寺は、檀家《だんか》もない貧乏寺であったが、それでも、奇特な村人たちが、山門前には、高燈籠をかかげてくれたし、無縁仏のならんだ墓地も、きれいに掃ききよめてくれた。

それというのも、住職空然は、盆が近づくと、提灯問屋から鬚須提灯を運ばせて、これに美しい花鳥風月を描く余技をふるったり、鈴虫とか轡虫《くつわむし》とかこおろぎとか、虫を捕えて、虫売りに売って、若干の金子を得ると、これで、村の子供たちに、菓子や花火をくばってやるならわしを、ここ数年つづけていたからである。

陽が落ちて、ほどなく——。

庫裡に身を寄せている長岡采女正の妻志津は、本堂からひびいて来る空然の誦経の声を、遠いものにきいているうちに、

——そうだ。良人の霊を、供養して頂こう。

と、思いついた。

本堂に、そっとあがってみると、百基以上の位牌をならべた須弥壇《しゅみだん》に向って、空然は、朗々と誦経をつづけていた。

これらの位牌は、いずれも、供養してくれる肉親縁者を持たぬ精霊たちであった。

志津は、空然の背後に坐って、誦経が一段落するまで、待った。

と——。

志津は、恰度正面まん中に据えられた真新しい白木の位牌に、目をとめた。

まばたく蠟燭《ろうそく》のあかりの中に、

「依眠狂四郎被斬殺諸精霊位」

そう読めた。

空然が、念仏を唱えおわって、頭をまわした時、志津は、われを忘れたような空疎な表情で、その位牌を、じっと瞶めていた。

空然の視線を受けて、はっと自分をとりもどした志津は、

「そのお位牌は、眠様のご依頼によって、おつくりなさいましたので？」

と、訊ねた。

「いや、拙僧が、勝手につくりましたのじゃ。厄介なことに、毎年、新しいのを、つくらねばなりませんな」

「………？」

「あの御仁は、毎年、新仏をつくりなさるので、去年の位牌では間に合わぬのです。

……今年のこの位牌には、貴女《あなた》の御主人の霊も加えられています」

志津は、黙って俯向いた。

「さて、拙僧は、これから、江戸の市中へ、布施もらいに参ります。なにしろ、今宵は、坊主と乞食のかき入れでしてな。托鉢雲水《たくはつうんすい》としては、自分の寺の無縁仏ばかりを供養していては、大損をする」

笑って、空然は、立ち上ると、

「盂蘭盆などという行事は、生きている人間たちがやがて自分に吹いて来る無常の風をおそれて、やっていることで、実は、精霊たちは、つらい娑婆《しゃば》より気晴らしの浄土で、のんびり寐そべってござるのかも知れませんわい」

と、云いのこした。

二

志津は、空然が出て行っても、なおしばらく、そこに坐っていた。

須弥壇にならんだ百基あまりの位牌は、ことごとく、不幸な最期を遂げた人たちに相違なかった。

そうした無縁仏たちの前に坐っていることに、志津は、なんとはない、やすらぎに似た気分をおぼえて、動けなかったのである。

突然――。

かたっ、と音がした。

はっと顔を擡げた志津は、愕然《がくぜん》と息をのんだ。

正面の真新しい白木の位牌が、壇から落ちていた。

にわかに風が吹きつけて来たわけでもなく、鼠が走った気配もなかった。にも拘らず、眠狂四郎に殺された諸精霊の位牌だけが、不意に、畳の上へ、落ちたのである。他の位牌は、整然と並んで、何事もない。

志津は、一瞬、身も心も、こわばらせた。

ようやく、膝で進んで、わななく手で、その位牌を把りあげると、そっともとの場所へ置いたが、胸の動悸《どうき》は容易に、おさまりそうもなかった。

志津は、この奇怪な出来事に、不吉な不安をおぼえていた。

――あのおかたの身に、なにか、おそろしいことが起らねばよいが……。

非業の死を遂げた良人の魂が、中有に迷うているのをいたむことよりも、このからだを犯した男の身を気づかっている自分は、すでに、眠狂四郎を深く愛していることを、志津自身、まだ、意識してはいなかった。

同じ時刻――。

眠狂四郎は、昏れなずむ渋谷の丘陵上に、佇立していた。

巨大な櫨《はじ》の根かたに、自然石の墓碑が、三基並んでいた。

生みの母と、狂四郎を愛したためにその若い生命を落した二人——美保代と静香と、不幸な三人の女性たちが、ここにねむっていた。

眠狂四郎は、世間の慣習には背を向けて生きている男であった。どんな行事が、催されようと、それとは無縁の位置におのれを置いていることが、いっそ、この男の心意気といえた。

ただひとつ、この男が、浮世の風俗に従っている例外は、迎え火の焚かれるこの宵、一人で、この丘陵へのぼって来ることであった。もとより、家を持たぬこの男が、精霊を迎えに来たわけでもなかったし、閼伽《あか》や花や線香を携えて来て、念仏を唱える次第でもなかった。

ひととき、そこに黙然と影になって佇立していてから、しずかに立去るだけであった。

ところで——。

何者がそうしてくれたのか、三基の墓の前には、紅の花と鶏頭と樒《しきみ》が花立にさしてあり、ひろげた菰《こも》むしろの上に桃や白茄子や素麺《そうめん》などが供えられ、線香も細い煙をたちのぼらせていたのである。

狂四郎の脳裡には、詣でてくれる人が思い泛ばなかった。

この丘陵から程遠からぬ宮益町の雑木林の中に隠棲していた祖父の松平主水正が、生きていた頃は、その命日には、詣でてくれていた模様であるが、祖父は三年前に逝っていた。

見知らぬ他人が、ここに無縁仏がねむると知って、してくれたことであろうか。しだいに、夕闇に包まれて、おもてに刻んだ「霊」という文字も判じがたくなった墓を、じっと見まもり乍ら、

——見知らぬ他人の好意とすれば、これは、素直に感謝していいことだが……。

と、なかばいぶからずにはいられなかった。

狂四郎としては、何者かが勝手に、墓前を飾ってくれたことで、気持をみだされたのが、あまり愉快ではなかった。

不幸な女性たちの墓は、たとえ盂蘭盆が来ても、そのまま、侘しいたたずまいを保っている方が、こちらの胸の疼きを呼ぶことになって、こっそり詣でる意義がある、といえた。

この日の魂迎えでは、身柄のある武家、筋目正しい町家など、おのが家の氏素姓を誇りにする家では、わざわざ、菩提寺におもむいて、墓前に燈火をささげ、祈禱《きとう》をこめて、墓の中から精霊を呼び出し、さながら生きた人間をみちびくように、定紋のついた弓張提灯で路上を照らし乍ら、わが家まで迎え入れるならわしであった。

いかにも、そらぞらしい、ばかげた行為に、狂四郎は思っていたことである。

それだけに、狂四郎は、自分が知らぬうちに、母、美保代、静香の墓前が、さもその魂を呼び出すように飾られたことに、抵抗をおぼえた。

しかし、これが見知らぬ他人の好意とすれば、素直に感謝すべきであろう。

三

狂四郎が、立去るべく、踵をまわした折、ゆるやかな斜面の小径《こみち》を、のぼって来る人影が、みとめられた。

提灯を携えていて、そのあかりで、年配の婦人と見わけられた。

小径は、この頂上に至るためのものであり、これは、魂迎えにやって来たと受けとれる。

不審のままに、狂四郎は、待った。

近づくにつれて、その提灯に浮いた定紋が、はっきりした。祖父松平主水正の家紋であった。

初老の品のいい顔だちの婦人は、狂四郎がそこに佇立しているのをみとめて、はっとなったように、足を止めた。

「貴方様は……？」

提灯をかかげると、じっとすかし視てから、

「おお、やはり！」

と、感動の声をあげた。

婦人が、口にしたのは、狂四郎の幼名であった。

狂四郎は、見かえして、問うた。

「そなたは、何人《なんぴと》であろうか？」

「はい。申し上げても、ご存じではございませぬ。……貴方様のお母様附きの小間使いをいたして居りました者でございます。お母様が、麻布のお屋敷をお出になるまで、おつかえして居りました。……いえ、広尾町の祥雲寺山内の離れにお移りあそばしてからも、もう一度、おつかい下さるように、幾度もおねがいに上ったのでございますが、お母様は、一人でくらしたいからと申されまして、おゆるしがなかったのでございます」

「母が、わたしを産んでからも、訪れたことがあるのか？」

「はい。ただ一度だけ、おうかがいして、貴方様を抱かせて頂きました」

「………」

「お母様が、二度とは参らぬように、と申されましたので、ご遠慮申し上げたのでございます。ほどなく、わたくしも、この渋谷在の郷士の家に嫁ぎまして、それなりに、おうかがいする折もなく、うち過ぎてしまいました」

「この墓が、母のものだ、とどうして知った？」

「はい。貴方様のお祖父《じい》様に、偶然に、この丘の麓《ふもと》で、お目にかかったのでございます。……大目付であられた頃のお殿様は、それはもう、お顔を仰ぐこともできないほど、威厳に満ちたお方でございましたが、ご隠居なさいまして、すっかりお優しいお年寄りにおなりあそばしていて、わたくしがあの頃のお嬢様附きの小間使いであったと申し上げますと、千津は、この丘の上でねむっている、詣でてくれれば悦《よろこ》ぶであろう、とお教え下さったのでございます」

「…………」

「ご隠居様がお亡くなりあそばしてからは、まことに差出がましいと存じましたが、お盆には、おもどりになるお屋敷をお持ちにならぬお母様を、わたくしが、家へお迎えしているのでございます。……それにしても、御魂《みたま》をお迎えに参って、貴方様にお目にかかることができましたのは、これも、お母様のおひきあわせと存じます」

「…………」

「貴方様のお顔に、お母様の面ざしが、のこって居りまする。……おなつかしくて、もう、この胸が――」

女は、袖で、目がしらをおさえた。

ほどなく――。

女は、母の魂を案内して、提灯で小径を照らし、狂四郎がそのあとにしたがって、黙々として、丘を降りた。

女が、狂四郎をともなったのは、麓からさほど遠くない、堀川沿いの道をすこし歩いたところに、かなりの構えをみせた郷士の家であった。

門も玄関も、そして屋内も、由緒あるものに眺められるたたずまいであった。

女は、主人は七年ばかり前に亡くなって、自身が家を守っていることを、丘を降りる途中で告げていた。

裕福らしく、門前で苧殻《いもがら》を焚いて、出迎えた使傭人は五人もいたし、玄関には女中二人が、式台に手をつかえていた。

間瀬垣をめぐらした魂棚の前へ、狂四郎をみちびいた女は、待っていた僧侶がはじめた誦経に、自分も唱和した。

狂四郎は、腕を組んで、黙然と、魂棚にならんだ位牌へ、眼眸を据えていた。

位牌のひとつが、母のものであろうが、狂四郎は、祖父主水正がつけたであろう戒名など、知るべくもなかった。

回向がおわり、僧侶が去ると、美しく装うた娘が、精進料理の膳部を、狂四郎の前に、はこんで来た。

女は、姪《めい》であると告げて、酒をすすめた。

狂四郎は、盃《さかずき》を把って、娘に酌をさせたが、口には、はこばず、何を考えたか、やお立つと、魂棚に近づいた。

その盃を、供えるのか、と見ていると、狂四郎は、いきなり、母のものとおぼしき位牌へ、酒をそそぎかけた。

「それは、なんのお振舞いでございます?」

女が、眉宇をひそめて、咎めた。

狂四郎は、薄ら笑いをうかべて、女を見据えた。

「酒には、どうやら、毒がまぜてあるらしい。とすれば、この眠狂四郎をおびき寄せるためにつくった位牌は、毒酒できよめられるのが、ふさわしかろう」

「……………」

女の面相が、一変した。

狂四郎は、薄ら笑いを消すと、遽《にわ》かに、鋭い眼光になった。

「おれを罠《わな》にかける策としては、決してまずいものではなかった。今宵、もしかすれば、おれが、母の墓へ詣でるかも知れぬ、と推測したお目付佐野勘十郎は、流石は頭脳がきれる。……あいにくだったのは、この眠狂四郎にも、江戸に在るかぎりは、盂蘭盆の今宵は、あの丘にのぼる唯一の慣習があったことだ。昨年も、のぼった。一昨年も、のぼった。ところが、昨年も一昨年も、墓の前には、花も桃も線香も供えられてはいなかった。今年だけ、いかにも心をこめたとみせかけた供え物があった。……そなたは、松平主水正が逝った三年前から、魂迎えをしている、と云った。罠づくりは巧妙であったが、そなたのあの一言が、せっかくの策を水の泡にした。ざんねんであったというよりほかはない」

女は、狂四郎があばく間に、立って、じりじりと、縁側の方へ、後退していた。

狂四郎は、べつに迫ろうともせずに、つづけた。

「精霊たちが、せっかく饗応《きょうおう》されに、墓の中から出て来る宵だ。このまま、ひきあげたいところだが、許せぬのは、おれの母の墓と霊魂を、けがしてくれたことだ。そちらにとっては、巧妙の策であったかも知れぬが、こちらにとっては、許しがたい不快きわまる陋劣《ろうれつ》な計であった。……魂迎えなどという行事は、誰が考え出したか知らぬが、いかにもそらぞらしい、ばかげた俗習だが、これも、くらしのいろどりになるのなら、べつに反対する理由もない。しかし、おのれの母親の墓に、この俗習を仕掛けられては、許すことはできぬ。気の毒だが、おれが殺される代りに、お前さんに新仏になってもらって、その魂棚に坐ってもらうことになる」

瞬間――女は、身をひるがえして、庭へ奔ろうとした。

狂四郎は、魂棚の毒酒に濡れた位牌を摑むや、投げつけた。

位牌は、女の頸根に当って、その骨を砕いた。

絶鳴が、空に消えた時、狂四郎の左右から、この家の使傭人に化けた隠密たちが、白刃を抜きつれて、肉薄して来た。

狂四郎は、べつに、無想正宗を抜き合せようとせず、ゆっくりと、歩き出し乍ら、

「お主ら、日をあらためて、出なおしては、どうなのだ。お主らにも、家に迎える精霊はなくはなかろう。自分が、そっち側へ鞍《くら》がえするには、今宵は、あまりに、抹香臭すぎる、と思わぬか」

と、云ってから、

「おれが、そう云った、とお目付に、つたえれば、どうやら話の判る人物らしいゆえ、笑って、頷くのではないのか」

と、添えた。

この言葉が、隠密たちの闘志を殺《そ》いだ。

狂四郎は、ふところ手で、門を出ることができた。

五六歩往ったところで、物蔭から、一人、短剣を突きかけて来た者があった。

毒酒を酌した娘であった。

狂四郎は、その短剣を搏ち落すと、

「あの女は、姪と云っていたが、実の娘であろう。……お前が、いま、わたしに斬られると、来年、母親の霊魂を、誰が迎えるのだ？」

と、云った。

娘は、その場へ、崩れ落ちると、慟哭《どうこく》した。

どこかで、念仏に節づけして合唱する声と鉦の音が、ひびいて来た。佃島《つくだじま》からやって来た佃踊りの老爺《ろうや》老婆の一団が、功徳の施物もらいに、招きに応じて、門口で踊っているのであったろう。

不義成敗

一

東の間の眩しい残照が、道幅いっぱいに満ちた横山町の老舗通りを、立川談亭は、扇を使い乍ら、せかせかと歩いていた。

あたりにはきこえぬように、口の内では、しきりに、諸葛孔明の「出師の表」に節をつけて、呟いていた。

久松町の講釈場で、今年の正月元旦から読みはじめた「三国志」がいよいよ、大詰に来たのである。

「……臣はもと布衣、躬《みずか》ら南陽に耕し、いやしくも生命を乱世に全うし、聞達《ぶんたつ》を諸侯に求めず、先帝、臣の卑猥《ひわい》なるを以てせず、自ら枉屈《おうくつ》し、三たび臣を草廬《そうろ》の中に顧み、臣に問うに当世の事を以てしたまえり。これにより感激し、ついに先帝に許すに駆馳《くち》を以てせり。のち傾覆に値《あ》い、任を敗軍の際に受け、命を危難の間に奉じてより爾来十有一年――」

「師匠、暑いねえ」

背後から、声がかかったので、談亭は、諳誦《そらよみ》を中止して、ふりかえった。

顔見知りの四十年配の大工が、仕事帰りらしく、道具函《ばこ》を肩にしていた。

「夏は暑うて、冬は寒く、犬が西向きゃ尾は東。相場はきまって居るわさ。とはいうもののの、こう暑くちゃ、講釈場も閑古鳥が啼いてのう――夏やせと答えてあとは涙かな」

「そういやア、万事高直《こうじき》で、こちとらたたきは、だんだん頤《あご》が乾《ひ》あがって来るぜ。酒が一升九十文だなんて、べらぼうすぎらあ。……大きな声じゃ云えねえが、どうも、ご政道が狂っているんじゃねえか、と思うんだが、師匠は、どう思いなさるね？」

「竹に雀《すずめ》なら伊達《だて》侯だが、葵《あおい》にはさしずめ水鶏《くいな》――と来りゃ、食いっぱぐれのねえようして下さるのがご政道だが、世の中しだいにおかしくなって、桃に鶯《うぐいす》がとまったりして、こりゃ、木がちがった」

「あっしゃ、師匠、なにも酒の値があがったのに腹を立てているんじゃねえんだぜ。あっしの親方の頭梁が、お城の西の丸に、とんでもねえものを建てろ、と仰せつけられて、往生しているのをきいたから……」

「なにを建てろとな？」

「芝居小屋よ」

「ふうん――」

談亭は、眉宇をひそめた。

「大奥のお女中衆が、宿下りで芝居見物するのさえ、内緒ごとだろう。……それを、こともあろうに、次の公方様におなりなさるお方が、お城のどまん中に、芝居小屋をおっ建てて、中村座、市村座、守田座の役者を一人のこらずつれて来て、顔見世狂言をやらかそうというんだから、あきれけえった話じゃねえか。狂っているとしか、思えねえやな。そうじゃねえか、師匠？」

「それが、まことならば、市川十八番――暫《しばらく》、しばあらくう！」

「冗談事じゃねえんだぜ、師匠」

「いや、全くもって、冗談事ではないのう。西の丸様が狂っていることが、匹夫の輩《やから》にまで批判されるようになると、これは、まさに、天下の一大事だわい」

「匹夫とは、あっしのことかい？」

「もとは、女の臀部《でんぶ》のことを申したな。転じて、その臀部を可愛がる助平男の意味に相成ったて」

談亭は、大工と広小路でわかれると、柳橋へ抜けて、船宿「ふくべや」に入った。

「はい、ごめんよ、こんちは、今晩は――」

結界の中のおかみと顔を合わせると、ぬっと親指を突き出してみせた。

「なにさ、それ？」

おかみが、にらんだ。

「これ、すなわち、焼け木杭《ぼっくい》」

談亭は、このおかみと眠狂四郎が、以前一度、他人でなくなったことがあるのを知っていた。

おかみは、つんとして、

「火はつかないよ」

「主は水性、わたしは木性、一夜みずでもきがすまぬ、か。二階に流連《いつづけ》させて、こっちを燃やしてくれるまで待っているなんざ、乙な風情だアな。左褄をとっていた頃より、ずんと仇っぽくなって――女は、男に惚れると、どうして、こう、あられもなく、色香をふりまくのかのう」

「うるさい、駄講！　さっさと、二階へお上り――」

「抱こうと云われて、やれうれしやと、のぼる階段上の空、足の軽さよ身の軽さ――はい、ごめん」

二

眠狂四郎は、相変らず、なんの愉しさもおぼえぬような無表情で、床縁を枕にして寐そべっていた。

談亭は、坐ると、いきなり、

「今年から、十一月朔日《ついたち》の中・市・守の三座の顔見世が、なくなったら、江戸の婦女子の中で、すくなくとも、五十人は首を縊る者が出ると、拙講愚考つかまつるが、もって如何となす？」

と、云った。

「なんのことだ？」

「江戸城西の丸の庭に、芝居小屋が建てられて、団十郎、梅幸、菊之丞《きくのじょう》ら総役者が、そっちへ、ひっぱって行かれてしまうことに相成り申すのでな」

談亭は、さきほど大工からきかされた話をつたえた。

狂四郎は、黙然として、なんともこたえなかった。

「いったい、これアどういうことなんですかねえ。旗本の奥方を、片っぱしから犯すわ、二十年かかってお庭をつくった植木屋を手討ちにするわ、芝居小屋をつくろうとするわ——正気の沙汰じゃありませんぜ」

狂四郎は、やおら起き上って、手を叩き、顔をのぞけた小女に、酒を命じた。

銚子《ちょうし》を一本空けてから、狂四郎は、はじめて、口をひらいた。

「同じ人間が、別人になった、ということだ」

「たしかに、そうでござんしょうとも。てまえがうかがっているお人柄は——天資英邁《てんしえいまい》、いたく奢侈《しやし》を悪《にく》みたまい、衣服飲食の美を好みたまわず、黒木綿のおん衣服、桟留《サントメ》のおん袴、一汁一菜の粗食、絶えて菓子などに手を出したまわず、まして女色などはもってのほか――。かねてより、おん父君が五十五人もお子を儲《もう》けた膃肭臍《おっとせい》ぶりを、にがにがしくおぼし召され、余はなろうことなら、睾丸《こうがん》を抜きたい、と申されたとか申されなんだとか――。そういうお方が、どういうきっかけで、狂っちまったんだか……」

「今年の春、父親が左大臣に、自身が内大臣になった礼に、京へ上った――その上洛を境にして、別人になったらしい」

「へえ？　京で、なにか、驚天動地の異変でも起って、性根がひっくりかえっちまったのでしょうかね」

「判らぬ。京都所司代の頸でも締めあげれば、別人になった理由を吐くかも知れぬが……」

「先生、これア、ご自分にも火の粉が降りかかって来ていることですぜ。こうしているあいだにも、おもてには、お手前様の生命を狙う手練者が、目を光らせているのかも知れないんだから……、ここは一番」

「談亭、わたしに、江戸から逃げ出せ、と忠告に来たのか？」

「つまるところは、まアそういうことで――。ねえ、逃げて下さるわけには参りませんかねえ。これまでの敵とちがって、こんどの敵は、次代の将軍家を後楯にしたお目付なんですぜ。対手がわるいや、対手が――」

談亭は、盃を把って、ぐっと空けると、

「丈夫涙なきに非ず、そそがず別離の間、船宿に寄って燗酒に対す、遊子の面を為すを恥ず――という場面に、ここをして下さるわけには参りませんかねえ」

「参らんな」

狂四郎は、にべもなくこたえた。

「やれやれ、鉄砲傷がやっと癒えたばかりだ、というのに――」

「戌刻《いつつ》（午後八時）になったら、お前さんを案内するところがある」

狂四郎は、云った。

「どこへ――？」

「御小姓番岩城峰之助の屋敷だ。薩摩《さつま》の島津の姻戚にあたる名家だ」

「薩摩汁でもご馳走して下さるのですかい？」

「思わぬ趣向がある――ような気がする」

「どういうんです、それア？」

「岩城家には、後家がいる。当主の亡兄の妻女だ。これが、抜群の美人らしい」

「判った！　この後家殿も、西の丸様のお手がついた――」

「そうだ。一昨夜、金八を忍び込ませて、眺めさせたが、星眸秋波を動かすらしい。のみならず、どうやら、孤閨《こけい》を守ることのできぬからだの持主でもある模様だ」

「成程、それで、義弟と出来ていたところを、西の丸様のお手がついて、義弟が嫉妬で荒れ狂い、屋敷内は、てんやのわんやと相成った次第でげすな」

「そうではないようだ。金八の報せでは、後家は、外から、男を呼び込んでいるらしい」

「借問す、眠狂四郎に他人の房事を覗く下種《げす》の趣味ありとは？」

「講釈師にも、ないとは云わせぬ」

「へへ、それはもう人一倍――ぶるぶるっ、女郎花《おみなえし》咲く野はいとえ草枕。……で、覗いて、どうしなさるんです？」

「まだ、きめては居らぬ。この半年間に、西の丸の被害を蒙った家が、旗本だけで八軒ある。その家の中をのぞくことを、武部老人にたのまれた。火の粉をはらうには、真因をつきとめる必要があろう」

「西の丸様のお側に、とんでもないごますりがいて、旗本の奥方やら後家のうち、これはと思う別品を、そっと耳うちして、召し出した、というわけですかねえ」

「いや、この弥生に、上野山内で、輪王寺宮の主催で、花見の宴が開かれた。その際、西の丸が、お忍びで出かけて、招き寄せた旗本の家内の中から、えらび出したということだ」

「大根と女房は盗まれるほどいい、というが、盗まれる亭王の方としては、やりきれたものじゃありませんね。まして、対手が、天下人と来ちゃ、他人の食い寄り、親の泣き寄りで、額をつき合せてみたところで、埒《らち》があくものじゃなし——上、身を修む能《あた》わず、士、主を信ず能わずんば、何を以て民を治めんや、喝！」

狂四郎は、立ち上った。

「出かけようか」

「待って下さいよ、てまえは、先生に逃げることを、すすめに……」

「談亭、頭上に火の粉が降りかかった時、わたしが、一度でも逃げたことがあるか？」

「そ、それア……、そう仰言られれば——」

談亭は、しぶしぶ、狂四郎のあとにしたがった。

三

江戸川に沿うた左右一帯は、船河原橋から石切橋まで、すべて直参の屋敷であった。御小姓番・三千八百石・岩城峰之助邸は、恰度その中央に位置する中ノ橋を北に渡ったところにあった。

戌刻——。

眠狂四郎は、談亭をつれて、屋敷の裏手へまわった。

狂四郎たちは、東からやって来たが、立慶橋を過ぎるあたりから、頭巾で顔を包んだ一人の武士が、前を歩くのに、なんとなく、ついて行くかたちになった。

中ノ橋の袂で右へ折れるのを見てとって、狂四郎は、わざと、五六歩おくれた。

「やはり、そうか」

岩城邸の海鼠塀《なまこべい》に沿うて、裏手へまわり、塀が直角に折れる地点で、そっと覗いた狂四郎は、その武士が、裏門の前に立ちどまるのをみとめて、頷いた。

「あれが、間夫《まぶ》で——？」

談亭も覗いてみて、直感を働かせた。

「そうだ。今宵戌刻に呼び込むことを、金八が、かぎつけて来た」

「あの間夫、どうも、育ち不足の前髪衆みたいな気がしますぜ」

「まだ十四、五の児《ちご》小姓に相違あるまい」

「恐れ入りました。間夫は児小姓で、情婦は——上布は薩摩、と来た」

裏門の潜《くぐ》り戸《ど》は、内側から開かれ、忍んで来た者は、すっと消えた。

「こっちは、塀を越えることになるな」

狂四郎が、高い海鼠壁を仰いだ。

「先生、てまえは、金八とちがって、こういう芸当の修得はございませんよ」

「わたしの仲間なら、習っておいてもらおう」

「いやはや、春秋高く塀高く。へっぴり腰を如何せん」

年配の女中にみちびかれて、仄暗《ほのぐら》い一室に通された武士は、そのまま、頭巾もとらずに、端座して、動かなかった。

衣《きぬ》ずれの音が、廊下にひびいたが、顔を擡げようともしなかった。

背後から、そっと、白い手で頭巾がぬがされると、前髪立ちの、まだ少年そのままのふっくらと下ぶくれた面貌があらわれた。

頭巾をぬがしたのは、眦がややつりあがった険を除けば、一点の非もさがし出せぬ、群を抜いた美貌の持主であった。

しかし、もう年齢は、三十に近い大年増で、児小姓の肩を抱いた手が、それをかくせずに、筋張っていた。

「会いたかった！」

女は、いきなり、児小姓の唇を求めた。

双腕の上から抱き締められて、唇を奪われた児小姓は、はじめは、遠慮ぎみに、その手を女の胴のあたりに匍わせていたが、やがて、そろそろと、ひとねじりにくねらせた腰から、膝へとすべらせて、膝の割れ目から、股奥をまさぐりはじめた。

女は、その感触に、強い反応を示して、唇を合わせつつ、微かに呻いたが、自ら背を反らして、畳へ倒れた。

それから、唇をはなして、さもいとおしげに、

「おいたをなさる」

と、云って、みだらな笑い声をたてた。

仰臥の膝から、下裳《したも》までがすべり落ちて、下肢は、太腿まであらわになっていた。児小姓の指は、その奥で、うごめきつづける。

女は、そのまま、もてあそばせておいて、

「そなたは、わたくしが、上様のお褥《しとね》に入った時、どこに、いましたぞ？」

と、訊ねた。

「御広敷の……御杉戸ぎわに、じっと坐って……」

「おお、おお、いたわしいこと。許して下され。……けれど、わたくしが、西の丸様に身をまかせたのは、ひとえに、そなたの出世をねがってのことでありました。……そなたは、前髪を落したら、すぐ、御番入りをなさる。御書院番がよかろうか、それとも、大御番か――。大御番の方がよいであろ。大坂定番におなりなさるがよい。その時は、わたくしも、大坂へ参りましょうぞ。……大坂から戻られたら、次第に出世の道を辿って……、そう、やがて、勘定奉行か、寺社奉行にまで、のぼられるのじゃ。きっと、きっと、そこまで出世なさる。……でも、そなたが、お奉行になられた時は、わたくしは

もう、皺だらけの、みにくい婆になりはてて——おお、想うだけで、身ぶるいがする。そな……でも、そうなったら、わたくしは、そなたの出世のさまたげはしませぬぞえ。そなたを、出世の門口に立たせてあげる。それだけが、わたくしのつとめなのです。そのために、西の丸様にも、すすんで身をまかせました。……これでよい。こうして、そなたに抱かれている時だけが、そなたは、わたくしのもの——、明日のことは、考えませぬ。……あ、ああ——うれしい！……いまだけ、たった、いまだけで……、わたくしは、もう……」

女は、かきくどきつつ、烈しく身もだえすると、再び、児小姓の唇をむさぼった。

四

「姉上っ！」

廊下から、鋭い呼び声が起って、美しい寡婦と児小姓は、とびはなれた。

「姉上！　入りますぞ！」

「ま、待って——」

女は、せわしく身づくろいした。

杉戸をひき開けたのは、まだ二十歳を越えたばかりの、いかにも若々しい旗本であった。

威嚇のためか、差料をひっさげていて、ぴたりと正座しても、なお、鞘から手をはなさず、

「姉上、この不義の儀、宥《ゆる》されませぬぞ！」

と、きめつけた。

「この数馬は、わが兄の長子です。不義とは、なにごと！　誤解をすてられるがよい」

「兄の長子と申されるが、養子ゆえ、血はつながって居らぬ、それをよいことにして、姉上は、まだ前髪立ちの少年を、狂わせたのだ。女は冶《や》、容にして淫、とは姉上のことを申すのだ。……この場にて、心を改めると、お誓いなされい」

すると、女は、不意に、狂おしげな高い笑い声をたてた。

「なにを笑われる！」

若い旗本は、凄まじい形相になった。

「ほほほ……、これが、笑わずに居られようか」

女は、笑いをおさめると、急に、冷やかな態度にかえり、

「峰之助殿、嫉妬であろう」

「……む！」

「わたくしが、この数馬を可愛がっているのを、貴方は、嫉妬しているのじゃ。わかって居りますぞ。……貴方は、わたくしに、恋されて居る。それを、わたくしが、気づか

ぬと思ってか。ちゃんと、気づいて居りました」

「姉上っ！」

「貴方は、わたくしが、この家に嫁いで参った時から、恋されていた。……兄上が逝かれた時、貴方は、家を継ぐことのできるよろこびよりも、もしかすれば、このわたくしが手に入るのではないか、という期待で、胸をはずませた。そうであろう、峰之助殿？」

「そ、そうだ！　その通りだ！」

若い旗本は、絶叫した。

「身共は、姉上を、想うて居り申す。だから……西の丸に召された時は、気も狂わんばかり嫉妬した。しかし、これは、お召しゆえ、身共も我慢することができ申した。……ところが、あろうことか、姉上は、身共の心を知り乍ら、平気で、この甥御《おいご》を、ひき入れて、不義を働き、身共を逆上させて居るのだ。……許せぬ！　断じて、許せぬ！　身共は、貴女ら二人を、成敗する決意で、入って来たのだ！」

「まこと、成敗なさるか？」

嫂《あによめ》は、平然として、義弟の燃えたぎった眼光を受けとめた。

「き、斬る！」

「ほほほ……、斬る、と申されるより、なぜ、抱いてやる、と申されぬ！」

女は、児小姓をかえり見て、立去るように促した。

児小姓が、全身をわななかせ乍ら、追われるように、遁《のが》れ出て行ったあとで、女は、すっと、立ち上った。

「参りましょうぞ。貴方の寐室へ——」

「………」

「なにをためらって居られる。貴方が欲しいと申されるゆえ、さしあげるのじゃ。遠慮には及びませぬ。好きなように、もてあそばれるがよい」

女は、さっさと、さきに立って、廊下を歩き出した。

ものの十歩も進んだであろうか。

突如として、女は、悲鳴をほとばしらせて、その場に棒立ちになった。

「な、なに!?」

倒れはしなかった。

立ったままで、がっくりと、首を垂れた。

義弟が、うしろから、かかえた時、すでに事切れていた。

女は、床下から、廊下板を貫いて、突きあげられた手槍で、陰部から胸部まで、刺し通されたために、倒れなかったのである。

槍は、この屋敷のなげしにかけられていたものであったが、いつの間にか、柄を短く切られていた。

下手人は、ついに、何者とも判明しなかった。

近藤重蔵《こんどうじゅうぞう》

一

眠狂四郎が、老中水野忠邦邸の長屋に、ふらりと現われて、武部仙十郎宅の書院に坐ったのは、五節句の最終にあたる重陽《ちょうよう》の祝日——九月九日の宵であった。

老人は、下城して来たばかりの紋服姿で入って来ると、

「参賀のお供が、しだいに、億劫《おっくう》になって参った。憎まれ爺の娑婆ふさぎも、あと二三年であろうかの。裃が重うてならぬ」

と、云った。

この日から、綿入れ小袖に移るのが、当時のならわしで、このひどい猫背の老人にとって、裃が重いのは、実感であったろう。

老人は、疲労をかくさずに、身を二つに折って、

「お目付佐野勘十郎に、狙われているらしいの。これまでの強敵と比べてどうじゃな？」

と、訊ねた。

「こちらに運があるかないか、というだけの話で、敵の強弱は、さして気にはならぬが……、先般、挙げてもらった西城府から被害を蒙った旗本を、幾軒かのぞいてみて、不快の念が重なって参った。……どうも、これには、謎があるようだ」

「うむ――」

「ご老人、貴方は、もう、この謎を解いて居られるのではないのか？」

狂四郎は、冷たく冴えた眼眸を、仙十郎に当てた。

老人は、畳の一点へ落した視線を擡げようとはせずに、

「解いては居らぬ」

と、こたえた。

慍《おこ》ったような声音であった。

「およその推測ぐらいは、立って居るものと思うが……」

狂四郎は、食い下った。

老人は、それにこたえる代りに、唐突に、

「近藤重蔵という人物の名を、耳にしたことがあるかの？」

と、訊ねた。

「寛政の頃、蝦夷《えぞ》を巡察して、え、と、ろ、ふ島かどこかに、露人が建てた十字架をひき抜い

て、日本国領有の標柱を建てた、という知識しか持って居らぬが……」

「左様、その通り——、胆、智ともに桁はずれの傑物でな、文字通り不羈《ふき》奔放を以《も》って六十年の生涯を送り、四年前、江州《ごうしゅう》の謫居《たつきょ》で、逝った——ことになって居る」

「その近藤重蔵が、どうした、と云われる？」

「半刻も経てば、ここに、現われるの」

「幽霊を招いた、と云われるのか？」

「左様、幽霊をな。不羈奔放に生きた人物の面目は、おのが没年を、自分で勝手に決めてしまったことじゃな。江州大溝《おおみぞ》には、藩主分部若狭守《わけべわかさのかみ》の菩提寺瑞雪院《ずいせついん》の墓地に、自休院俊峰なんとか定門、と諡《おくりな》された墓石も建って居るし、この江戸にも、駒込の西善寺に、知友門弟が謀った墓標が、ちゃんとある」

「……？」

「ところが、当人は、二本の脚で、江州から、すたすた歩いて、江戸へ還って来て、のうのうと、くらして居る」

ここで、はじめて、仙十郎は、顔を擡げて、狂四郎を視た。

「この近藤重蔵が、三十余年前、蝦夷を巡察した際、その配下の一人に、小普請組の小身者の次男がいた。その名を、佐野勘十郎と申したな」

「…………」

「どうじゃな、わしが、幽霊を呼んだわけが、わかったであろう」

「成程――」

狂四郎は、微笑して、頷いた。

「では、近藤重蔵が、現われるまでのあいだに、渠の略歴を、教えておこうかの」

二

近藤重蔵。

明和八年、江戸駒込鶏声《とりごえ》ヶ窪《くぼ》で、幕府与力近藤右膳《うぜん》の次男として生れた。父右膳は、文武両道に通じ、また砲術に造詣が深かった。母は、福山藩主の侍医の女《むすめ》であった。

重蔵の兄藤次《とうじ》は、生来蒲柳《ほりゅう》であったため、母方の叔父福間陽蔵《ふくまようぞう》に養われて、医師となった。

家を嗣《つ》いだ重蔵は、物心ついた頃から、その慧敏《けいびん》ぶりを発揮し、六歳頃にはすでに、孝経を諳《そら》んじて居り、父親がこころみに、親しい人を招いて、その席上で講義させたところ、一字一句のあやまりもなかった。爾来、鶏声ヶ窪の神童の名は、年毎《ごと》に高まった。

元服した時には、すでに、五尺六寸もあり、膂力《りょりょく》も秀《すぐ》れ、剣術の目録を得ていた。

しかし、すでに、驕傲のおもむきを示して居り、蔭の声は、非難が多かった。

十八歳で与力見習いとして出仕するや、重蔵は、同志を語らって、白山義学という一塾をひらき、自身塾頭となって、文武の師をつとめた。その翌年、重蔵は、役柄に似ず温厚な気象の父に迫って、隠居させ、その職を襲《つ》いで与力となり、放火盗賊改め方になった。

その年、老中松平定信の奨励によって、湯島聖堂で、大名旗本の子弟たちに対して、学術試験が行われた。重蔵は、これを受けて、経義、歴史、策問、文章すべての部門にわたって、抜群の成績をとった。

重蔵の前途は、洋々としてひらけているかに思われた。

たしかに――。

二十五歳で、長崎奉行出役、次いで支配勘定方、転じて関東郡代附出役となり、そして、蝦夷地経略の建白書をさし出したのをみとめられて、二度にわたる蝦夷巡察を為した頃までは、近藤重蔵の胆智は、老中松平伊豆守信明《のぶあきら》までが、大いにみとめたところであった。

重蔵が、えとろふ島の尖端《せんたん》藻寄《もよろ》湾に臨むカムイワッカオイ山の頂に建てられた十字架を、抜きすてて、自ら筆を執って、

「天長地久大日本国」

と大書した標柱を建てたのは、二度目の巡察の時であった。

えとろふの開島までが、重蔵の順風に帆を揚げた出世一路の人生であった。

重蔵は、二度にわたる蝦夷巡察に依って、「辺要分界図」をつくり、老中戸田采女正の面前で、西蝦夷地処分法を論じた。その席上、居並んだ若年寄、諸奉行の愚問を、声をたてて、嘲笑したのが、忌諱《きき》に触れて、ほどなく、職を免じられて、小普請入りを命じられた。

もし、魯西亜《ろしあ》の使節が、長崎に出現しなければ、重蔵の後半生は、小普請組の無為な歳月で終ったかも知れなかった。

文化元年九月、魯西亜使節レサノットが、寛政五年の約定によって、長崎港に入って来たことは、幕府を狼狽させた。

寛政五年の約定というのは――。

魯西亜の商船が一艘《そう》、根室に入って来て、通商をもとめた時、松平定信は、一時のがれの口実で、

「外交のことは、長崎に於て、商議する」

と返辞して、『魯西亜船一艘長崎に至る為の印の事』と記した一葉の信用状を与えたのであった。

魯西亜商船は、爾来十年、一艘も、日本には現われなかったのである。

信用状を与えた松平定信は、すでに老中職をしりぞいていた。

突如として、信用状を持参して、その使節レサノットが、長崎に現われるや、幕閣要

路は、その処置に困惑した。

評定の挙句、一片の信用状によって、百余年来の鎖国の祖法を破ることはできぬ、と決議された。

数箇月にわたる交渉の挙句、レサノットは、悲憤の声をのこして、長崎を去ったが、日本国の不信をうらんだ渠は、帰国の途中、シベリアで、自殺を遂げた。

レサノットを乗せて長崎に来た使節船の船長フォストーフは、レサノットの自殺に遭うや、憤激を抑えきれず、報復の手段として、二年後、樺太《からふと》番所を襲って、思うさまに放火掠奪《りやくだつ》をやった。

翌年春には、えとろふ島に乱入し、番所をはじめ神社寺院を焼きはらい、守備の士卒を斬り、さらに、宗谷海峡を越えて、利尻島を襲い、船を奪った上、函館奉行所に宛てて、

「通商を拒否するに於ては、大挙して蝦夷に攻め入って、これを占拠するであろう」

と、脅迫状を送りつけたのであった。

幕府では、やむなく、若年寄堀田摂津守正敦《せっつのかみまさあつ》を総師として、蝦夷地を守備することになった。

小普請入りをしていた近藤重蔵は、おかげで、再び用いられて、摂津守の輔佐《ほさ》役として、蝦夷に入った。

間宮林蔵《まみやりんぞう》が、韃靼《だったん》海峡を究めて、樺太が一島であることを証明する前年のことであった。

重蔵は、樺太の奥地まで踏み込んで、調査したのち、蝦夷にひきあげ、石狩平野に数十日の露宿を重ね、江戸には半年後に帰って来た。

その功によって、書物奉行に任じて、江戸城吹上《ふきあげ》の紅葉山《もみじやま》文庫をあずかった。

重蔵という人物にとって、古書の整理と著述は、性分に合わぬことであったが、それでも、その間に、「右文故事」七巻を著わした。また、文庫に蔵《おさ》められた古典、朝鮮本をはじめさまざまの諸本を、部類を分けて諸目をかかげ、その内容の解説をした書をつくり、世の蔵書家を悦ばせた。

重蔵が、その職に在ったのは十年間であったが、やがて、本丸老中水野出羽守忠成の面前で、口にすべからざる言葉を、吐いて、再び、忌諱に触れた。

「紅葉山文庫に蔵された書物は、すべて、徳川家に不利なるものは除かれて居ります。これでは、正しく、歴史を後世にのこすことはできませぬ。たとえ、徳川家にとって非なる史実も、文庫に納められてこそ、政道の理非曲直を明らかにするための参考となるかと存じます」

こう述べてから、一月も経たぬうちに、重蔵は、大坂弓奉行に貶《へん》せられた。

その名目は、秘府の蔵書をほしいままに写して世に洩らした、という罪であった。

大坂へ落ちた近藤重蔵の行状は、目に見えて、公儀に対する反抗を示すものであった。弓奉行は、わずか八十石に過ぎなかったが、重蔵は、千石取りの構えの屋敷を新築し、しかも、庭には、巨《おお》きな望楼を建てた。

重蔵は、すでに五十歳に達してい乍ら、三人の子をなした妻を離別して、千種大納言《ちくさだいなごん》の娘を納れて後妻にし、さらに、近畿一円を旅行して、行くさきざきで、美しい娘をあさった。

誹謗《ひぼう》の声が、彼処此処であがったが、重蔵は、平然たるものであった。

天満《てんま》与力大塩平八郎《おおしおへいはちろう》が、一日、その屋敷を訪れて、世評を告げて、忠告した。

すると、重蔵は、声をたてて笑った。

「身共は、十八歳で与力見習いとして出仕して以来、この大坂弓奉行に貶せられるまでの三十余年間、幕臣として許される限りの自由な行為をつかまつった。しかし、大坂に参ってみて、ただひとつ、やりのこしたことがあるのに、気づき申した。すなわち、好色であること――これでござったな。世間では、定命に達し乍ら、なんたる不行跡、とそしり申すが、身共に云わせれば、定命なればこそ、若い美しい女子を抱く回数を、大急ぎで、重ねねばならぬのでござる。おわかりであろうか」

もとより、その不行跡が、看過される筈もなかった。

三年後、重蔵は、勤め方不相応の廉《かど》をもって、役儀取上げの上、ふたたび小普請入りとなった。

三

近藤家の江戸の屋敷は、大坂町にあったが、重蔵は、江戸へ還って来ると、その屋敷をたたみ、滝野川に、ごく質素な家をもとめて、閑居した。

重蔵の好色は、それを機会に、ぴたりと熄《や》んだ。

その代り、別の行状が、世間の目をひいた。

まず、重蔵は、谷文晁《たにぶんちょう》に乞うて、甲冑をつけたおのが肖像を描いてもらった。これは、意味があった。重蔵は、三度にわたる蝦夷巡察の間、常に、六尺の巨軀《きょく》に、甲冑をつけていたのである。

重蔵は、この肖像画をもとにして、九尺もの石像を刻むと、川にのぞんだとある洞窟《どうくつ》の中に安置した。

「これによって、身共が死に絶えた後も、蝦夷に名を馳せたわが姿は、永遠に残るであろう」

重蔵は、安置の日、滝野川の住民たちを集めて、眺めさせ乍ら、うそぶいたという。

甲冑をつけ、鹿の角の前立物に、采配を携えた巨大な石像は、評判を呼び、無知な百姓たちは、その前に、供物をするようになった。

寺社奉行松平伯耆守《ほうきのかみ》としては、このことを耳にして、すておけぬ、と考えて、ひそかに、忠告の使者を遣わした。

これに対して、重蔵は、伯耆守宛に、左のような陳情書を送った。

犬馬の労は、鷹隼《ようじゅん》とたがい、天命不遇とは申しながら、私儀、こらえ情薄き性質に候や、年来に不相応、老折に及び、辺島の霜雪に気血枯れ候や、白髪蹉跎《さだ》に罷《まか》り成り、聖時の御時節、功官に之ある間じく候得共、辺功も水の泡に相成り、その上また、さる巳年《みどし》四月、勤め方不相応につき、小普請入り仰せつけられ候、さり乍ら、老いては弥々壮《いよいよさかん》ならんと心がけ候得共、天命何ほどに之ある可《べ》く候や、しかれば子孫へ武功の形見残し、いよいよ忠勤の志を起させ候端にも相成る可くやと、建て置き候石像も、これまた不相応など申すことに候わば、右石像は筏《いかだ》にのせ、東海に浮ばせ候ても苦しからず候

寺社奉行も、この陳情書を読んで、苦笑して、石像処分については、沙汰やみとした。

「近藤重蔵が、狂気したらしい」

そういう噂が、江戸城内にもきこえて来たのは、その頃からであった。

近藤家の屋敷内には、滝野川文庫というのが設けられて、夥《おびただ》しい珍書異籍が収められてあり、誰にでも自由に閲覧することを許していた。

旗本の子弟たちは、よく出かけて行ったが、その時、狂気としか受けとれぬ主人の姿

を見かけたのである。

寒中、褌もはずした素裸で、庭へ出て、長槍をしごいて、樹木を突きまくったり、あるいは、武蔵野を吟嘯《ぎんしょう》し乍ら、蛇をとらえて来て、その首をねじ切って、したたる血汐を口に受けて飲んだり、さらにまた、永年中風で病臥していた百姓が、その女房と息子に、毒殺されたらしい、と風評が立つと、その女房と息子を捕えて来て、一糸まとわぬ裸にひき剝き、抱き合せて、荒縄でひっくくり、座敷にころがして、眺めるなど――。とうてい正気の沙汰とは受けとれぬ行状を、閲覧者たちに、目撃させたのである。

近藤重蔵の破局は、きわめて愚かなことが、原因であった。

重蔵には、三子があったが、その長男富蔵は、父に似て自恣《じし》放縦の気象であった。元服前から、遊蕩《ゆうとう》の味をおぼえ、父親の叱咤も馬耳東風であった。

ある時、富蔵は、父が蝦夷巡察の功によって将軍家から拝領した紋服をぬすみ出して、それを質に入れて、遊興費をつくり、深川の岡場所に流連した。

これを知った重蔵は、富蔵を、木太刀《きだち》で気絶するまで打ち据えてから、一室にとじこめ、半年間読書をつづけるように厳命した。寒中で、布子一枚着せられただけで、火鉢のない部屋で、机に向わせられた富蔵は、しかし、屈せず、夜になると裸になって庭へ出て、井戸端で水垢離《みずごり》をとる逆作用の暖をとって、読書をつづけた挙句、ついに、肺炎をおこして、倒れた。

重蔵は、富蔵が、癒えると、目黒にある別荘へ移した。別荘といっても、名ばかりの、土地の百姓半之助という男から、数畝《せ》の土地を借りて、将来そこで、米麦、野菜をつくるつもりであった。重蔵は、とりあえず、富蔵に、晴耕雨読をさせることにしたのである。

その目黒の借地の地つづきに、富士山に似た丘があった。やはり、半之助の持地であった。

富蔵が、父に、そのかたちのよさを告げると、重蔵は、即座に、

「浅間《せんげん》神社を勧請《かんじよう》すれば、賽銭《さいせん》が集まるかも知れぬ」

と、云った。

富蔵は、すぐさま、それを実行して、六月朔日に、山開きの富士祭を催した。すると、重蔵の予言通り、近郷近在から、夥しい参詣者が集まって来た。

これを眺めた半之助は、浅間神社の差配を自分にまかせて欲しい、と富蔵にたのんだ。賽銭を山分けにした上、運上もさし出すという条件であった。富蔵は、これを承知した。

半之助は、神社の麓に、蕎麦屋もひらき、これも繁昌した。

しかし、半之助は、欲を出して、富蔵に一文の分け前も寄越さなかった。

富蔵は、憤って、父に相談した。

重蔵は、目黒におもむいて、半之助に会うと、

「士分以上の者でなければ、屋敷内に、いかなる祠《ほこら》もつくってはならぬ、と公儀掟があることを知らぬわけではあるまい。浅間神社は、近藤家のものだぞ」

と、きめつけた。

しかし、半之助は、せせら笑って、納得しようとはしなかった。

重蔵は、門弟たちを動員して、その富士山はもとより蕎麦屋のある地所まで、竹垣をめぐらして、外から入れぬようにした。

半之助が、血相変えて、談判に来たが、重蔵は、笑って、

「奉行所へ、訴え出るがよかろう」

と、はねつけた。

奉行所へ訴え出れば、半之助の方がかえって罪を問われることは、明白であった。

じだんだ踏んだ半之助は、破落戸《ごろつき》をかりあつめて、一夜、竹垣をぶちこわした。

重蔵は、それを待っていたように、たった一日で、元通りに、竹垣をめぐらしてしまった。

逆上した半之助は、破落戸をひきつれて、夜明けに、近藤家へ乱入して来た。

重蔵、富蔵父子は、すでに予期していて、差料を抜きはなって、猛然と迎撃した。

頭数の多寡は、問題ではなかった。

十人近い破落戸は、忽《たちま》ち、重傷薄傷《おもでうすで》を受けて、遁《に》げ散ってしまった。

一人、狂乱した半之助だけが、庭さきに仁王立って、罵り喚いた。

重蔵は、しばらく、半之助に、口ぎたなく喚かせておいて、ゆっくりと、縁側に出た。

逃げ出そうとする半之助は、脳天から、ま二つに斬り下げられて、血汐を撒《ま》いた。

富蔵の方は、半之助の家へ踏み込んで、半之助の女房、倅二人を、斬りすてた。

この殺傷事件が、重蔵のいのち取りとなった。

重蔵は、改易の上、江州大溝藩主分部若狭守の屋敷へお預けとなって、やがて、江州へ押送された。長男富蔵は、八丈島へ流された。

重蔵は、若狭守のはからいで、罪人としての扱いは受けず、藩の子弟たちに、経史の講義をした。

その起居のさまは、きわめて謹厳であった。

そして、文政十二年六月十六日、五十九歳で、謫居《たつきょ》で長逝した――ということになっているのであった。

執念手

一

武部仙十郎が、近藤重蔵の略歴を語りおわった時、その当人が、この書院に姿を現わした。

剃髪《ていはつ》して、広袖の十徳に軽衫《カルサン》をはき、無腰であるのは、いかにも、世をすてた隠士のつもりであろうが、六尺ゆたかの長身と、異常な色の黒さが、かえって、そのいでたちを目立つものにしていた。

仙十郎は、眠狂四郎を、ひきあわせた。しかし、重蔵は、すでにその名をきき及んでいたにも拘らず、べつだん、この男に対して興味も示さなかった。

「ご子息には、その後、赦免の沙汰がござったかな?」

仙十郎は、八丈島に流された富蔵のことを、訊ねた。

「先月、手紙を寄越し申して、島の漁師の娘を娶《めと》って、子供ももうけた由、赦免の沙汰があっても、再び江戸には還る意志がない旨、明言いたしました。それも、よかろう、と存じて居り申す。……親爺の方は、江戸恋しさに、おのれで定命をきめて、仏になって、舞い戻ってみたものの、もはや幕の降りたおのれの生涯に、多少の余生をぬすんでみても、無駄と知り申したわ。名と処《ところ》があってこそ、至言は言を去り――無言もねうちがあり、至為は為す無しで、なにもせずにいても、おのずから存在がみとめられると申すもの。生きている亡霊では、全く、なんの意味もござらぬ」

「ところが、生きて居られるおかげで、こちらにとっては、大層重大な存在とみとめて、こうして、来駕を乞い申した」

仙十郎は、笑い乍ら、云った。

「なんのご用向きでござろうかな？」

「むかし語りをして頂きたく存ずる」

「むかし語りを――？」

「三十余年前、お手前は、蝦夷地を巡察された。その時、お手前が見聞されたうちで、なにか、驚愕された事柄はなかったか。たとえば、幕臣として、口外すべからざる秘密の事柄を、蝦夷地のどこかで、知られたことはなかったか……？」

「…………」

「身共が、紅葉山文庫で、当時の書類に目を通したところ、寛政十年に、はじめて、お手前が、蝦夷地巡察の一行に加わった時は、無役でござった。目付渡辺久蔵《わたなべきゅうぞう》、使番大《おお》河内善兵衛《こうちぜんべえ》、勘定吟味役三橋《みはし》なにがしの三人が、その任にあたり、別に、目付石川左近将監《しょうげん》が、江戸に在って、これを統轄した、と記録にのこって居り申す。……その最初の巡察に於ける功によって、お手前は、勘定吟味役に栄転され、蝦夷地取締り御用を命じられた。そうして、再び、北海へ渡航された。その際、お手前は、小普請組の中から、百二十石佐野重左衛門の次男勘十郎ほか、いずれも部屋住み三名をえらんで、連れて行かれた。お手前は、えとろふ島まで渡って、大日本国の標柱を建てて、江戸へ帰られた。その時、四名の供のうち、生き残って無事に、お手前とともに帰って参ったのは、佐野勘十郎ただ一人でござった。……お手前は、それから、ほどなく、職を免じられて、小普請入りを命じられた」

「………」

「お手前が、供のうち三名を喪って、佐野勘十郎のみをともなって、江戸へ帰られたに就いて、身共は、その記録に、いささか不審をおぼえ申した。……お手前は、最初の巡察、また二度目の巡察にも、まことに、人跡未踏の奥地に分け入った苦心を、ことこまかく、述べられて居る。どのようにして、山嶽《さんがく》の嶮岨《けんそ》を越え、荒れ狂う潮を渉《わた》り、不毛の原野を横切ったか。そうして、行くさきざきで出会うた土人、けもの、魚鳥類も、あまさずに紹介されて居る。さらにまた、お手前は、異常な執念とも思われるまでに、判官義経の遺跡を、石狩川をさかのぼり、志古津《しこつ》の奥までわけ入って、弔われて居る。

沙流《さる》の上流波伊平《はびら》というところには、義経が、ハイという魚の嘴《くちばし》を屋根の上に立てて、砦《とりで》を構えたとか、あるいはまた、鵡川《むかわ》の上流キロイにも、義経が現われて、魚を釣り、幣を立てた古跡が残って居り、その酋長《しゅうちょう》は、義経からもらったという古い甲冑を所蔵している、とか。

人跡絶えた山川を、幾日も跋渉《ばつしょう》して、義経に関する事蹟を調査されたのは、なみなみの努力ではなかったであろう、と察しられる。お手前は、その苦心の調査のほどを、ことごとく記録されて居る。

しかるに、お手前は、四人の供のうち、三人までも、蝦夷の奥地に斃れた悲惨事に関しては、ほんの数行で、かんたんに片づけられて居る。そのことに、身共は、不審をおぼえ申したのじゃな。……これには、なにか、かくさねばならぬ深い仔細があったのではなかろうか。……お手前が、あれだけの功を樹てられ乍ら、立身する代りに、お咎め小普請入りされたのも、そこらあたりに、原因があったのではなかろうか、とな」

仙十郎は、いかにもききとりにくい、ぼそぼそとした例の口調で述べ乍ら、対座する者の耳には、一語もききのがさせはしなかった。

二

仙十郎が口をつぐんでからも、なおしばらく、近藤重蔵は、重い沈黙を守った。

仙十郎は、重蔵が、口をひらくのを、待った。

ひとつ——深い吐息を、重蔵は、もらした。

それから、

「忘れた——ことにして頂きたい」

と、云った。

「是非に——とお願い申しても、無駄かな」

「三十余年間、口をつぐんで参った事柄でござる。なろうことなら、このまま、あの世まで、この秘密は持参つかまつりたい」

その時、はじめて、狂四郎が、口をひらいた。

「失礼乍ら、その十徳の裾に、針が——」

指さした。

重蔵は、十徳の裾をつまみあげてみた。

一本の針が、刺さっていた。それを、抜きとった重蔵は、怪訝な面持になった。

縫い針ではなかった。その倍に近い長さの、孔《あな》のない針であった。

「それは、吹き針です」

狂四郎は、教えた。

「吹き針？」

「お手前様が、尾行を受けた、ということです」

「と申すと？」

「尾行者の一人が、お手前様の十徳に、吹き針を吹き刺しておいた。そうしておけば、かなり距離を置いても、また、尾行者が代っても、陽光に針が光るので、尾行は容易であった、ということです。……お手前様は、武芸の達人であり、また、このような状態にお在りになるからには、尾けて来る者があれば、すぐに察知されるに相違ない。そうと知って、吹き針を使って、対手がたは、尾けたのです。……お手前様は、尾けられていることに気づかずに、ここへ参られた」

「ふむ！」

重蔵は、ひくく呻いた。

「お手前様に尾行者を命じた者が、お目付佐野勘十郎であるとすれば、これは、どうなりますか？」

狂四郎は、薄ら笑いを、口もとに刷いて、冷たく云った。

「ふむ！」

重蔵は、もう一度、呻いた。

「近藤殿——」

仙十郎が、膝に両肱を置いて、上目使いに、仰ぎ乍ら、云った。

「佐野勘十郎と申す人物、つい三年前までは、京都所司代屋敷の与力でござった。それが、どういう風の吹きまわしか、今春、江戸へ戻ると、お目付に出世して、西の丸様のふところ刀といった座に居坐ったのでござるわい。この出世、なんとも、不審に堪え申さぬ。……曾ての、三十余年前の部下が、斯様《かよう》な奇怪な出世をして、その地位の力を使って、お手前が生存していることまでも調べあげて、尾行者をつけるとは、さて、どういうことでござろうかな?」

重蔵の太い眉が、微かに痙攣《けいれん》した。

しかし、なお、重蔵の口は、かたくむすばれたままであった。

仙十郎が、つづけた。

「いや、もしかすれば、佐野勘十郎は、お手前が、生きて居られることを、疑っている段階でござろうやも知れ申さぬな。そうでなければ、亡霊となって江戸へ帰られたお手前を、今日まで生かしておく筈は、ござるまい。もしかすれば、あれは、近藤重蔵ではあるまいか、と疑惑を抱いて、配下に、さぐらせているのでござろう。……ところが、本日、お手前が、この水野越前守邸へ、旧知の武部仙十郎を訪問されたことは、自身が近藤重蔵であることを明らかにされたことだ。そうとさとった佐野勘十郎が、お手前を、一刻も早く、あの世へ送り込もう、と考えるのは、当然でござろうな」

そう云われて、近藤重蔵は、この人物らしい豪快な笑い声をたてた。

「江州とこの江戸の二箇所に、墓も建って居り、三年忌の法要もすませてもらって居る身ゆえ、いつ、殺されても、一向にさしつかえはござらぬ。……左様、佐野勘十郎の屋敷へ、これから、乗り込んで、彼奴《きやつ》を斬って、死花咲かせるのも、面白い！」

「せっかく、甦《よみがえ》られたおん身じゃ。大切にされるがよい。いや、ありようは、このふるい知己のために、役立って頂きたいとお願いしているのでござるわい」

「武部殿――」

重蔵は、老人らしからぬ、昂然《こうぜん》たる胸の張りかたをして、

「身共の口を割らせるのは、おあきらめ頂きたい。生涯、絶対に、口外せぬと誓ったことでござる。ただの誓いではござらぬ。誓わざるを得ぬ事情がござった」

「…………」

「おいとまつかまつる」

「いま、出て行かれたならば、生命があぶないことは、申し上げるまでもないが……」

「いや、佐野勘十郎は、身共が、あの事柄に関する限り、口外せぬことを、知って居り申す。ご懸念無用にされたい」

「はたして、そうでござろうかな」

「武部殿――」

重蔵は、仙十郎を見下ろすと、

「もし万一、身共が、こんどこそ、本当の死人になり申したら……、その時は、ご遠慮なく、駒込西善寺《さいぜんじ》にある、知友と門弟らが建ててくれた墓を、あばいて下さってよろしい。……但し、こう申し上げたからといって、身共が生きている間に、墓をあばいて下さっては、甚だ迷惑。これは、くれぐれも、念を押しておきますぞ」

そう云いのこした。

三

同じ日——。

佐野勘十郎は、西の丸から下城して来たが、この人物としては滅多にない不機嫌な様子で、

「しまつにおえぬ、しまつに——」

と吐き出しつつ、裃をはずして、畳にたたきつけた。

城中では、五節句の最終にあたる重陽の祝賀の儀式が、挙行された。その儀式のさなか、家慶が、内大臣にあるまじき振舞いに及んだに相違ない。

蔭の守護役として、勘十郎は、困惑し、腹を立て乍ら、なんとか、その場をおさめて、下城して来たものと思われる。

用人や女中は、勘十郎が、時折り、家慶のことを、さげすんだ口のききかたをしてい

るのを、知っているので、その不機嫌の理由を察することができた。

平服にきかえて、最近京都からつれて来た美しい妾に抹茶をたてさせてから、ようやく、勘十郎は、いつもの態度にもどった。

「日毎に美しゅうなるの。やはり、加茂川の水でみがいた肌は、ちがうの。隅田川の水でみがいた肌など、比べもならぬ。……西城府様に見せたら、一大事じゃわい。噂にならぬように、一歩も屋敷から出すことは罷りならぬ。江戸見物は、当分禁じるぞ。ははは……」

猿臂をのばして、その白い頬を、かるくたたいておいて、

「お、忘れて居ったぞ、書院に、客が待っていた」

と、立ち上った。

玄関に入った時、取次ぎの者から、西の丸の御広敷用人が来訪して、折入ってお願いの筋がある、とねがうので、書院に通してある、と告げられていたのである。

勘十郎は、謡曲・夜討曾我《ようちそが》を、ひくくうなり乍ら、廊下を歩いて、書院に入った。

御広敷用人志守某は、血の気が失《う》せるほどの緊張を保ち乍ら、坐りつづけていたが、勘十郎が入って来ると、両手をつかえた。

御広敷の役人は、身分はひくい。奥勤めに対して、御広敷勤めといい、いわば、民家にすれば出入口、もしくは取付の座敷にあたる御広敷の役人は、御側近いあたりをはば

かって、御広敷勤めと卑下している。しかし、実際には、御広敷番は、かなり頭が高かった。

御広敷番ならではの不文律の特権があり、それが、しばしば、高い身分の士にも、頭を下げさせたからである。

目付に対して平伏するなどということは、よほど、この用人が卑屈な男か、さもなければ、腹に一物を蔵している証拠であった。

勘十郎は、この男に就いての予備知識はなかった。おのれのつとめ以外のことには、一切目を向けたことのない、いっそ愚鈍といってもいい、最も目立たぬ存在であった。もし病気で出仕しなくなったとしても、三日で忘れられるような影のうすい人間は、どんな世界にもいるものであった。

「用向きは、何かな?」

勘十郎は、平伏したまま微動もせぬ志守某に、促した。

「お、お買い上げいただきたき品を、持参つかまつりました」

志守は、勘十郎を見ようともせず、どもり気味の口調で、云った。

「どんな品かな?」

「手前自身、したためましたる密書でござる」

「密書?」

「貴方様に、ご披見ねがわしゅう存じ……、三日間徹宵つかまつり、したためあげました密書にて——」

志守は、はじめて、顔を擡げた。

勘十郎は、その表情が、意外にもふてぶてしく、胆を据えたものであるのをみとめた。

——こやつ、案外の小悪党か！

勘十郎は、内心はっとなった。

「拝見しよう」

「ご披見ねがう前に、価額の儀を何卒——」

「ほう……、見せもせずに、値段をきめておきたいと云われるのか。これは、大層きつい相談だ。いくらかな？」

「さ、三百両にて——」

流石に、その金額を口にする瞬間、志守は、顔面を痙攣させた。

勘十郎は、べつにおどろきの気色もみせなかった。

「三百両のねうちのある密書か。早く拝見いたしたいものである」

そう云って、ひょいと、左手をさし出した。

志守は、小ずるく、

「三百両にて、お買い上げの儀、屹度ご承知頂きたく存じます」

「相わかった」

勘十郎は、部厚い封書を受けとった。

志守は、読んでゆく勘十郎を、まばたきもせず瞶め乍ら、口腔《こうこう》内のかわきに堪えかねるように、いくどとなく、突き出たのど仏を上下させた。

読み了《お》えても、勘十郎の表情は、変らなかった。

「失礼だが、わしは、お手前を、毒にも薬にもならぬ、無能無才の用人と存じて居った。とんでもない見あやまりであった。端倪《たんげい》すべからざる明察の士が、御広敷に在ろうとは、いや、目付としてまことに不明であった。お詫びいたす」

「恐れ入ります」

「胸襟をひらくべき強力な味方を一人、得たと申せるな」

そう云って、勘十郎は、笑ってみせた。

「いえ、それがしは、べつにお味方に加えて頂きたく存じて、斯様な密書をしたためたのではありませぬ。ただ、永年の貧乏ぐらしに、ほとほといや気がさし、もはや五十路《いそじ》の坂にさしかかりましたゆえ、いささか、余生を、のんびりとすごしたく存じ……、それで――」

「相わかった、相わかった。まことに、尤もの気持でござるよ。御家内は、やはり内職をされて居られるか？」

「菊作りをつかまつり、大奥へお納めして、糊口《ここう》の足しにいたして居る次第にて……」

「成程成程──。三百両あれば、左様さな、まず、御家内を楽にすることがおできだな」

勘十郎は、脇息下の銀の鈴を、鳴らし、用人が顔をのぞけると、三百両を持参するように命じた。

志守は、勘十郎があまりにあっさり承諾したので、かえって、不安をおぼえたか、

「お目付におことわり申し上げますが、それがしは、決して、その……、お目付に脅迫がましく、密書を持参つかまつりましたわけではありませぬので──、つまり、これは、あまりにも、かずかずの疑念が、重なり……、あるいは、もしや、と……」

「わかって居り申すよ。口には、されるな。……味方が一人、増えた、と思うまでのことでござる。明日からは、いままで通り、ご奉公専一にされい。……あ、そうだ、ちょっと、ひとつだけ、うかがっておこうかな。貴殿のほかに、このような密書をしたためて、この目付に、買わせようと思案している御仁は、まだほかに、御広敷に居られるかな？」

いかにも、なにげない口調で、訊ねた。

「いえ、それがしが、見渡したところ、他には誰も居りませぬ。それがし一人が、ひそかに、この儀、疑念を湧かせて……」

「ふむふむ、結構結構——」

勘十郎は、用人が、持って来た三百両を、無造作に、志守に押しやった。

「さ——受けとられい」

「忝なく……頂戴つかまつります」

志守は、風呂敷をとり出すと、十二箇の切餅を、わななく手で、包んだ。

「味方になってもろうたお近づきに、一献さし上げようと存ずるが、いかがかな」

「い、いえ、それには、及びませぬ。一向に不調法でございますので——」

酒に毒でも入れられている、という懸念もある、という態度を露骨にみせて、志守は、そわそわと腰を上げた。おそらく、今宵うちに、江戸から逃散する肚づもりに相違ない。

その手は、ぬかりなく、打ってあると思われた。

「では、これにて——」

志守は、挨拶もそこそこに、廊下へ出た。

あとから出た勘十郎が、

「御家内には、いままでの苦労をねぎらって、ひとつ、長唄か常磐津でも習わせられては、いかがかな」

と、すすめた。

「はい。左様つかまつるでござる」

志守は、追われるように、急ぎ足になった。

廊下が、鉤手《かぎて》になっていて、志守が、そこを曲ろうとした刹那――。

踏んだ廊下板が、はずれ、志守の五体は、その斜面をすべった。

あっ、と悲鳴とともに、三百両包みをつかんだ右手を、振りあげた。

背後に立っていた勘十郎は、充分の余裕を持って、脇差を抜きつけに、放った。

志守は、右手を、そこにのこして、廊下の下に設けられた深い穴底へ、落下して行った。

両断された右手は、宛然志守の執念を示すごとく、しっかと、金包みを掴みしめて、はなさずにいた。

抜刀秘法

一

江戸の蕎麦屋は、日暮れにたて込む。

仕事をすませた職人たちが、まっすぐに家路をいそぐのを、野暮に思われるのをきらって、ちょっと立寄って、一杯ひっかけてゆくならわしがあった。むしろ、独身者《ひとりもの》の方が、さっさと長屋へ戻って、着換えると、うなぎ屋あたりで精をつけて、廓《くるわ》や岡場所へくり込むのであった。

駒形堂をむこうに眺める諏訪町の角の「二八蕎麦」も、行燈に灯を入れたこの時刻、満員になって、あるじの松次郎は、いそがしい思いをしていた。

職人たちは、さわがしく喋りたてている。

「……だからよう、おめえが、昨夜、吉原《なか》から、附馬をつれてけえって来たから、ひと騒動起ったわけなんだろう？」

「ちがうんだ。馬だって、いろいろあらあ。おれが、乗ったのは、附馬じゃねえや、嬶だ」

「おめえの嬶は、馬かえ。伊豆の下田じゃ、淫売《じごく》のことを、牛というがのう、自分の嬶を、馬と呼ぶのは、はじめてきいたぜ」

「だから、てめえのような四十にもなって、女房ももらわずに、へんずりかいてやがる唐変木とは、一緒に飲みたくねえやな。……いいか、馬は馬でも、おんまだあ」

「按摩なら知っているが……」

「うるせえ、黙ってきけ。おんまてえのはな、月に四五日、女がかい込むふんどしのこった」

「ふうん」

「雪隠へ女房お馬でかけつける、と狂句にもあらあ」

「どんなものだえ？」

「半紙をたてに八つにたたんで、その上へ、また二三枚巻きつけ、観世縒《かんぜより》で、両方の隅をむすんでおいて、紐を通したしろものよ」

「へえ、乙なものだね」

「なにが、乙だ。おれは、昨夜、酔っぱらって戻って、嬶がおんまになってやがるのを知らねえから、乗っかかったのよ」

「馬なら、乗りかかりたくならあ」

「まぜっかえすな。そうしたら、嬶め、いま富士山は夕焼けだから、白雪の時にとかしてくれ、ってぬかしやがって——」

「山の神だけあって、しゃれたことを云うのう。それで、おめえ、かみさんの上から、おりたのか？」

「おりるもんけえ」

「そいつは、騒動にならあ」

「なんでえ？」

「月水のことを、おりものというじゃねえか」

くだらない会話を、きき乍ら、一人、黙然として、盃を口にはこんでいる客が、片隅にいた。

明日心剣であった。

この男は、十四年前、自ら禁酒を誓って、それを守って来ていた。その誓いを、この日、破ったのである。

にぎやかな雰囲気の中の孤独が、この男の面貌に、不用意に、心中の憂悶《ゆうもん》を滲ませているようであった。

——おれに息子がいたことを、お目付は、いつの間にか、しらべあげていた。

この衝撃は、そのまま、心剣の胸中に、重い澱《おり》になってよどんだのである。

いかなることがあっても、他人に知られてはならぬ秘密であった。

その息子は、今年十四歳になる。しかし、すでに、十万石の大名であった。

その稚い大名が、浮浪の兵法者の実子であることを知っているのは、国許に在る城代と常につき添っている御側役と、そして一人の老女のみであった。母親は、数年前に逝っていた。他にまだ三人ばかり、事実を知っている者がいたが、これは、心剣が斬っている。

城代と御側役と老女が、この秘密について、死んでも口を割る筈はないのだ。にも拘らず、佐野勘十郎は、ちゃんと知っていたのである。どうして知ったのか、見当さえもつかぬことであった。

佐野勘十郎は、おどしたのである。

眠狂四郎側に寝返った場合は、お主の倅の一命を奪う、と。

そして、勘十郎は、「わしは、敵にまわった者に対しては、みじんの容赦もせぬ人間だ」と、云い添えたものであった。

たしかに、その通りの人物であることは、明日心剣も、やとわれてから一年あまりの間に、しばしば背すじの寒くなる思いをさせられている。

もとより、目下の心剣は、佐野勘十郎を裏切って、眠狂四郎の方に加担する存念は、毛頭ない。ただ、おのれの秘密を、知られたことが堪えがたいのであった。秘密を守る

ために は、佐野勘十郎を斬ることも、衝動として、心剣の裡に、湧き起っている。その意味では、佐野勘十郎は、口にすべからざることを、心剣に、きかせてしまったといえる。

二

「どうなされたな?」

不意に声がかかって、心剣は、われにかえった。

坊主あたまの、真黒な顔が、にこにこしていた。

広袖の十徳に、軽衫をはいた六尺ゆたかな老人で、心剣とは、同じ裏店の隣り同士であった。広見堂と名のって、時折り気まぐれに、白頭巾でおもてを包んで、筮竹《ぜいちく》と天眼鏡を持参で、辻に店を張ることがあった。売卜《ばいぼく》をなりわいとしていない裕福なふところ具合が、その前身をにおわせていた。

あたまをまるめていたが、江州なまりのある二十歳ばかりの若い女と一緒にくらしていて、夜半に声をあげさせる生臭さを、心剣は、壁ごしに、知らされていた。

「大層滅入《めい》った様子をされて居る」

広見堂は、向いに腰を下ろして、にこにこし乍ら、心剣を見まもった。

「ひとつ、広見堂殿に、易をお願いいたそうか」

心剣が、笑いかえすと、広見堂は、手を振った。

「わしの易占は、でたらめもきわまるものでござってな。ははは……、うらなわれる方こそいい面の皮と申すもの」

「しかし、ご老人にみてもらった者から、きいたところでは、大層な蘊蓄《うんちく》の由――」

「なに……、ただ、むかし、書物を読みちらす職務に就いて居ったことがあるので、多少易占の方もかじってみたまでで、かじってみればおわかりだが、易占ぐらい、ばかげたものはござらぬ。……げんに、おのれ自身の明日など、どう筮竹をひねくってみたところで、見当もつくものではない。夜が明けてみたら、この首が落ちていた、というほどの大事ですら、さっぱり予測でき申さんな」

広見堂は、はこばれて来たもりを、老人らしからぬ気ぜわしさで、すすってから、

「ただ、亀の甲より年の功で、なにか悩みごとがおありなら、ご相談にあずかれば、なにか考えてさし上げられると存ずるが……」

と、誠意のある面持で、心剣の返辞を待った。

心剣は、

「ご好意忝ない。いずれ、そのうち、お力をおかりすることになるかも知れ申さぬ。その節は――」

と、頭を下げた。

「左様か。それでは、お先に」

広見堂は、出て行った。

入れちがいに、商家の番頭ていの男が、入って来たが、まっすぐに、心剣の前に来た。

心剣は、その男の顔を見知っていた。佐野勘十郎手飼いの隠密であった。

「明日さん——、おことわりしておく」

隠密は、あたりをはばかる小声で云った。

「なんのことか？」

「貴方も、あの年寄りが、近藤重蔵ではあるまいかと疑惑を抱いて、わざと近づいて居られたのであろうが、たしかに、まちがいなく本人と判定いたした」

「……？」

「あの年寄りは、本日、ご老中水野越州邸へおもむき、側用人武部仙十郎宅に入って、一刻ばかりすごし申した。武部仙十郎は、近藤重蔵とは、旧知の間柄——。これで、本人にまちがいないものと断定いたすことができた。……近藤重蔵にまちがいなければ、即刻、討ちはたすように、との厳命ゆえ、この任務はそれがしにはたさせて頂きたく、お願い申す。せっかく、貴方が、獲物にされようとした対手ですが、あしからず——」

それだけ云い置いて、隠密は、出て行った。

——あの老人が、近藤重蔵だったのか！

心剣は、大きなおどろきを、胸に抑えて、盃を口にはこんだ。

もう一人、隠密の話をぬすみぎいて、胸をさわがせた者がいた。

広見堂の喰《た》べた蕎麦の道具を、下げに来たこの店のあるじの松次郎であった。

もとより、隠密は、あたりをはばかって話したので、松次郎はその内容をききとることはできなかったが、武部仙十郎、という名を耳にして、はっとなり、双方の鋭い表情から、容易ならざる事柄に相違ない、と察したのであった。

隠密が出て行くと、ほどなく、明日心剣も腰を上げていた。

——どうしよう?

松次郎は、あわてた。

店は、なお、七八人の客で、にぎわっていた。

奥に下働きの老婢《ろうひ》が一人いるだけで、これに店をまかせることはできなかった。

——すてではおけねえ!

松次郎は、自分で自分の顔色が変っていることが、わかった。

坊主あたまの老人も、浪人者も、ちょいちょい、この店にやって来るので、近所に住んでいることは、あきらかであった。

せめて、そのすまいを、松次郎は、つきとめておきたかった。

——ままよ、客はおっぽり出しだ!

松次郎は、老婢に留守を命ずるために、急いで、台所へ入った。

あっ、となったことだった。

台所の上り框《かまち》に、眠狂四郎が、腰を下ろしていたのである。

「旦那！」

「ど、どうなすったので？」

「どうもせぬ。さっきから、ここに、邪魔をしていた。お前こそ、なにをあわてて居る？」

口辺に冷たい薄ら笑いを刷いている狂四郎を眺めて、松次郎は、首を振った。

「旦那は、やっぱり、てまえの惚れている御仁でございます。肝心の時には、てまえがお報せしなくても、ちゃんと、その場所にいなさる」

「わたしは、あの坊主あたまの老人のあとを、押しかけ護衛役で、尾けて来た。もう一人、老人のあとを尾けている奴がいた。……老人は、この店に入って、あの浪人者に会った。偶然のことに、浪人者とも、わたしは顔見知りであった。……老人が出て行ったあとで、老人の尾行者が、入って来て、浪人者となにか、話した。お前は、その話を、ぬすみぎいたのではなかったか？」

「その通りでございますよ」

三

尾行者の口から、武部仙十郎の名と、

「この任務はそれがしにはたさせて頂きたく、云々《うんぬん》」という言葉が吐かれたのを、松次郎が、ききとった旨を、つたえると、狂四郎は、やおら、腰を上げた。

「お前と顔を合わせていると、旅の思い出がよみがえって来る」

「はい」

「今宵も、旅の道連れのつもりで、わたしと一緒に来る気にならぬか？」

「お供をいたします」

往還へ出ると、松次郎は、

「旦那は、あの年寄りの住居を、ご存じなので――？」

と、訊ねた。

「知って居る。あの浪人者も、たぶん、同じ長屋であろう」

――ずいぶん、おちついていなさるが、手おくれになりはせぬのかな？

松次郎は、不安をおぼえた。

狂四郎の方は、明日心剣のことを、考えていた。

――明日心剣が、どう出るかだ？　隣人となった近藤重蔵を、仲間の刺客が襲うのを、ただ、黙って傍観するとは、思えぬ。

そういう男ではない、と狂四郎は、看て取っていた。非情な暗殺者には、不向きな兵法者なのだ。

おそらく、佐野勘十郎に、何かの恩を売られて、やむなく、暗殺者の立場に置かれているが、おのれ自身の心をいつわることはできぬ性格であろうし、まず、剣を抜く時は、兵法者としての面目を考えるに相違ないのだ。

「旦那――」

松次郎が、心配げに、狂四郎に声をかけた。

「おちついておいででございますが、大丈夫なので――？」

「たぶん、あの浪人者が、われわれを見物人の側にまわらせてくれる、と思う」

狂四郎は、こたえた。


広見堂――近藤重蔵は、江州から連れて来たさきという女の給仕で、夕餉に時間をかけて、秋の宵をすごしていた。

「さき、そろそろ、大溝が恋しゅうなったのではないか？」

「いいえ――。江戸の方が、愉しゅうございます」

「それならよいが……、この爺さんと一緒に、あたら若い身空を、裏店ぐらしをするのは、いや気がさすこともあろうと、気の毒に思って居る」

「旦那様！」

　さきは、きつい語気になって、

「わたくしは、幸せでございます。生れてはじめて、こんな幸せなくらしがあることを、旦那様が教えて下さいました」

　と、云った。

　物心ついた頃から、継母の虐待に堪えぬいて来た女であった。

「そうか、それなら、よいのだ。……ははは、わしも、気が弱くなったものだ。……このわしが、女子の顔色をうかがうようになったとは――」

　重蔵が、感慨を吐息にした時であった。

　突如、ひくいが異様な音が、壁で起った。

「あっ！」

　さきが、小さな悲鳴をあげた。

　壁を、白刃がつらぬいて、切先が光ったのである。

　白刃は、すぐに抜きとられた。そして、その孔から、細くたたんだ紙片が、するすると押し出されて、畳に落ちた。

　重蔵は、さきに、それをひろわせて、ひらいてみた。

『おん身に、危険が迫り居り候。即刻、お立退きの程、おすすめ申し候』

そう記してあった。

「……？」

重蔵は、どうして隣家の浪人者が、こちらが生命を狙われていることを知っているのか、不審をおぼえた。

蕎麦屋で、なにか、煩悶に陥《お》ちている様子を示していた姿を思い泛べ乍ら、

――何故であろう？

重蔵は、じっと、文面を眺めた。

四

それから四半刻が過ぎた頃、隣家で寐そべっていた明日心剣は、

――どうやら、立退いてくれたらしい。

と、一人微笑をもらしていた。

次の瞬間――。

心剣は、一廻転して、立った。

立った時には、すでに、その差料を左手にしていた。

踏み込んで来た気配はなかったが、その時、おもて側からの障子が開かれたし、つづ

いて、台所から、人影が動いた。

おもて側から入って来たのは、蕎麦屋で、近藤重蔵の討手たることを宣言した隠密であった。

「明日さん、まさかと思っていたが、隣りを空屋にさせたのは、貴方のしわざだったな」

隠密は、鋭く睨みつけて、云った。

心剣は、

「わしは、知らぬ」

と、かぶりを振った。

「いい、しらをきっても、証拠がのこって居る。……壁に、孔をあけて居るではないか」

「以前から、あいていたのであろう」

「ふふ……」

隠密は、せせら嗤《わら》った。

「畳に、壁土がこぼれ落ちていたぞ。……われわれは、貴方を、信用してはいなかった。お目付にも、かねがね、そう申し上げていた。いかに、剣が強くても、味方になれる人間ではない、と――。やはり、その通りであった。お目付に、この旨を報告する前に、われわれは、貴方を成敗する」

心剣は、それに言葉で応ずる代りに、構えを示した。

鋼鉄造りの鞘を、栗形の下で、逆握りにして、胸前で、水平に横たえた。

隠密二人は、左右から、じりじりと、肉薄した。

もとより、渠らは、心剣が鞘もまた武器にして、二刀流を使うことを、充分心得た上で、討とうと迫っていた。

心剣の業に対する防禦《ぼうぎょ》と攻撃の工夫が成っていると思われた。

心剣の方は、動かずに、待ったばかりである。

隠密たちは、裏切り者を刃圏内に容れた刹那、同時に、左右から、斬りつけた。

これに対して、心剣の身の動きは、むしろにぶいものだった。

宛然、その場に、斬り伏せられるがごとく、身を沈めた。

しかし――。

それは、心剣が、咄嗟にえらんだ自身でも思いがけぬ業であった。

心剣は、抜かずに、逆握りの鞘を、おのが頭の上へ置いた。

それへ、左右から、二本の白刃が、落ちた――瞬間、心剣は、目にもとまらぬ居合抜きの白刃とともに、おのが軀幹を、おそるべき迅さで、旋回させた。

閃《ひらめ》きまわる白刃の円の中に、隠密たちの空けた胴があった。

ふたつの胴は、存分に、薙ぎ斬られた。

家鳴りを起して、敵たちが仆《たお》れるのに、目もくれず、心剣は、ゆっくりと立ち上った。

その双眸には、異常な光があった。

「出来たぞ！……よし！　眠狂四郎を討てるぞ！　勝てる！」

その独語を、ほとばしらせた。

明日心剣は、この時、兵法者以外の何者でもなかった。

味方を斬ったために、佐野勘十郎が、どのような激怒を爆発させるか、そしてまた、わが子がどのような危険にさらされるか——そのことを、全く忘れていた。

たったいま成った秘奥の業によって、眠狂四郎という強敵に、絶対に勝つことができる、という歓喜が、全身に満ちたのである。

狂気じみたその意識を、現実にひきもどしたのは、

「ごめん下さいまし」

その声であった。

心剣が、頭をまわすと、戸口に立っているのは、蕎麦屋のあるじであった。

この修羅場に、すこしもおそれる気色もなく、

「失礼でございますが、その仏お二人を、てまえに、葬らせて頂きます」

「なに？……なんのことだ、それは？」

「眠狂四郎の旦那が、お討ちになったことに、させて頂きとう存じます」

「なんだと?」

「その方が、都合がいい、とご当人が、仰言っているのでございます。……貴方様は、てまえの店で、まだ、飲みつづけておいでだった——そのあいだの出来事、ということにして頂きます」

死体消失

一

——やっぱり、薬湯くせえな。

巾着切の金八は、天井裏の暗闇の中で、くん、と鼻翼をうごかした。

巣鴨《すがも》御駕籠町の御広敷添番《そえばん》組屋敷の一軒で、五間ばかりの小さな家であった。どの部屋かで、薬湯を煎じていれば、天井裏までにおって来るのは、あたりまえだが、金八が胸の裡で呟いたのは、長患いの病人がいる、という意味であった。

稼業柄、目も鼻も耳も、人一倍利く。

夕刻、下見に、組屋敷の狭い道に入って来て、この家の前に立った時、金八は、なんとなく、陰気な印象を受けたのである。

組屋敷の一軒であるから、向いも左右も、隣家の構えは、全く同じである。にも拘らず、この家だけが、陰気であった。

忍び込んでみると、やはり薬湯のにおいがしたのである。

──どうせ、覗き視するなら、大名とか、旗本でも、千石以上の屋敷の方が、景気がいいや。

金八は、そろそろと移動を開始し乍ら、かぶりを振った。

その時、玄関に、人の訪れる音が、ひびいた。

やがて、廊下に跫音が近づき、この陰気なしめった空気を吹きはらうような高い笑い声をあげて、

「湯治だよ、湯治──。このやまいは、気分が肝心だよ、佐喜さん。一に看病、二に薬、というが、あんたも、この三年よく看病したが、やはり、当人が気分をかえなけりゃ、治癒はおぼつかん。湯治で、気分をかえるのだな」

その性格をむき出したような訪客の言葉に、病室にみちびく妻女の方の返辞は、なかった。

天井裏の金八は、訪客とともに、移動した。

病室は、添番屋敷独特の長六畳（畳が六枚つながった奇妙な部屋）があてられていた。

病臥しているこの家の主人松尾又七郎は、まだ二十六歳の若さであったが、その胸部疾患はおそらく十代からのものとおぼしい、およそ無気力な、蒼い面相をしていた。

掛具の上に置いた両手は、女のように細く白かった。

訪客の方は、これと対蹠《たいしよ》的に、逞《たくま》しい骨格と頤《おとがい》の張り出した浅黒い相貌の持主であ

った。

同じこの組屋敷に住む添番頭の黒辺三郎次という同年配の男であった。

「又七郎、なんだな、用向きとは？」

黒辺三郎次は、座に就くと、訊ねた。

長六畳なので、枕の上から、又七郎の顔を覗き込むあんばいになった。

「お主に、ききたいことがある」

又七郎は、天井を仰ぎ乍ら、かすれた細い声音で、云った。

「なんだな？」

「高麗人参《こうらいにんじん》は、よほど高価な品ではないのか？」

「うむ。高いのう。われわれ添番風情の俸禄では、手が出ぬ」

「その高麗人参を、わしは、この春から、毎日、煎じて、飲んで居るのだ」

「ほう、それは、結構な話だ」

「結構ではない。わが家に、そんな高価な品を買える金はない。にも拘らず、佐喜は、わしに、毎日、飲ませて居るのだ」

「ふむ。……薬湯が高麗人参であることを、どうしてお主知った？」

「先日、水戸から伯父が、見舞いに来てくれて、佐喜が煎じているところを、見たのだ。……伯父は、いくばくかの見舞金を用意して参ったのだが、高麗人参を買うほど余裕があると知って、安堵したらしい。……わしの気づかなかったことだ」

「ふむ」

「佐喜が、どうして、どこから、そんな金子を、調達できたのか、わからぬ。……お主に、きけば、知っていると思うて――」

「佐喜さんに、きけばいいではないか？」

「きけぬ」

「なぜだ？」

「いままで、わしに、かくしていたのは、佐喜が、わしに打明けられぬ理由があったからに相違ない。……わしは、きくのが、怕《こわ》いのだ」

そう云って、又七郎は、目蓋を閉じた。

その寐顔を見まもる客の表情が、友人らしからぬ冷酷なものであるのを、天井裏から、金八は、看てとって、おや、と思った。

――この野郎、もしかすると、食わせ者じゃねえのかな。

直感が、働いた。

二

御広敷添番という役は、江戸城大奥に就いた公儀役人であった。御広敷用人、御用達《ごようたし》、番の頭、そして、その次が添番で、扶持《ふち》米百俵取り。大奥へ出入りする人々を取締る、現代でいえば、皇宮警察の警部といったところであった。

あまりの微禄ゆえに、大奥へ出入りの御用達商人たちの賄賂をあてにして、辛うじて、暮し向きをたてていた。

たとえば——。

本丸御殿の建築面積は、表向、中奥あわせて四千六百八十八坪、大奥六千三百十八坪、その他あわせて総計一万一千三百七十三坪の宏大さであった。

大奥の畳を替えるのだけでも、大仕事であった。この畳替えには、老中も足をふみ入れぬ大奥へ、畳屋が入ったが、その監視を、添番が為した。

畳屋からのつけとどけがあったのは、当然である。

あるいは、また、ごくみみっちい賄賂の例としては——。

大奥には、常に数人の女按摩が、詰めていたが、いずれも小ずるい欲深な者ぞろいで、長局《ながつぼね》の各部屋をまわって、按摩の術よりも、べんちゃらが巧みで、せっせと貰い物を、ため込んでいた。彼女たちの一番怕いのは、御広敷添番で、もし睨まれると、お払い箱になるおそれがあったので、その貰い物の中から、添番衆に、さし出すならわしであった。

女按摩からもピンはねをする、という屈辱にも堪えなければ、添番は、暮してはいかれなかったのである。

松尾又七郎《まつおまたしちろう》は、五年余も病臥して居り、そのわずかな賄賂さえも得られぬ身であった。百俵の扶持米だけで、一年をすごさなければならなかったのである。貧窮ぶりは、人にも語れぬほどの惨めなものだった。

どうして、妻の佐喜が、高価な高麗人参を買うことができたのか——又七郎にとっては、奇蹟でも起ったのではないかぎり、その金子の入手に就いて、見当もつかなかったのである。

「たのむ。佐喜に、それとなく、きいてみてくれぬか」

又七郎は、二十年来の親友である黒辺三郎次《くろべさぶろうじ》に、たのんだ。

「よかろう。ひき受けた」

三郎次は、承知した。

それから、小半刻、三郎次は、江戸城内で起った出来事を、面白おかしく、病臥の友人に、語ってきかせておいて、さりげなく、腰を上げた。

三郎次は、病室を出ると、わざとらしく、大声で、近頃の流行唄《はやりうた》をうたい乍ら、玄関へ出たが、すぐ踵をまわすと、跫音を消して、そうっと、病室の前を通り過ぎて、茶の間に、忍び入った。

茶の間には、佐喜という又七郎の妻が、ひっそりと坐って、俯向いていた。

さほどの美人というのではないが、肌が透けるように白く、嫩《やわら》かな魅力は、比類がないといえた。

古《いにしえ》から、嫋々《なよなよ》とした細腰が、美人の一要件とされているが、元来はあまり魅力のないものである。

細腰の女が、男をひきつけるのは、清楚《せいそ》な雪膚《ゆきはだ》の気品があるからであり、そういった女は、滅多にいるものではなかった。

佐喜は、繊弱な痩型であり乍ら、その雪膚によって、ふしぎな色香をたたえていた。

三郎次は、佐喜の前に、しゃがみ込むと、

「佐喜さん、あんたの亭主は、病人でいるだけあって、カンが鋭くなって居る。……あんたのからだから、別の男のにおいをかいだ」

と、云った。

佐喜は、はっと、顔を擡げて、恐怖の眼眸で、三郎次の冷やかな視線を、受けとめた。

三郎次は、にやりとすると、

「おれは、西の丸の添番だ。知っているよ。……知っていて、今日まで、知らぬふりをしていたのさ。知っているどころか、あんたが、上様のお褥に入った時、莨《たばこ》道具をはこんだお犬（下級女中）から、あんたが乱れるのを目撃した、ときいているんだ。無理もねえ。あんたは、すくなくとも、この五年、又七郎に抱かれていねえのだからな――」

「う、うそです！　乱れた、なんて、そんな……」

　佐喜は、必死になって、否定した。

「ははは……、ひっかかったな。実は、おれは、知らなかったんだ。近頃、上様のお振舞いが変ってしまって、大名や旗本の奥方を所望なさる、という噂があったが、まさか、添番の女房まで、所望なさるとは、思っていなかったさ。……ただ、この四月に、大奥から、この家に、迎えの駕籠が来たことがあるそうな。まさか、と思っていたが、やっぱり、あんたも、上様のおなさけを蒙った一人か。……成程、これで、謎は、解けたぜ。……佐喜さん、お褥代として、いくら、頂いたかね？」

「………」

　佐喜は、恐怖と困惑で、唇をわななかせるばかりであった。

「百両――いや、そんなケチな金じゃねえだろうな。三百両！　そこいらだ、と見当がつくぜ。三百両なら、毎日、良人に、高麗人参を煎じて、のませることはできる」

「………」

「佐喜さん。おれは、又七郎から、あんたがどうして高麗人参を手に入れたか、きいてくれとたのまれた。……どんな口実をもうけるつもりだったかね？」

「わたくしは……」

　佐喜は、肩で喘いだ。こたえる言葉がないようであった。

「どうやら、その口実は、おれが、つくってあげることになるらしいな」

「黒辺様！」

三郎次は、にやにやし乍ら、いきなり猿臂をのばして、佐喜の手をにぎった。

三

「な、なにをなされます！」

佐喜は、あっとなって、身を引こうとした。

「佐喜さん、しかたがなかろう。あきらめることだな。一度、つまずくと、つまずきぐせがつく。……あんたは、貞女だ。ただ、対手がわるかった。否と拒める対手じゃなかった。しかし、そのつぐないとして、高麗人参を手に入れて、良人に、のませることができた。……正直なところ、又七郎は、もうあまり、長くは生きられまい。あんたが、だまし通して、あの世へ、又七郎を感謝させ乍ら、見送ってやるのが、貞女のつとめと申すものだ。……ここに、おれという悪党が、現われたが、口を封じておくのは、あんたとしては、貞女として、為さねばならん辛い振舞いだが、やむを得んのではないかな」

――畜生！　勝手なことを、ほざきやがる！

金八は、天井裏で、義俠《ぎきょう》心に燃えたが、眠狂四郎から、どんな出来事を見せつけられても、黙って、ひきあげて来い、と命じられているので、動かずにいるよりほかはなかった。

三郎次は、佐喜を、抱き寄せた。

佐喜は、いったんは、烈しく抵抗を示したものの、

「おのが妻が、西の丸様に犯されたと知ったら、又七郎は、衝撃で、寿命を縮めるぞ！」

と、ひくく鋭く、きめつけられると、四肢の力を抜いた。

三郎次は、久しく狙っていた獲物をようやく仕止めた猟師が、その毛皮を剝ぎとるように、佐喜の裳裾を摑んで、するすると、ひき捲《まく》った。

水色の湯文字の下にかくされていた下肢が、ほっそりとした滑らかな、白い葱《ねぎ》のような美しい線をあらわにされるさまは、覗き見る金八の目には、いっそ、いたいたしいものに、映った。

三郎次は、佐喜の唇を、口でふさぐと、容赦なく、片手を、捲りあげた衣の下へ、もぐらせて、ひしと合わせた腿と腿の奥を、さぐりはじめた。

金八の総身が、かあっと熱くなった。

——我慢ならねえ！

女が、悩殺型の豊艶な肉づきの肢体の持主であったならば、これほどのあわれをおぼえはしなかったろう。

いかにも犯されることが、いたいたしい清楚な細腰雪膚が、金八を、正義漢として、奮然とさせた。

金八は、ふところから、匕首を、ひき抜いた。

天井板をひっぺがしざま、匕首を、手裏剣にして、この小悪党へ、投げつけてやろう、とほぞをかためたのである。

しかし——。

金八が、天井板をひっぺがすよりも、一瞬はやく、障子が、ひき開けられた。

佐喜から、ぱっととびはなれた三郎次は、そこに、幽鬼のように立つ又七郎の姿を、見出した。

「貴、貴様っ！」

又七郎が、憎悪をこめて、呻きつつ、そろりと一歩入って来るや、三郎次は、無我夢中で、とびかかった。

渾身の力をこめて、又七郎の頸を締めつける三郎次を、どうして、天井裏から、とび降りて、匕首で突き刺してやらなかったか、と後のちまで、金八は、悔んだことである。

四

松尾又七郎の葬儀は、あいだに一日置いて、二日後にいとなまれることになった。友引だったからである。

妻の佐喜は、その友引の日一日、玄関わきの長四畳に臥《ふ》して、姿を見せなかった。看病疲れが一時にどっと出た、という理由に、人々は、納得した。

親戚は、水戸にあるだけであったので、通夜をとりしきったのは親友の黒辺三郎次であった。

三郎次は、不謹慎なくらい絶えず大声で笑いたて乍ら、葬儀の用意を、てきぱきとやってのけた。

葬儀前夜は、しきたりによって、組屋敷から、籤《くじ》を引いて、七八人の妻女が集まって、精進料理をつくり、通夜の客に振舞った。

佐喜も、その席には姿を現わして、客たちをもてなしたが、血の気を失った蠟色《ろういろ》の顔と、いまにも失神して倒れそうな挙措を眺めて、人々は、ふかく同情した。

通夜の客たちが、ひきあげたのは、二更（午後十時）を過ぎてからであった。台所を片づけていた添番の妻女たちも、それからほどなく、去った。

あとには、佐喜と三郎次が、のこされた。

急に、屋内がひっそりとしたが、三郎次は、一向に態度もかえず、

「酔ったな。……ひさしぶりで、思うさまに、飲んだ」

と、げっぷを吐いてみせた。

佐喜は、消え入りたげに、薄い肩をおとして、俯向いていたが、

「……おそろしゅうございます」

と、呟いた。

その時であった。

「三郎次！」

どこからともなく、陰にこもった声が、ひびいて来た。

「な、なにっ!?」

三郎次は、鎌首をあげて、きょろきょろと、見まわした。

「な、なんだ？」

「三郎次！　このうらみを、いま、はらしてくれる」

「くそっ！」

三郎次は、突っ立った。

とたんに、方形の坐棺が、がたがたとゆれた。

佐喜が、悲鳴をあげて、遁れようとしたが、腰が抜けて、起てなかった。

「お、おのれっ！」

三郎次は、なげしの槍をひっ摑むや、棺《ひつぎ》を、ぶすりと貫いた。

奇怪なことは、続出した。槍は、棺に突き刺さったまま、三郎次が、いかに力をふり

しぼって、ひき抜こうとしても、びくともしなかった。

「く、くそっ！」

三郎次は、棺の柄をはなすや、脇差を抜きはなった。

「三郎次！　幽霊を斬ることはできぬぞ！」

姿のない声が、あざけった。

三郎次は、狂い立って、棺を突きとばした。

棺は、大きくひとゆれしたが、倒れなかった。

「おのれがっ！」

三郎次は、脇差を逆手に摑むや、棺へのしかかって、蓋へ突き立てようとした。

棺の中から、白刃が閃き出て、三郎次の咽喉を刺し貫いた。

その刹那——、

その光景を見てから、佐喜は、意識を喪った。

佐喜が、蘇生《そせい》した時、座敷は何事もなかったように、ひっそりとしていた。

三郎次の死骸は、そこにはなかった。

起き上った佐喜は、悪夢でもみていたように、しばらく、茫然と自失していた。

廊下に跫音がして、佐喜は、われにかえった。

見知らぬ異相の浪人者が、入って来たのに、佐喜は、怯えた。

眠狂四郎は、佐喜の前に坐ると、

「狂言は、そなたが、意識を喪っているあいだに、幕が降りた」

と、云った。

「く、黒辺様は、ど、どこに――？」

「その棺の中に、いる」

「え？」

「そなたの良人のなきがらは、すでに、昨日のうちに、棺からとり出して、当家の菩提寺の墓地に、葬ってある」

「…………」

佐喜は、何者とも知れぬこの浪人者を、唖然として、見まもった。

「わたしは、必ずしもそなたの味方になるとは限らぬ男だ。しかし、決して、敵にはならぬ、と約束できる」

「…………」

「ひとつだけ、ききたいことがある。かくさずに、こたえてもらいたい。そなたに代って、良人の仇を討ったのは、ひとつだけ質問したいためであった」

「…………」

「この春、そなたが、西の丸大奥で、寝所に入れられた夜のことだ。……そなたは、西の丸殿に、抱かれた時、どのような愛撫を受けたか、だ」

「…………」

「はずかしかろうが、かくさずに、教えてもらいたい。これは、重大なことなのだ。そなたの言葉によって、あるいは……」

そこまで云いかけて、狂四郎は、口をつぐむと、佐喜の返辞を、待った。

朝の鳥追い

一

四半刻が、過ぎた。

良人ならぬ、良人を殺した敵の屍骸を納めた棺を前にして、御広敷添番松尾又七郎の妻佐喜は、うなだれたまま、沈黙をまもって、微動もせぬ。

対座した眠狂四郎の忍耐はつづく。

口外し難いことを云わせようとするのであった。こうした場合、おどして告白させることの徒労を、狂四郎は、知っていた。

女がすすんで口をひらくのを、待つよりほかにすべはなかった。

狂四郎は、腕を組んで、佐喜を見まもって、待っている。

ようやく──。

佐喜は、顔を擡げた。その眼眸は、心を決めた者の、おちついた色を示していた。

「西の丸様は、けだものでございました」

佐喜は、はっきりと、云った。

「愛撫ではなく、さいなんだ、というのか?」

「はい」

「どのようなさいなみかたをされたか、云って頂こう」

「………」

「そなたが正直に打ちあけてくれることによって、この後、そなたのような生贄を出さぬことができるかも知れぬ」

佐喜は、そう云う狂四郎を、はじめて見かえした。

「西の丸様は、わたくしを素裸になさると、熊の皮の上に……」

「熊の皮?」

「はい。……熊の皮の上で、まるで、わたくしを、犬か猫のように──」

そこまで云って、佐喜は、俯向いた。

狂四郎は、その頰を泪がつたうのを眺めて、これ以上訊ねることの残酷をおぼえたが、この機会をのがすわけにはいかなかった。

「異様の振舞いとしては、そのほかには──?」

冷たく問うた。

「血汐のような赤い液を、わたくしのからだにお塗りになり……、なにやら、意味のわからぬ、呪文のような言葉を、お口になさり乍ら、……犬のように啣《は》わせたわたくしの――」

瞬間。

狂四郎は、背後の障子をつらぬいて、飛んで来た矢を、払ういとまもなく、ぱっと、身を伏せた。

矢は、狂四郎の頭上を越えて、佐喜の胸に、突き立った。

畳を一廻転して、狂四郎は、壁ぎわへ、立った。

矢は、つづけて数本、障子をつらぬいて来た。

それを待って、障子を蹴倒した狂四郎は、縁側を跳んで、庭へ躍り出ざま、数人の侵入者の一人を、無言の抜刀裡に、斬り伏せた。

敵がたに、第二矢をつがえるいとまを与えぬ猛然たる反撃であった。

十坪にも足らぬ庭の狭さも、かえって、狂四郎にとって、有利であった。

晩秋の冴えた月光を撥《は》ねつつ、無想正宗が迅業から迅業へと閃くたびに、肉が截られ骨の断たれる音がひびいた。

敵を一人残すと、狂四郎は、動きを停めた。

「戻ってかしらに報告してもらおう。そちらが、どのように躍起になって防ごうとも、こちらの攻めはしだいに早くなって来た、と眠狂四郎が申した、と」

二

その挑戦の言葉は、半刻後には、佐野勘十郎の耳に入れられた。

京都からつれて来た美しい妾に、からだをもませていた勘十郎は、庭さきにうずくまった隠密から、伝えられると、いきなり、頤をのせていた枕を摑んで、抛《ほう》りつけた。

「それを、三方代りに、臀敷《しりし》きにせい」

珍しく、激しい憤りをみせておいて、立ち上った。

「出掛けるぞ。仕度せい」

勘十郎は、駕籠ではなく、馬をえらんだ。

もうそろそろ、東の空が、しらむ時刻であった。

疾駆して行く往還の、左右の武家屋敷の塀の壁の白さが、次第に浮きあがって来ていた。

勘十郎が行き着いたのは、平川町から麴町《こうじまち》三丁目へ抜ける通りに面した屋敷のひとつであった。

去年から、大奥医師となった渋江養庵《しぶえようあん》という蘭学者《らんがくしゃ》の屋敷であった。

蘭学の大奥医師としては、すでに、桂川家があったが、なぜか、渋江養庵という無名の蘭学者が、去年からとりたてられて、将軍家斉の脈をとりはじめていたのである。二百石高、御番料百石というのが、大奥医師の扶持であったが、その屋敷の構えは、三千石の旗本のそれに匹敵していた。

「御匙《おさじ》」と称ばれる将軍家付きの医師は、もともと、大層な収入であった。盆暮には、千両ずつの薬礼が、大奥から、あったのである。扶持などは、ものの数ではなかった。

御典医には、法印、法眼、法橋という位の順列があり、これまでの慣例として、ひと跳びに、法印、法眼になれるものではなかった。

御目見医師（見習）から、表医師になり、御広敷見廻りとなって、大奥女中の診療に当っているうちに、その腕を知られて、若君あるいは姫君付となって、ようやく御番料を頂戴し、幾年かの経験を積んだ挙句、えらばれて、「御匙」になれるのであった。

ところが、渋江養庵は、去年長崎から出府して来て、いきなり、「御匙」に召出されたのであった。

佐野勘十郎は、宿直の見習いに、

「通るぞ。起せ」

と云っておいて、さっさと、書院に入った。

勘十郎は、養庵が起きて来るあいだ、じっとして待ってはいなかった。

床の間のとなりの違い棚に、ずらりとならんでいる機械に近づいた。

それらは、いずれも、異国製の顕微鏡であった。

木製のもあり、真鍮《しんちゅう》製のもあった。鏡筒に皮革を巻いたのや、唐草の鏤金《るきん》を施したのや、洋文字を浮彫にしたのや、それぞれ趣向がこらしてあった。

勘十郎は、しかし、これらが、なんの機械か、判らなかった。

片隅に、天明の頃に著わされた森島中良の「紅毛雑話」がのせてあり、その第三巻の巻末の頁《ページ》がひらかれてあるのを、勘十郎は、手に把ってみた。

顕微鏡のこと

近頃舶来《もちわたる》「ミコラスコーピュム」というむしめがねあり。形図の如し。種々のものをうつし見るに、その微細なる事、凡慮の外なり。塩は、粒々みな六角なり。蕎麦粉は、いかほど細き粉にても三角なり。燈心は、糸瓜《へちま》の如し。黴《かび》は、菌の形なり。水は、麻の葉の如き紋あり。氷に縦横の紋をなすは是《これ》なり。酒は、百沸湯《にえ》の如くうごくなり。是を飲めば、運行の血液を鼓動する故、胸踊り、面《おもて》に血色を発するも宜《むべ》なり。予、伯《はく》氏（桂川国瑞）と倶に、見たる中に、虱《しらみ》の古くなりたるが、脇腹破れて、鰯《いわし》の骨の如き肋骨《あばらぼね》あらわれ、くされ爛《ただ》れたる腸《はらわた》に、茶たて虫の如き蛆《うじ》たかりたり。目鏡をはずして見れば、いささか色のかわりたるように見ゆれども。肋骨も見えず蛆も見えず……。

「お待たせいたしました」

養庵が、入って来た時、勘十郎は、顕微鏡を、行燈のわきにとりおろして、おのが頭髪を一本、ひき抜いて、のぞいていた。

「これは、面白いものだの」

勘十郎は、顕微鏡から、目をはなすと、笑い乍ら、云った。

「左様――」

まだ四十年配の、役者のように面高で、馬面の養庵も、笑い乍ら、

「それで、つぶさに眺めますと、肉眼ではとうてい見わけられぬものが、判明いたしますな。たとえば、貴方様の髪毛と、てまえの髪毛は、全く同じようでいて、その顕微鏡にかけてみれば、顔がちがっているように、ちがって居りまするな」

「ふむ」

勘十郎は、頷いて、

「どうやら、腐った食物を、これで観察すると、必ず目に見えぬ蛆がわいて居る、とみとめられることだな」

「まずは、まちがいなく――」

「とすれば、その蛆だけを採って、食わせれば、その者は、患って、斃れる」

「そういうことに相成ります」

「これまでは、殺すには、毒薬をくらわせたゆえ、それとすぐ、相判った。……蛆をく

らわせて、患わせれば、殺したとは、判らぬことに相成る」

「………」

養庵は、勘十郎の冷酷な言葉に、眉宇をひそめた。

勘十郎は、こともなげな口調で、

「お主に、ひとつ、それをやってもらおうか」

と、云った。

「誰を、亡き者に――？」

「御匙ならば、対手はきまって居る」

「えっ？」

「ははは……、うろたえるな。こういう事態にたちいたることもあろうか、と思って、お主を、御匙に推挙しておいたのだ。……お上の在職は、ちと長すぎたのう。征夷大将軍になられたのは、こうっと……天明六年、いや、七年であったかな。……いずれにしても、五十年に垂《なんな》んとする。長すぎるではないか。そうは思わぬか、お主？」

「まことに、そう申されれば……」

「在職五十年――お上は、いったい、なにをされたかな。五十余人の子女を、もうけられた。まことに、冠絶した精力ぶりではあった。それだけであった、と申しては、酷になろう。閣老に、政道をまかせた、ということも功になるかも知れぬな。定信、信明の両松平、本多忠籌《ただかず》ら、人材が出て、守って、失わぬように努めた。おかげで、天下は泰平であった。それだからと申して、太政大臣《だじょうだいじん》までのぼりつめる資格があるとは申せぬ。坐して、もろうた太政大臣だ。……始祖（家康）をみるがいい。二代に職を譲って、ようやく死神を迎えてから、太政大臣になられて居る。三代（家光）は左大臣、五代（綱吉）は右大臣、八代（吉宗）ですら、右大臣に、とどまられた。しかるに、当代は、在職中に、太政大臣を兼ねた。源氏足利以来、はじめての珍事だ。これを、天下泰平のしるしとするか。ばかげて居る。……非常の巧ありてこそ、非常の福を受く、と申すもの。先祖に討死させて高枕、などとは虫がよすぎる」

勘十郎は、容赦なく、今日の天下人を罵倒して、

「というわけで、せめて、その最期ぐらいは、少々の罰《ばち》があたっても、やむを得ぬではないか」

と、云いはなった。

養庵は、勘十郎に見込まれた男だけあって、一癖ある曲者《くせもの》とみえて、一瞬の驚愕をしずめると、おちついた気色を示し、

「お目付には、西城府様を、一日もはやく、御本丸にお入れしよう、とお考えでありますか？」

「いそぐのう。猶予して居れぬ」

勘十郎は、立ち上ると、

「たのむ」

と、云い置いた。

三

「墓をあばくか」

不意に、眠狂四郎が、そう独語したのは、諏訪町角の「二八蕎麦」で、冷酒をひと息にあおってからであった。

朝もまだ早く、客といえば、ほかに一人、まだ若い鳥追いが、笠と三味線をわきに置いて、つつましく、ざるを喰べているばかりであった。

土竈の前にいたあるじの松次郎が、ふりかえった。

「なにか、仰言いましたか？」

「墓をあばくか、と云った」

「墓を!?」

狂四郎は、こたえた。

「うむ」

「どなたの墓を——？」

「先日の広見堂という易者の墓だ」

「どういうのでございます？」

　生きている人間に墓がある、ということが、松次郎には、解せなかった。

「あの老人から、自分が死んだならば、墓をあばいてくれてもよい、と云われたが、どうやら、死ぬのを待ってはいられなくなったようだ」

「……？」

「尤も、広見堂に一応、ことわる必要はある」

「しかし、行方知れずでございますよ」

「人間という奴は、妙な生きもので、惚れ合った仲の対手でも、いったん別れると、忘れてしまうが、一度気に入った食物は、決して忘れぬ。そこが、危険な場所とわかっていても、喰べたさの一念で、足をはこぶ。……お前の手打ちを、広見堂は、気に入っていた筈だ。三日明けずに、かよって来ていたのではなかったか？」

「そうでございましたが……」

「近いうちに、屹度現われるだろう。現われたら、わたしが、あの世行きまで待って居れぬので、墓をあばかせて頂く、と云っていたとつたえてくれ」

　近藤重蔵は、四年前に逝ったことになっている。

　その墓は、二個所にある。江州大溝の藩主分部若狭守の菩提寺瑞雪院と、この江戸の駒込の西善寺と。

後者の方は、知友門弟が謀って建てた。

重蔵は、武部仙十郎に、もし自分が死んだならば、駒込西善寺にある墓の方をあばいてもらってよい、と云いのこしたのである。生涯口外せぬと誓った秘密が、その墓の中にある、という意味であった。

「では、たのむ」

狂四郎は、蕎麦は摂《と》らずに、腰を上げた。

狂四郎が、出て行くと、もう一人の客の鳥追いも、そそくさと、代金を置いて、笠と三味線をかかえて、紺暖簾をくぐり出た。

店にいた時のつつましげな様子とは、一変した鋭い身ごなしになっていた。

すばやく、左右へ、往還を視やったが、狂四郎の姿が消えているのに、舌打ちした。

鳥追いは、狂四郎が、すぐの横丁へ曲ったとさとって、いそぎ足に、追った。

とたん——。

ぎょっとなって、立ちすくんだ。

その横丁に、黒の着流しのふところ手姿が、うっそりと立って、待ち受けていたのである。

「なにを、いそいでいる？」

狂四郎の口もとには、薄ら笑いが刷かれていた。

鳥追いは、とっさに、くるっと踵をまわした。

「尾けようとしたくせに、なぜ、逃げる？」

あびせられて、鳥追いは、頭をまわした——刹那。

狂四郎は、ぱっと顔をそむけた。

女の口から、光るものが噴いて出て、こちらの双眼を狙って、飛んだのである。

一本だけではなかった。

狂四郎は、こめかみと耳朶《じだ》に、痛みをおぼえた。

「どうする？　その口の中には、もう針は含んで居らぬのか？」

狂四郎は、冷やかに、訊ねた。

女は、こたえず、肩で吐息した。おそらく、狙って、仕損じたのは、はじめてであったろう。その屈辱で、全身の血汐がにえたぎった、と見てとれた。

「まだ、一二本、含んでいるとみえる。しかし、吹けば、斬られる、と判って居るようだ。こちらの腕を、お前は、充分承知しているらしい。……歩くのだな、おれの前を——」

狂四郎は、命じた。

女は、意外に、素直にその命令に従った。

歩き出してから、路面へ、口の中の残りの吹き針二本を、吐きすてた。

見かけたところでは、ただのおとなしい門付《かどづけ》にすぎない女の後姿を、見まもり乍ら、歩き出した狂四郎は、ひとつの疑惑を、湧かせていた。

近藤重蔵の十徳の裾に、吹き針を刺したのは、この女と断定して、まちがいはなかった。

しかし――。

狂四郎が、調べた限りでは、お目付佐野勘十郎は、絶対に、婦女子を、手下に使わなかった。一時弄ぶ妾を持つが、正妻というものを持たぬことでもあきらかなように、佐野勘十郎は、女性というものを信じない男に相違なかった。

例外として、この女を、手下に使っている、ということは、まず、考えられなかった。

――とすると？

佐野勘十郎以外に、近藤重蔵の身辺をさぐっている者が、ほかにいる、ということになる。

この女は、その者に命じられて、近藤重蔵を尾け、この眠狂四郎を尾けまわしていた。

そう考えた方がよさそうである。

「旦那――」

女が、歩き乍ら、前を向いたまま、呼んだ。

「どこへ連れて行くのですか？」

「連れて行くのは、お前の方だ」

「なんですって？」

「お前が、おれを、連れて行くのだ」

「虜《とりこ》にされた者が、自分を捕まえた御仁を、自分の好きな場所へ、お連れするんですか？」

「そういうことだ」

「こんな話、きいたことがありませんねえ」

「連れて行く先を、考えるがいい。味方のいる場所であっても、一向にかまわぬ」

「旦那は、いままでも、そうやって、敵に勝って来なすったのですか？」

「まだ生きているところをみると、おのが流儀が、さしてまちがっていなかったことになる」

女は、立ちどまって、狂四郎を、振りかえると、朝陽のまぶしさに、眸子をほそめて、じっと、瞶めた。

再び歩き出した時、女は、ひくく、

「女に惚れさせる男に、はじめて会ったねえ」

と、呟いた。

しかし、女は、この場は、なんとかして、遁れなければならなかった。

女は、すでに、その逃路を思案していた。

竹町の渡しの方から、一艘の舟が、下って来ていた。岸からは、二間ばかりはなれていた。

女は、その距離をはかり乍ら、狂四郎に疑われないように、すこしずつ、岸縁の方へ寄って行った。

一瞬――。

女は、石垣の角を蹴ると、宙に身を躍らせた。

水色の湯文字を、明るい陽ざしに撒いて、白い二本の下肢を、惜しみなく、さらしつつ、女は、見事に、舳先《へさき》に跳び移った。

「おっ！　なにを、しやがるんでえ！」

むこう鉢巻の船頭が、大ゆれをくらって、あやうく、水中へはねとばされそうになるのを、辛うじて踏みとどまって、女を睨みつけた。

「金は、はずむよ。あの浪人から、あたしは、遁げたいのさ。おねがい！」

そう云われた船頭は、岸に立つ狂四郎をみとめると、

「眠の旦那、どうしやしょう、このあま――？」

と、大声をあげた。

女は、あっとなった。

狂四郎の方は、女が舟へ跳ぶかも知れぬ、とちゃんと予測していたに相違ない。船頭が顔馴染の男なので、平然として、女の跳ぶにまかせたのだ。

狂四郎は、微笑し乍ら、こたえた。

「岸へ着ければ、女は、上って来るだろう」

女は、それをきくと、ひとつ吐息した。

「負けた！……親方、着けとくれ。あたしは、実は、眠狂四郎に惚れたのさ」

松前藩邸

一

せき——と名のる鳥追い姿の女が、眠狂四郎を案内したのは、芝増上寺裏手にならぶ末寺に隣接した小大名の屋敷のひとつであった。

大名屋敷——まさしく、その構えは、一万石の格式であったが、あきれるほどの荒廃を、修築もせずに放置したまま、示しているたたずまいであった。

正門の屋根は、瓦が半数も毀《こわ》れたままになって居り、柱も扉もおそらく二百年以上も風雨にさらされた蒼然《そうぜん》たる古色もさること乍ら、いつの頃かその内外が凄惨な修羅場になったとおぼしい、刀槍の痕をとどめていた。

長い築地《ついじ》は、いたるところ崩れて、人も犬猫も自由に出入できる。

空屋敷でないことは、菖蒲《しょうぶ》革の袴をつけた門番が二人、そこに立っているので、明らかであった。

藩の窮状を、いかに、公儀に訴えても、一向に援助してもらえぬので、ふてくされて、わざと、甚だしい荒廃ぶりをさらしてみせている、とも受けとれた。

「旦那――」

せきは、微笑し乍ら、

「ここでございますのさ」

と、指さした。

「何様のすまいぞ？」

「蝦夷の松前様の――」

せきは、こたえた。

――成程、それなら、この荒廃ぶりも、頷ける。

日本北辺の零細藩である松前藩は、十四代松前章広になってから、寛政年間、東蝦夷の知行地の大半を、幕府に返上して、武蔵久良岐《むさしくらき》とか、陸奥梁川《むつやながわ》などの痩地《そうち》を与えられて、ほそぼそとしのぎ、文政のはじめに、ようやく旧領に復帰した不運な藩であった。

幕府が、松前家より蝦夷地をとりあげて、直轄にしたのは、対露国防の武力を増強する、という名目であった。

事実は、漁場を独占し、交易を壟断《ろうだん》し、アイヌたちから搾取している商人（場所請負人）たちの儲けを、看過することができず、これを廃して、木材、鯡《にしん》などの魚類、昆布その他の運上金を、直接手に入れるためであった。

しかし、場所請負人という制度の廃止は、失敗であった。蝦夷地に於ける漁業の取りさばき、アイヌの撫育は、この地に精通している商人たちでなければ、能く為せるものではなかった。

十四代松前章広《まつまえあきひろ》は、幕府の失敗をみて、この秋《とき》とばかり、時の老中水野出羽守忠成に、賄賂をつかって、ついに、旧領復帰に成功したのであった。

しかし、武蔵久良岐、陸奥梁川に移封の間につもった借財は、短期間ではとうてい、返済することは不可能であった。

まさしく――。

松前家が、その藩邸を、荒廃したままに、白日にさらしているのは、公儀に対する一種の反抗であった。

――そうか。佐野勘十郎以外に、生きている亡霊の近藤重蔵を狙っている者がいて、それが、この松前藩なら、話はわかる。

狂四郎は、合点した。

近藤重蔵は、曾て、場所請負人高田屋嘉兵衛《たかだやかへえ》に協力させ、エトロフ航路をひらき、エトロフ島に漁場十七箇所を設けている。

蝦夷地と近藤重蔵は、きりはなせない関係にあったのである。

「お前を雇っている人物に、会おう」

狂四郎は、せきに云った。

「旦那——」

せきは、不安な眼眸をかえして、

「旦那は、底なしの泥沼へ足を踏み込もうとしておいでじゃないんですか？」

「踏み込んでみなければ、底なしかどうか、判らぬ。案外、膝までの浅い沼かも知れぬ」

狂四郎が、通されたのは、書院であった。その書院も、他の大名屋敷とちがい、床の間には、掛物ひとつなかった。

当主松前章広が、陸奥梁川に在封中は、夏期一着、冬期一着の木綿で十年間を通し、文字通り一汁一菜を守って来た、という噂は、この素浪人の耳にまで、とどいていた。

——何者が現われるか？

狂四郎は、腕を組んで、待った。

二

廊下を近づいて来る跫音が、きこえた。

——ひどい跛《びっこ》らしい。

狂四郎は、その跫音で、判断した。

「ごめん――」

障子を開けて、入って来たのは、四十前後の人物であった。

その面貌を一瞥した瞬間、狂四郎の胸中に、ひそかな衝撃があった。

眉目も、頭髪も、あきらかに異邦のものであった。殊に、その瞳は、碧《あお》かった。

「当藩家老・菅谷十郎左衛門《すがやじゆうろうざえもん》」

座に就くと、その人物は、名のった。

「眠狂四郎と申す」

狂四郎が、挨拶すると、菅谷十郎左衛門は、

「ここへ参られた存念をうかがおう」

と、もとめた。

「存念？……お目付佐野勘十郎のほかに、それがしに、尾行者をつける人物がいたことに興味を持ったまでのこと、と受けとって頂いてよい」

「すなわち、貴殿は、ここを敵中と知っていて、罷り越された。不敵な度胸と申せる」

「敵かどうか、それは、これから、お手前と談合の上で、きまると存ずるが――」

その言葉をきくと、菅谷十郎左衛門は、薄ら笑った。

「近藤重蔵が、いまだ生存していると知って、これを、捕えて虜囚にしようとしている当方と、味方になれる道理がない」

「虜囚にしなければならぬ理由が、おありか？」

「敵側に居る貴殿に、その理由を打明けるたわけが居ろうか」

「談合如何によっては、この素浪人を、味方にしようと、考えられるのではあるまいか」

「あいにくだが、御老中の側用人に飼われた犬など、味方につける所存など、毛頭みじんもない」

菅谷十郎左衛門は、きっぱりと拒否した。

狂四郎は、平然として、

「御当家の敵は、お目付佐野勘十郎ではないのですか？」

と、対手を見据えた。

「貴殿は、当藩の窮状を、この屋敷のさまを眺めて、およそ想像をつけることができ申そう。……曾て、当藩は、一万石格であったが、内実は、諸藩の五、六万石に相当する内証ではあった。しかるに、公儀は、当藩が、場所請負人から巨額の運上金を召上げているもの、と垂涎《すいぜん》して、当藩を追いはらって、蝦夷地を直轄にした。たしかに、五、六万石の内証ではあったが、人口稀薄《きはく》な、交通のひらけぬあの広大な蝦夷地を治め、しかも、外夷に備えるために、どれだけの費用と知識と人数が必要か、公儀は、知らずに、当藩を、追いはらった。当藩は、はじめ、武蔵久良岐へ五千石に貶せられ、次いで、陸奥梁川へ、九千石と増してもらったものの、家中を半数に減じても、くらし向きは成立ちはしなかった。しかるに、公儀は、蝦夷地経営が、いたずらに失費がかさむばかりと知るや、なんの未練もなく、返して寄越した。……蝦夷地取締りもととのい、アイヌの撫育、産物の取りさばきなど、すべて行き届いた故、旧家に、格別の儀をもって、旧の如く領有せしめる。とまことしやかな理由をたてて、返して参ったのだが、その復領嘆願のために、当藩が、一橋卿ならびに老中水野出羽守殿に贈った金銀は、三万両を下らず、その金銀を調達するために、士分の者までが、吉原の廓へ、娘を売って居る。そうして、ようやく、復領すると、公儀は、ぬけぬけと、場所請負の制度を復活させたならば、その運上の半金を、寄越せ、と命じて参った。なんという人を莫迦《ばか》にした図迂図迂《ずうずう》しさか。……これほどまでに踏みつけにされた当藩が、いずれ、公儀に対して、一矢むくいんと――為すところある日を期すのは、当然ではあるまいか。たかが一万石格の小藩といえども、一寸の虫にも五分の魂――やがては、公儀の方から頭を下げてたのみに来るように仕向けてみせる、と家中一統、かたくほぞをかためて居る、と知ってもらいたい」

熱のこもった弁舌を、黙ってきいた狂四郎は、対手が口を緘《と》じるのを待って、

「御家老――。たとえ近藤重蔵を虜囚とされても、渠から、欲するものを奪い取ることは、不可能と存ずる」

と、云った。

「……？」

菅谷十郎左衛門は、鋭く、狂四郎を睨み据えた。

「あの老人は、死をおそれては居らぬのです。死をおそれぬ人間ほど、強いものはない。……無駄なまねは、止されたがよろしかろう、と存ずる。それよりも、公儀に対する怨みは一時、内にかくして、老中水野越州から、蝦夷地統治の歳費を出させることを考えられたがよい、と存ずる。そのためには、いたずらに、感情だけで、敵視されずに、側用人武部仙十郎を、味方にするのが、得策と申すもの」

狂四郎は、説いた。

しかし、菅谷十郎左衛門は、沈黙を守った。

狂四郎は、今日の推参は、一応目的を達した、と考えた。即座に、対手の応諾をとるのは、いささか話がうますぎる、というものであった。

松前藩は、お目付佐野勘十郎が、近藤重蔵の生命を狙っている理由を知っているのである。近藤重蔵が、かたく守って、あの世まで持って行こうとしている秘密を、知っていればこそ、この家老菅谷十郎左衛門は、堂々と、幕府に対して、一矢むくいてくれる、とうそぶいてみせたのである。

松前藩は、近藤重蔵がにぎっている秘密を明らかにする証拠の品が、欲しいに相違ない。

その証拠の品があれば、一万石格の小藩が、幕府をむこうにまわして、わたりあうことができるのだ。逆に云えば、それほど、その証拠の品は、重大な意味と価値を持っていることになる。

「では、これにて――」

狂四郎は、一揖すると、腰を上げた。

返辞も待たずに去ろうとする狂四郎の態度が、菅谷十郎左衛門に、微かな狼狽の色を面上にうかべさせた。

三

狂四郎が、藩邸を出て、一町ばかり往還をひろうと、あとを追って、跫音が近づいた。

せきであることは、秋風が送って来るその匂いでわかった。

狂四郎は、ふところ手で、前方へ視線を送ったなりで、

「おれに、つきまとう役目は、もう済んだはずだ」

と、云った。

「こんどは、あたしの気ままでござんすのさ」

「そのせりふを、信用せぬ、と申したら、どうする？」

「さしあげます、このからだを――」

「…………」

「ほんとです、眠の旦那――」

「…………」

「こんどは、旦那が、あたしを、お好きな場所へつれて行って下さる番ですよ」

「…………」

「それとも、あたしが、おきらいなら、話は別でござんすけど――」

「男を悦ばせる肌身を持っている自信がある、というわけか」

「抱いてごらんになれば、おわかりになります」

ものの三町も辿ってから、狂四郎は、つと、横丁に入り、ごく目だたないしもたやの格子戸を開けた。

こうしたしもたやが、この界隈には、多いのであった。

増上寺をとりまく無数の末寺の僧侶どもが、武家商家の後家や、娘と、密会するために、いつの間にか、こういう家が、できていたのである。

無愛想な婆さんが奥から顔をのぞけて、対手が坊主ではなく、浪人者であるのをみとめて、露骨に眉宇をひそめて、ことわりかけると、その足もとへ、意外なほど多い金が投げられた。

狂四郎は、せきをともなって、二階へ上った。

密会は、白昼が多いらしく、部屋には、ちゃんと、牀がのべてあった。

「おや、手まわしのいいこと。旦那は、なんでもご存じなんですね」

せきは、片隅へ横坐りになった。

「脱ぐことだ」

狂四郎は、女に背中を向けて、命じた。

「あい――」

せきは、するすると、帯を解き、地味な南部縞《じま》を、さらりと肩からすべり落した。なかには、燃えたつような緋縮緬の長襦袢をまとうていて、別人になったように、襟もとの白い肌が、映えて、なまめかしい肢体になった。

しかし、狂四郎は、依然として、背を向けたなりで、

「さきに、寐ろ」

と、命じた。

「女子が、さきに横になるなんて、作法にありませんよ、旦那」

「おれには、おれのやりかたがある」

「そいじゃ、失礼させて頂いて――」

せきは、仰臥した。

すると、狂四郎は、

「俯伏《うつぶ》せがよい」

「どうするんですか？」

「膝を折って、臀を挙げるのだな」

「いやですよ、旦那——、そんな……はずかしい」

「やるのだ！」

狂四郎は、語気鋭く、命じた。

せきは、しかたなく、枕に額をのせて、膝を折り、そっと、臀部を挙げた。

狂四郎は、やおら、立って、そのうしろへまわると、無想正宗の鐺《こじり》で、長襦袢と湯文字を、容赦なく、はねあげた。

「あ——いや！」

女は、あわてて、片手で剝き出された臀部を掩いかくそうとした。

「動くな！」

狂四郎は、冷たい眼眸を、そこへ落した。

狂四郎のカンは、適中した。

左右ふたつの、むっちりと肉の盈《み》ちた丘陵には、それぞれ、いっぴきずつ、可愛い小熊の刺青が、ほどこされていたのである。

にひきの小熊は、まろやかな斜面から、首をのばして、かぐろい茂みの蔭の谷あいの水を、飲もうとしているあんばいであった。

「やはり、そうだったか」

このせきという女は、もしかすれば、蝦夷生れではないか、というカンが働いたのであった。

容貌に異なるところがあったわけでもなく、言葉に訛《なまり》があった次第でもなかった。うしろに従いて来させているあいだに、ふっと、そんな気がしただけであった。

「女!」

狂四郎は、云った。

「おれは、数年前、本州から箱館《はこだて》まで、足をのばした。その時、むかし――足利の末、蝦夷へ渡った武士と烈しく闘ったアイヌの酋長《しゅうちょう》コシャマインの話をきいたことがある。コシャマインは、甲斐《かい》武田の一族武田信広を破って、箱館はじめ志濃里《しのり》館、中野館、脇《わき》本《もと》館、隠内《おんない》館など、十以上の館を陥落せしめたが、やがて、衆寡《しゅうか》敵せず、武田信広に殺された。コシャマインは、討死直前に、忠僕に遺言した。自分の娘は、妙齢であるから、必ず、武田信広に犯されるであろうと思われる。急いで、家へ戻って、その臀部に、熊の刺青をし、犯されようとしたならば、その熊をして、信広の咽喉へ、くらいつかせよ、と。……爾来、蝦夷の酋長の娘の臀部は、熊の刺青がほどこされるならわしになった、という」

「………」

　せきは、微動もせずに、沈黙をまもっている。

「お前がアイヌの酋長の娘ではないか、というおれのカンは、あたったな」

「………」

「ひとつ、この臀を、思いきり、刀の鞘でなぐりつけて、熊を怒らせて、おれの咽喉笛へくらいつかせるか。どうだな？」

「………」

「越中の鵜阪《うさか》神社の祭礼では、若い女子に、その年、夜這《よば》いに来た男の数を、白状させて、その数だけ、臀を打つというならわしがある。熊どもを怒らせるついでに、お前が肌身を許した男の数を申せば、その数だけで、かんべんしてやるのも、座興だが、どうであろう？」

「旦那――」

　せきは、額を枕につけたまま、口をひらいた。

「負けました。こんどこそ、本当に負けました。……もう、かんにんして下さいな」

「信用は、できぬ」

「いえ、こんどこそ、本当に負けました」

せきは、ゆっくりと顔を擡げると、口から、三本の吹き針を噴いて、畳へ刺した。

せきは、ずっと、狂四郎の目をつぶすべく、窺っていたのである。

それと察知して、狂四郎は、せきと視線を合わせることをせず、終始背《そびら》を向けていて、その挙句、牀へ俯伏せにならせたのであった。

松前藩江戸家老菅谷十郎左衛門は、表長屋の自宅へ戻って、じっと孤座していた。

眠狂四郎と対座した半刻あまりのことを、嚙みしめるように、丹念に、思いかえしていたのである。

あきらかに異邦人の相貌を持ち、極端な跛であるこの江戸家老は、曾て一度も、邸内から出たことはなかった。

しかし、せきという女を使って、世間のことには、精通していた。

したがって、眠狂四郎という男の存在も、かなり以前から、知っていた。

——わたしの体内の血の半分が、露人のものであるように、たしかに、あの男の血の半分も、和蘭《オランダ》人のものに相違ない。

このことが、十郎左衛門には、狂四郎が立去ったあとで、にわかに、親しいものに思われて来たのである。

——あの男も、わしのことを、今頃は、わしと同じ気持で考えて居るのかも知れぬ。

十郎左衛門が、四十歳の今日まで、妻を娶らぬのも、この碧い瞳の相貌のためであった。

周囲の人々は、決して、この相貌について、ふれぬが、当人は、おのが瞳の碧さを、一日も忘れたことはないのであった。

十郎左衛門は、今日はじめて、おのれと同じ宿命を背負った男と会ったのである。

——あの男は、わしを許ろうとはしなかったようだ。敵にまわらず、味方として協力しようとする立場をとる気持には、嘘はなかった、と思える。

面目捕虜

一

「ふむ――。松前藩が、公儀に一矢むくいようと覚悟をきめている、というのか」

武部仙十郎の皺面が、にやにやとほころびた。

「面白いの、これは――」

近頃の癖で、胸が膝がしらにくっつくほど、身を二つに折って、上目越しに、眠狂四郎を、見やって、老人は、ふたつみつ首を振ってみせた。

「松前家が、武田信広の裔《すえ》であれば、徳川が天下を取る以前から、われらは、すでに、蝦夷管領であった、という誇りを持って居り、それは、当代の性根にもなっていると思われるが……」

「左様さの。わしも、このたびのことで、蝦夷の史料をひっくりかえしてみたが、足利の頃には、すでに、南部蝦夷地には、武田信広の花沢館をはじめ、十二の館が、渡海した武将らで構えられて居った。当時、蝦夷管領は、出羽の檜山《ひやま》を領して居った安東氏であったが、十二の館の武将らは、われこそは、蝦夷を制してくれようと、野心満々であった模様だ」

老人は、語った。

東部酋長コシャマインが、万余の手勢を率いて、攻め寄せて来たのは、長禄元年の春であった。

忽ちのうちに、コシャマインは、十二の館のうち、十までを陥落させた。

武田信広は、花沢館を死守し、やがて、和人連合軍の総大将になった。

武田信広の父信繁は、足利将軍義教《よしのり》から、若狭国を賜わり、若狭武田氏となった武将で、信広の代になって、南部田名部《たなぶ》に移り、その後、蝦夷へ渡って、上ノ国《かみのくに》花沢館に拠った。花沢館には、蠣崎季繁《かきざきすえしげ》がいたが、すでに老齢で、信広は、その養女を娶って、主座を襲ったのである。

信広が、花沢館南方の夷王山《いおう》を決戦場にえらんで、コシャマインを迎え撃った時は、まだ二十七歳の青年であった。

夷王山の前方は、乙部《おとべ》から松前に至る日本海がひらけ、後方は大草原であった。

十の館を攻略したコシャマインは、勢いに乗じて一挙に、和人連合軍を蹂躙《じゅうりん》すべく、手勢を、三手に分けて、殺到して来た。

一万三千のアイヌ軍に対して、和人連合軍はわずか四千であった。

和人連合軍は、衆寡敵せず、草原の一隅に、追いつめられた。兵数は、半分に減っていた。

しかし、信広は、決して、絶望はしなかった。コシャマインが、月のない夜は、決して攻撃して来ないことを、信広は、知っていたからである。

その宵は、陽が落ちる頃合から、海を渡ってもの凄い強風が、雨をともなって、吹きつけて来たのである。

信広は、五百の兵を選ぶと、

「一心に胸のうちで八幡大菩薩を唱えつつ、斬り込め！」

と、命じておいて、先頭に立って、斜面をすべり降りて行った。

嵐を衝《つ》く夜襲は、成功した。コシャマインは、信広に片腕を刎《は》ねられて、遁走《とんそう》した。

不具にされたコシャマインは、酋長の面目を保つために、おのが麾下《きか》全員を率いて、再び花沢館を攻撃して来た。

信広は、明るいうちは、土竜《もぐら》のように砦の中にひそんで、敵が迫れば、矢をあびせて、しりぞけた。

夜に入るのを待って、信広は、百人一隊として、五手に分け、おのおの二本ずつ松明《たいまつ》をかかげさせて、草原、海岸、川沿いを奔らせた。

そして、その隙に、信広は、五十余人の手勢を引具して、箱館に向って、遁走するとみせかけた。コシャマインは、その息子とともに、狂気のごとく、追跡して来た。

信広は、七重浜《ななえはま》で、馬をすてると、渚を奔って、海中へ躍り込み、首まで浸《つか》った。

コシャマイン父子は、それを見てとって、馬を乗り入れて来た。

信広は、水面から、上半身をすっくと立てるや、弓に矢をつがえざま、射放った。

コシャマインが、馬上にのけぞった瞬間には、もう信広は、第二矢をつがえていた。

コシャマインの息子は、叫喚をあげつつ、海中へ跳んだ。しかし、その刹那には、胸へふかぶかと射込まれていた。

蝦夷は、こうして、武田信広の支配下に置かれた。

二

その後、蠣崎氏を継いだ信広の子孫たちは、百年にわたって、アイヌと戦いつづけて、本州に於て、豊臣秀吉が、小田原北条氏を滅ぼした頃、ようやく、アイヌとの間に、和平を成立させていた。

五代慶広は、秀吉が、奥州討伐に来た機をのがさず、海を越えて、本州に至り、白河にいた秀吉に、目通りした。

そして、秀吉に従って、京都へおもむき、天皇に拝謁して、従五位下《じゆごいげ》を賜わり、民部大輔《だゆう》に任ぜられた。

さらに、秀吉から、朱印の制書ならびに、毎年巣鷹《すだか》を献上するために、津軽から大坂に至る公逓の印信をもらった。

松前に於て、諸方より来る船頭・商人等、夷人《いじん》に対し、地下人《じげ》と同じく、非分の儀申し懸くべからず。並びに、船役の事、前々より、有り来りの如く、これを取るべし。自然この旨、相背くやから、これ在るに於ては、屹度言上すべく、速やかに御誅罰《ごちゆうばつ》を加えられるべきもの也。

文禄二年正月五日　　　　　　　　　　朱印

やがて、政権が徳川家康の手中に帰すと、慶広は、再び大坂に至って、家康に目通りし、蝦夷の管領たることを、認めてもらい、氏を松前と改めたのであった。志摩守《しまのかみ》と称し、家康から、左のような黒印の制書を受けた。

一、諸国より松前へ出入の者共、志摩守に相断わらずして、夷人との直商売仕り候儀、曲事たるべきこと

一、志摩守に断わりなくして渡海して売買仕り候者、屹度言上致すべきこと、付《つけたり》、夷《えびす》の儀は、何方へ往行候共、夷次第たるべきこと

一、夷に対し非分の申しかけは、堅く停止のこと

右条々違背の輩に於ては、厳科に処すべきもの也。仍如件《よつてくだんのごとし》。

慶長九年正月廿七日　　　　　　　　　　黒印

志摩守殿

こうした家門を有《も》った松前家であった。誇りは高かったのである。

寛政十一年に、蝦夷地を返上させられ、わずか五千石の武蔵久良岐の痩地を与えられた時、藩主章広以下家中が、どれほどの無念の泪をのんだか、想像にあまりある。

松前家が、蝦夷地を、幕府に奪われていたのは、二十二年の長い歳月であった。

その間、家中は、三分の一に減じ、藩主章広はじめ重臣から足軽にいたるまで、筆紙につくせぬ貧窮に堪え抜いたのである。

貧窮に堪え抜くためには、復領の希望をすてず、新羅三郎義光より出た甲斐武田の同族であるという誇りを持ちつづけることであった。

復領を嘆願しつづけるためには、わざと、江戸屋敷を荒廃するにまかせ、賄賂金の調達と称《とな》えて、わざと士分の者の娘を吉原の女郎に売って、噂を呼んだのであった。そしてまた、武蔵久良岐から、陸奥梁川の寒地へ移された時には、これを不服とする家中血気の面々十数名が、門前で、断食をし、これを阻止しようとする同輩らと、烈しい口論

の挙句、双方抜刀して、凄惨な修羅場をくりひろげ、柱や扉に、その痕をのこしたのであった。

北辺を守り抜いて来た甲斐武田の末裔らは、その気象が、おのずから、温暖な土地を領する他藩の家中のそれとは、異なっていた。堪えることを知るとともに、ひとたび、胸中に蔵した執念を、決して、消し去ることをしないのである。

武部仙十郎は、そのことを告げてから、

「いよいよ、猶予のならぬ事態と相成ったの」

と、じっと狂四郎を見やった。

「さしあたって、われわれの為さねばならぬことは、駒込西善寺の近藤重蔵の墓をあばく——これしかない」

狂四郎は、云った。

「近藤は、死後のことにしてくれ、とことわって居ったが……」

「待って居れぬ、とご老人も、いま、考えておいでだろう」

狂四郎に云われて、仙十郎は、苦笑した。

「やむを得ぬの。……あばくといたそう」

三

同じ頃合——。

諏訪町角の「二八蕎麦」のあるじ松次郎が、紺暖簾をはねて入って来た客を迎えて、はっと胸をとどろかせていた。

——やはり、見えなすった。

松次郎は、広見堂という易者を、土竈わきから、瞶めて、狂四郎の予想の的確さに、今更乍ら感服しないわけにいかなかった。

広見堂——近藤重蔵は、流石に要心して、顔のなかばを半白の髭で掩うていたが、十徳と軽衫はすてられぬとみえた。これでは、いくら髭をはやしても、むだのようであった。宗匠頭巾で、坊主頭をかくしていても、六尺ゆたかの長身を縮めるわけには、いかぬのであった。

「やあ——」

重蔵は、松次郎へ、破顔してみせた。

松次郎は、いそいで、もりを運んで行った。

狂四郎の伝言を、重蔵の耳に入れるのは、酒を出してからにしようと、控えた。

重蔵が、もりをすすりおわった時、どやどやと数人の客が入って来た。いずれも、町内の寄合でもあったらしい商家の番頭ていであったが、松次郎には、なんとなく、

——くさいぞ！

やがて、燗のついたのを一本、重蔵の前へ運んだ松次郎は、すこし身を踞《こご》めてから、小声で、云った。

「ご隠居さん、伝言でございます」

と、疑惑がわいた。

「……?」

重蔵は、不審の眼眸をかえした。

「――待っていられないので、いそいで、墓をあばかせて頂く、と」

「なにっ!?」

重蔵の面貌が、一変した。

「眠狂四郎の旦那からの、伝言で――」

「莫迦なっ!」

重蔵は、われを忘れて、大声を発して、突っ立った。

「許さん! 断じて、そんなことは、させぬぞ!」

怒号した。

とたんに、あとから入って来た客たちが、すうっと立って、重蔵を包囲した。

「なんだ、お主ら!」

重蔵は、激怒を、そのまま、包囲した連中へたたきつけるように、凄まじい形相で、睨みまわした。

「御同道の儀、お願いつかまつる」

正面の一人が、冷たくおちついた口調で、もとめた。

「お主ら、公儀隠密とは、みえぬが、何者どもだ？」

「まっぴらだ！　わしは、虜囚になど、ならぬぞ！」

云いざま、台をはねかえした。

町人に変装した武士たちは、素手で、躍りかかって来た。

しかし、重蔵は、とうてい老人とは思われぬしなやかな動きを示して、あっという間に、二人を土間へ匐わせた。

――どうなるんだろう、これア？

松次郎は、店の中が、滅茶滅茶《めちゃめちゃ》になる凄まじい格闘を目撃し乍ら、重蔵が無事に遁げることのできなかった時のことを考えていた。

――こういう時にこそ、あの旦那が、すっと姿を現わして下さる筈なんだが……。

はらはらしつつ、それを期待した。

と――。

「あ――旦那！」

松次郎は、思わず、紺暖簾に近づいた黒い影に、叫びをあげた。

ちがっていた。

紺暖簾をはねたのは、狂四郎ではなく、明日心剣という浪人者であった。

松次郎は、この心剣が、重蔵を遁して、味方の隠密を二人斬り伏せた時、狂四郎の使いをつとめている。

「ご老人、助勢いたす」

心剣は、重蔵に告げるや、抜刀した。

「おお、あんたか。かさねがさね、忝ない」

重蔵は、歓喜した。

襲撃者たちは、愕然となって、心剣を睨んだ。

「お主ら、この場はあきらめて、ひきあげた方が、無事だと思うが――」

心剣は、一応ことわった。

襲撃者たちが、それに応えたのは、かくし持っていた小刀を、抜きはなつことであった。

これを視て、心剣は、

「やむを得ぬ！」

と、そのひろい額に叡知のたくわえを感じさせる秀貌に、一瞬、凄味を刷いた。

しかし、その白刃は、峰を下にした。

襲撃者たちは、いずれも、蝦夷松前藩の家中であった。

闘志は熾烈であったが、ざんねん乍ら、業前が、それにともなわなかった。

一人が、凄まじい懸声もろとも、小刀を突きかけたが、あっけなく、胴を薙ぎ摶たれて、身を二つに折ってしまうと、残り二人は、完全に逆上した。

心剣が、その二人を、昏倒《こんとう》せしめるのに、ただ一閃裡の迅業の継続があれば、足りた。

片隅に佇立していた重蔵は、思わず、

「強い！」

と、感動の声を発してから、歩み寄ると、

「ご厚情、なんとお礼を申してよいか――」

と、ふかく頭を下げた。

しかし、心剣は、なぜか暗く沈んだ表情で、

「礼を云われる助勢では、これはないのです、ご老人――」

と、云った。

「いや、どうしてどうして、あんたに救って頂かなければ、わしは、虜囚の恥辱にあまんじなければならなかったのです」

「広見堂殿。この助勢は、お手前を、こっちが虜囚にするためとお思い頂きたいのだ」

「え?」

　重蔵は、眉宇をひそめた。

「なんと云われるのだ?」

「それがしもまた、お手前をつけ狙う敵の犬であったと知られるがよい」

「莫迦なっ!……あんたは、先夜は、遁してくれたではないか」

「あの時は、わしを、先夜は、遁してくれたではないか」

「あの時は、ご老人の生命を奪おうとする刺客たちが、来ると知ったからです。それが、ご老人を斬る意志は持たぬ者です。しかし、敵の犬である以上は、犬らしく、命令をはたさねばならぬ。虜囚になって頂きたい。お願いつかまつる」

　心剣は、頭を下げた。

四

　近藤重蔵は、激怒を抑えると、じっと、心剣を瞶めた。

「お主は、犬になる御仁とは見えぬ。……お主を雇うたのが、お目付佐野勘十郎であるならば、なにかのっぴきならぬ恩を売られているに相違ない。……如何だ?」

「…………」

　心剣は、こたえなかった。

「そうであろうな。たやすく打明けられるような、そんな恩ではないのであろうな。どうにも身動きできぬ縛られかたをしている御仁であろう。そうでなければ、犬になどなる御仁ではない、お主は――」

　重蔵は、自分で勝手に納得しておいて、

「しかし、お主の一身の都合で、わしは、虜囚となることは、ご免を蒙りたい」

「……………」

「たとえ、お主に斬られようとも、近藤重蔵には、やはり武士の面目がある」

「やむを得ぬことです」

「斬るかな？」

　重蔵は、心剣を睨んだ。

「一時、ねむって頂く。そうしておいて、身柄を運ばせて頂く」

「ふむ！」

　重蔵は、呻いた。

　この男の剣の下を遁れることは、不可能である、と知る重蔵は、

「では、こういたそうではないか。お主の顔も立てる、わしの面目を保つ――その方法として、明朝、わしが、お目付邸へ参上する。お主は、これより、戻って、佐野勘十郎に、その旨、伝えてもらおう。……もとより、お主が、わしを信用してくれての上での話だが。……神明に誓って、違約はいたさぬ。必ず、明朝――辰刻《たつのこく》までに、屋敷へ参

る」


心剣は、重蔵の顔を、瞶めかえしていたが、

「承知いたした」

と、頷いた。


眠狂四郎が、「二八蕎麦」をおとずれたのは、その夜も更けてからであった。

すでに、暖簾もおろし、行燈も下げていた。

戸をたたく音に、松次郎は、はっとなって、いそいで開けた。

「旦那!」

「なにか、あったか?」

狂四郎は、松次郎の表情を視て、訊ねた。

「あったも、なにも――大騒動でございました」

松次郎は、一刻前に起った出来事を、報告した。

狂四郎は、腕を組み、黙然として、ききおわると、

「明日心剣に、近藤重蔵が、約束したか」

呟いて、なにか思案していたが、

「近藤は行くであろうな、佐野邸へ――」

と、云った。

「わざわざ、死にに行かれるものでございましょうか？」

「そこが、さむらいというものの料簡の窮屈さだ」

「お気の毒に――」

松次郎は、首を振った。

「そういうこちらの方も、乗りかかった船が、沈むと判っていても、乗る片意地さがある。他人のことは、申せぬ」

「どうなさいます？　これから、墓あばきにお行きなさいますか？」

「その手伝いをたのみに来たのだ。近藤重蔵には、お前からことわってもらった。怒られるのは承知の上だ。……参ろう」

狂四郎は、冷酒をひっかけると、松次郎をともなって、おもてへ出た。

「いい月だ」

秋の夜空を仰いで、

「月を握り風を担う、という言葉は、風流を謂《い》うのだが、われわれは、月を取って、鍬を担うことだ」

紋ちらし

一

同じ駒込でも、西善寺は、吉祥寺のように江戸名所図絵に載せられる名刹ではなく、人影の絶えた深夜に、ここをさがすのは、骨が折れた。

「ここか」

と、眠狂四郎が、山門の前に立つことができたのは、薬の行商を永年つとめて来た松次郎のカンのおかげであった。

境内に入った時、鍬をかつぎ、提灯を携げた松次郎が、

「一応、ご住職におことわりなさいますか？」

と、訊ねた。

「ことわるくらいならば、夜更けをえらばぬ」

住職を説得する面倒をはぶくために、この時刻をえらんだのである。

茅葺《かやぶ》きの本堂の前を過ぎ、祖師堂らしい建物わきから、墓地をむこうに、見わけた時

であった。

「松次郎、わたしから、はなれろ！」

狂四郎が、ひくく鋭く、命じた。

松次郎が、はっ、となった瞬間、狂四郎の腰から、無想正宗が鞘走り、飛来した武器を、両断した。

地面に匐った松次郎の前に、それは、ころがった。手槍であったが、狂四郎が真二つにしたその柄は、ひどく短かった。せいぜい三尺程度で、これは、あきらかに、投げられるためにつくられた武器であった。

狂四郎は、闇にひそむ曲者へ向って、まっすぐに、前進した。

十歩も進まぬうちに、三本の短槍が、つづけさまに、月明をつらぬいて、飛んで来た。

一本は頭を、一本は胸を、一本は胴を――狙いは正確であったが、それらをのこらず両断する狂四郎の剣は冴えた。

墓地の入口には、供養塔が、ずらりと並んでいたが、その蔭にひそむ曲者の頭数を、狂四郎は、はかりかねた。

気配を消す。これは、云うはやすく、よほどの修練を積んでいなければできぬ業であった。

――公儀隠密には、手槍をさらに短く截って、飛道具に用いる修練はない。……蝦夷に、このような技があるのか？

狂四郎は、供養塔へ二間あまりに迫って、足を停めると、

「どうする？」

と、声をかけた。

「こちらは、近藤重蔵の墓を掘りかえしに来たのだ。お主らも、こちらと同類ではないのか？」

その問いに対して、返答はなかった。

それればかりか、はじめて、気配をあらわして、すばやく、後退した。六七人とかぞえられた。

襲って来ないのである。

「……？」

狂四郎は、怪訝なままに、墓地に足をはこび入れた。

提灯に明りを入れた松次郎が、そばへ来た時、狂四郎の視線は、とある一箇所へ、そそがれていた。

「あ！」

松次郎が、いそいで、そこへ歩み寄って、提灯をさし出した。

墓碑は、倒され、たったいま掘りかえされた穴が、そこに、黒い口をあけていた。

「あいつらが、やったしわざでございましょうか？」

「うむ。一足おくれた」

狂四郎は、踵をまわした。

墓地を出ようとみせた――次の一瞬、その痩軀が、なにかの化身かとも思われる迅さで、闇の一隅へ奔った。

しかし、そこで、刃音も叫びも起らなかった。

固唾をのむ松次郎の前に戻って来た狂四郎は、当て落した人間を、両腕にのせていた。

女であった。まだ若いようであった。

倒された近藤重蔵の墓碑の上へ、その女を、俯伏せに横たえた狂四郎は、

「この匂いは、なんだろう？　お前は、知らぬか？」

と、訊ねた。

松次郎も、狂四郎に訊かれる前に、女がただよわせる強い匂いに、不審をおぼえていた。

「まだ、一度も、こんなふしぎな匂いを、かいだことがございませぬ」

二

月が消えた空が、しらじらと明けて来ていた。

狂四郎は、松次郎に、駕籠を呼びに行かせて、そこに、ふところ手で、佇んでいた。

ぐったりと墓碑に俯伏せている女は、裏店住いの粋風の女房といった、路考茶縮緬に、一粒鹿の子の黒裏の着物をつけていた。

洗い髪をじれった結びにして、横櫛《よこぐし》をさしている風俗は、ちかごろ流行であるが、そのうなじの無類の美しさは、この女が、じれった結びを流行らせたかとも思えるくらいであった。

緋縮緬の襦袢に、白襦子の半襟も、頸すじの美しさを映えさせている。

水色の湯文字がめくれて、脛があらわになっていたが、それが、つめたい墓石にふれているのがいたいたしいくらいであった。

ひくい呻きとともに、洗い髪がゆれた。しかし、なおしばらくは、意識をとりもどす気配はなさそうであった。

やがて——。

辻駕籠を連れて、松次郎が、ひきかえして来た。

すっかり明けた空の下で、女をかかえおこした松次郎は、その貌《かお》を見て、

「これア、佳《よ》い女でございますね」

と、思わず声をあげた。

たしかに、はっとするほど、眉目の整った、綺麗な瓜実顔であった。

境内で待っていた駕籠舁きたちは、松次郎が、背負うて来た女を、一瞥してから、意味ありげに顔を、見合せた。

駕籠にのせてから、先棒が、狂四郎に、

「旦那は、この女を、どうしなさろうというんで？」

と、訊ねた。

「お前ら、この女を知っているようだな？」

「へい。上野界隈じゃ、誰でも知っていまさ」

「夜鷹には見えぬが――」

「夜鷹じゃありませんや。しかし、淫売は淫売でさあ」

「ただの淫売ではあるまい」

「その通りで……。からだを売る対手が、町者じゃござんせんからね」

「と申すと？」

「お大名、お旗本もずっと上のお方に、売っているんでさ。それも、見境もなく、売るんじゃありませんや。ちゃんと、きめていて、毎月お手当を頂くということにしているらしゅうございます」

「売る場所は、どこだ？」

「旦那は、案外世間の裏をご存じねえらしい」

そう云われて、狂四郎は、苦笑して、

「そうか」

と、合点した。

東叡山寛永寺には、三十六院があり、これがことごとく、大名の宿坊になっている。大名が、寛永寺に参詣する時は、それぞれ、自家がきめた宿坊で、休憩し、衣服を着換え、時には、ここで、屋敷には呼べぬ者を招いて、密談することもある。

さらに、三十六坊の外郭として、上野から本郷駒込にかけて、無数の末寺があって、いずれも、旗本を檀家に持っている。

大名や旗本が、その宿坊に休憩する時、こっそり女を買うことも、考えてみれば、さしてふしぎではない。吉原などへ行けぬ束縛された身では、御殿女中以外の女を抱いてみたくなれば、宿坊こそ、恰好の場所となろう。

もとより、将軍家の廟所、御霊屋を、芝増上寺と分ける寛永寺である。

三十六坊ことごとくが、そのように堕落している筈はないであろう。

学頭凌雲院《りょううんいん》は、法親王の師範、将軍家の教化をうけたまわって居り、この顕職につづいて、紅葉山別当——千代田城中の東照宮に奉仕する権僧正以上の僧が居り、その下に、執当二人——この二人が、東叡山第一の権力を有し、幕府の老中と交渉し、その次に、御使い役二人——渠らは、若年寄、寺社奉行と用談する資格を持つ。

これらの高位の僧の中には、名僧善知識とうやまわれる人もいるに相違ない。

ただ——。

三十六坊は、いずれも、寺領三千石以下で、貧しかった。

五代（綱吉、常憲院）八代（吉宗、有徳院）の別当大慈院ですら、寺領は三千石であった。

したがって、薄禄の寺は、大名の宿坊になって、その付届けによって、くらし向きをたてることになる。当然、大名の無理なたのみも、きき入れなければならなかった。

女の世話ぐらいは、平気でやってのけているものと思われる。

駕籠舁きは、この女を、そういう女だ、と云った。

——宿坊巡りの淫売が、なぜ、この西善寺にいたのか？

狂四郎は、この疑問を、女の口から、吐かせるべく、駕籠をあげさせた。

三

女が、意識をとりもどしたのは、不忍池《しのばずのいけ》に面した小料理屋の二階であった。この店は、御家人たちが、小金を持った町家の後家などをだますのに、よく利用する。小座敷の次の間には、常に、牀がのべてあった。

狂四郎は、女を、その牀に寐かせておいて、こちらの小座敷で、朝酒を、一人で飲んでいた。

唐紙が開いて、起き出て来た女が、狂四郎の向いに、横坐りになった。

「あたしにも、一杯、くださいな」

狂四郎は、黙って、盃を渡してやった。

女は、三杯ばかり、手酌であおってから、

「こんなに朝はやく、起きて、飲むなんて、はじめてだねえ。……これも、旦那のせいですよ。いとしいひとを、こんな目に遭わせてさ」

と、ながし目を、狂四郎に送った。

「でも、どうして、旦那は、あたしを、あっちへすてておいて、なにもしなかったのですか？　あたしを、抱くために、つれて来たんじゃないのですか？」

狂四郎は、それにこたえる代りに、

「なぜ、西善寺の墓地にいた？」

と、問うた。

とたんに、女は、両手で頬をはさむと、

「おお！　いや！」

と、身顫いした。

「……？」

「あたしは、寿昌院さんに惚れていたんです。寿昌院さんは、この春、つまらないしくじりで、上野のお山を追い出されて、あの西善寺におとされたんです。……あたしは、あきらめきれずに、昨夜、こっそり、たずねて行ったんです。そしたら——庫裡で、血だらけになって——おお、いやだ！」

「どうして、すぐ逃げ出さなかった？」

「だって、旦那。……まだ、おそろしい人殺しが、そこいらに、いたじゃありませんか。あたしは、夢中で、墓場の方へとび出して、あそこへ、しゃがんでいたのです」

「…………」

「旦那——、嘘じゃありません。ほんとに、嘘じゃないんです」

「嘘かまことか、お前のからだが、おれに知らせてくれることになろう」

「え？」

「この上に立て。おれに背を向けて」

狂四郎は、食卓を指した。

「どうするんですか？」

女は、不安な面持になった。

「立て！」

ひややかな命令に、女は、しかたなく、前をつまんで、食卓にあがると、後姿をみせた。

「お前が、一日一度、厠《かわや》でやる恰好をしてもらおうか」

狂四郎は、平然として、命じた。

「旦那っ！」

女は、悲鳴のような叫びをあげて、振りかえった。

「正気なんですか？」

「正気だな」

「冗談じゃないや！　いくら、あたしが、あばずれでも、男の目の前で、そんなみっともないまねができるものか！」

「できないという奴に、それをやらせるのが、おれの趣味だと思ってもらおう」

「ばかばかしい。あたしは、まっぴら御免ですよ」

ぷんぷんして、食卓から降りようとした女は、一瞬、ぎょっとなって、双眸を瞠った。

自分の股間から、冷たく光る白刃が、刃を上にして、着物をつらぬいて、切先を突き出したのである。

「降りようとすれば、お前の大切な商売道具は、台なしになるが、いいか」

すでに、女は、そう云われた時、その大切な箇処に微かな痛みをおぼえていた。

白刃は、臀部から、ななめ上に、着物を貫通しているのである。すこしでも動けば、当然、陰部は斬られる。

女の顔面から、血の気が引いた。

「負けた。……しゃがみますよ、旦那」

狂四郎は、薄ら笑って、無想正宗を、女の股間から抜き取ると、鞘へ納めた。

女は、ちょっとためらっていたが、着物と長襦袢と湯文字の裾を、両手に持つと、左右へ拡げるようにして、ぱっとひと捲りして卓上へしゃがんだ。

着痩せするからだとみえて、ほっそりとした立姿から想像できぬ豊かな肉づきの臀部が、ふたつの弧線を、宙に描いた。

狂四郎の坐った位置からは、そのふたつの弧線が合わさるあわいに、女のからだの中で最もみにくい部分が、罅《ひび》割れた古餅をくっつけたように、まる見えであった。

狂四郎は、こんなしろものに、男が無我夢中になることに、苦笑した。

「もうよい。降りてよい」

狂四郎が、求めたものは、その臀部にはなかったのである。

せきという吹き針使いと同じく、この女の臀部にも、可愛い小熊の刺青がほどこされているのではあるまいか、と想像したのであった。

「旦那――」

女は、食卓から降りなかった。

「旦那は、あたしの紋ちらしを、ごらんになりたかったのじゃありませんか？」

「…………」

「旦那、あたしが彫っているのは、そこいらの商人が、勝手に羽織や着物にくっつけた紋じゃありませんよ。お大名お旗本の由緒あるご家紋ですからね。おしりになんぞ、彫ったら失礼にあたるじゃありませんか」

「…………」

「どうせ、おはずかしい恰好を、しちまったんだ。ついでに、あたしの紋ちらしの肌を、ごらんに入れましょうかね」

四

女は、狂四郎に向い立つと、路考結びの鼠の厚板帯を、するすると解いた。

路考茶縮緬を、するりと肩から落しておいて、緋縮緬の長襦袢の紐を解きすてると、なんのためらいも示さずに、さっと、前をひらいてみせた。

「…………」

狂四郎の双眸が、珍しく、光った。

絖《ぬめ》に似たなめらかな光沢を持った白い肌に、さまざまの紋章が、鮮やかに浮きあがっているのであった。

右の乳房の上には降鶴丸《くだりつるまる》、左の乳房の上には打出《うちでの》小槌《こづち》、乳房と乳房のあいだに花藤、腹部には竜胆《りんどう》、三蓋松《さんがいまつ》、鷹羽《たかのは》、菊水、抱茗荷《だきみようが》など——。

女は、さらに、湯文字の紐も解いてみせた。

臍のまわりには、さらに十数をかぞえる紋章が、彫られていた。九曜、水沢瀉《みずおもだか》、違柏《ちがいがしわ》、光琳松《こうりんまつ》、六剣輪宝、八矢車、単梅《ひとえうめ》など——。

襦袢を脱いで、うしろを見せると、背中にも、いくつかの紋章が、鮮やかに浮きあがっていた。

「お前は、大名旗本に一度でも抱かれたならば、必ずその家紋を彫ったのか？」

狂四郎は、女が身じまいするのを待って、盃を与えてやり乍ら、訊ねた。

「あいな。……あたしが、ごらんの通り、そこいらの商人や職人に、春を売るには、ちょいともったいない顔と肌を持っていることは、旦那も、みとめて下さるでしょう。そこで、考えましたのさ。どうせ一人の男じゃ満足できぬからだに生れついたのなら、いっそ、売るなら、お大名お旗本に、してくれよう、とね。……旦那、あたしは、因果なことに、ほんとうに、男なしでは夜がすごせぬようなからだに、生れついているんです。嘘じゃありません。十七の夏に、むりやり、奉公さきの旦那に手ごめにされて、その時は、死ぬほど口惜《くや》しかったけど、その旦那に二度目に抱かれた時、それが、判ったのです」

「…………」

「五十過ぎた、いいかげん遊びつくした旦那の野郎が、あたしの赤貝が蓋を閉じようとするたびに、呻くじゃありませんかねえ。そして、おわった時、お前は途方もねえものを持っている、と云われた時のうれしさ。……その時から、あたしの生きかたが、きまったわけですのさ」

ぬけぬけと、云ってのける女を、じっと見据えていた狂四郎は、

「東叡山の三十六坊を、泊りあるいたお前にしては、肝心のことを、ひとつ、忘れて居らぬか?」

「え? なんですか?」

「お前の肌には、ひとつ、彫り足りぬ紋がある」

「あたしのからだは、旦那、ご老中の水野出羽守様にも抱かれているんですよ」

「もうひとつ、位が上の男は、どうだ?」

「え?」

「葵の紋が、彫られて居らぬ、ということだ」

狂四郎に云われて、女は、

「あきれた! そんな……、そんな大それたこと、考えたこともありやしない」

「考えてみたらどうだ?」

「だって……」

女は、流石に、鼻白んだ。

「いまの将軍家は、もはや、老いぼれた。……西の丸に住む、次の将軍家になる人物なら、お前の肌を見せれば大悦びするであろうし、お前のものがお前の申す通りならば、狂喜するであろう。どうだ、やってみるか？」

「やってみろ、と云われたって……」

「お膳立は、おれがしてやろう。お前は、ただ、おれの命ずる通りにやればよい」

「……？」

女は、不審げに、狂四郎を瞶めかえしている。

「この素浪人に、そんなお膳立が、できるものか、と疑っているようだな。……かんたんなことだ。まかせておけ」

「旦那――」

女の表情が、急に、別のものになった。

「あたしは、なんだか、蛙が蛇に見込まれて、動けなくなるみたいですよ」

「……」

「旦那って、なんだか、女という女をみんな不幸にしちまう御仁じゃないかしらねえ」

女――紋ちらしのお玉は、そう呟いて、小首をかしげたことだった。

旧知対決

一

その朝――。

朝餉の座についていたお目付佐野勘十郎は、突然、なにを苛立ったか、もの欲しげに啼き乍ら、膳へ寄って来た愛猫の目を、箸で突き刺した。

凄まじい悲鳴を発した猫は、前脚で顔をかきむしるようにして、畳の上をころげまわった。

血汐が、点々と散って、給仕をしている妾の数江の裳裾をもよごした。

数江は、勘十郎のあまりのむごい仕打ちに、顔面を蒼白にして、おののいた。

勘十郎は、児小姓が入って来ると、ころげまわっている猫を、頤でしゃくって、

「そいつを、すてろ」

と、命じた。

児小姓は、薄気味わるさに、すぐに、猫をつかまえるのを、ためらった。

「はやくせい！」

勘十郎は、呶鳴った。

近頃になってから、使傭人たちは、勘十郎の機嫌が、その日によってガラリと変るのに、不安をおぼえていた。

いま上機嫌であることが、信用できなかった。突如として、雲行きが一変するのであった。

勘十郎は、児小姓が猫をつれ去ると、

「狎れる――ということは、許されぬ！」

と、吐き出した。

しかし、すぐ、

「そなたのことではない」

と、云い添えた。

「はい――」

数江は、ほっとして、勘十郎の顔を見かえした。

「人は、それぞれ、おのが分ということを忘れてはならぬ。乞食に、十両与えれば、有頂天になろう。しかし、乞食は、分限者になったという次第ではない。その十両が、乞食めを、あさましゅう思いあがらせて、人別帳に名を、などと云わせる。許されぬことだ。人は、分に応じた心得で、生きねばならぬ」

これは、数江にきかせるのではなく、勘十郎の独語であった。

用人が、入って来た。

「近藤重蔵と名のる老人が、玄関に立って居りまするが――」

「なに!?」

勘十郎は、眉宇をひそめた。

「公然と、その名を名のったのか？」

「はい」

「書院へ通せ」

用人に命じておいて、勘十郎は、このことをどう受けとってよいか、迷う表情で、宙へ鋭い眼眸を据えた。

「……わからぬ！」

吐きすてから、勘十郎は、立ち上った。

書院へ向って、廊下を進み乍ら、このお目付が、珍しく微かな不安感にかられていた。

こちらが刺客を放って、その生命を奪おうとした者が、むこうから堂々と、訪れて来たのである。

これは、いったい、どういうことなのか。咄嗟には、解釈しかねる奇妙な不意打ちであった。

勘十郎は、廊下を曲った時、書院の広縁に立って庭を眺めている坊主頭の、広袖の十徳に軽衫をはいた老人の姿を、見出した。

その巨軀は、まっすぐに、背を立てて、老いの翳はどこにもないのであった。

勘十郎は、ゆっくりと近づいた。

近藤重蔵は、頭をまわして、勘十郎を視た。

勘十郎は、三十余年前の上役に、自分から挨拶することをきらって、すっと書院に入ると、上座を占めた。

「お目付佐野勘十郎、来訪のおもむきを聴取いたそう」

冷たく、そう云った。

対座した老人は、おちついて、口をひらいた。

「おことわりしておくが、貴公の前に坐っているのは、亡霊でござるよ。江州に謫居していたお咎め人の近藤重蔵は、四年前に逝き申して居る。したがって、亡霊にとって、対手がお目付であろうと、たとえご老中であろうと、いささかも、遠慮はいたさぬ」

「用件を——」

勘十郎は、促した。

「用件は、死人に口なし、ということでござるよ。しかるに、貴公は、死人にいまだ口ありとみなして、口をふさごうと躍起になって居るふしがみえる。たわけた血迷いぶりと申さねばならぬ。……それほど、貴公は、この亡霊が信用できぬのか？」

「足のある亡霊が、その足で、ご老中水野越前守邸へおもむいた、などという報に接すれば、早々に墓場へひきこもってもらおう、と当方が考えるのは、当然でござろう」

二

重蔵は、その言葉を予想していたように、ひとつ深く頷いてから、

「では、かりに、死人に口あり、といたそう。……貴公が、おそれているのは、三十余年前に、えとろふ島で目撃したあの秘事の露見することであろう。左様、あの秘事の目撃者としては、貴公とわしの二人が生存しているばかりである。いずれかが死ねば、残った者が、この秘事を知る唯《ただ》一人となる。いや、貴公は、四年前から、そう思っていたに相違ない。……ところが、近藤重蔵は、生きている亡霊であったと判明した。貴公は、そこで、わしを、墓場の中へ追い込むことにしたようだが、それは、かえって、藪蛇《やぶへび》となったようじゃ」

「…………」

勘十郎は、重蔵に喋らせるにまかせて、じっと、睨み据えている。

「実は、わしは、三十余年前に目撃したあの秘事は、疾《と》くに忘れて居った。遠い僻地《へきち》に、

誰人が住んで居ろうと、この身とは、なんのかかわりもないことと、思い出すこともなく、歳月が過ぎたのが、いつわりのないところ。……ところが、貴公は、十年前、どの筋から、どのような手蔓《てづる》で、累進したのか、京都所司代の与力となるや、にわかに、この近藤重蔵の身辺に警戒の目を光らせはじめた。わしが、四年前に、わざと物故してみせたのも、貴公が放って来る犬どもにつきまとわれる煩わしさを避けたい、という理由からでもあった。……お目付佐野勘十郎殿にうかがおう。わしをこの世から消そうと企てるのは、三十余年前のあの秘事が、今日なお価値のあるものとして存続しているからなのか。いや、たしかに、そうにちがいあるまい。貴公の行動が、わしに、そう教えてくれたぞ！　如何だ？」

「…………」

勘十郎は、なお、口を一文字にひきむすんだなりであった。

「えとろふ島でわれわれが目撃したあの秘事が、今日、どのようなかたちで、価値のあるものとなっているのか、ひとつ、教えてもらおうではないか、佐野勘十郎——」

「…………」

「貴公は、つい三年前までは、京都所司代の与力であったが、その後二年余、無役でいた。ところが、今春、突如、江戸へ戻ると、お目付に任じた。のみならず、西城府様のふところ刀に就いた、という。まことに、見事な異数の出世ぶりである。これは、あの秘事を、貴公が、巧みに利用したおかげではないのか。如何だ？」

「…………」

「返答がない。これは、貴公が、みとめたことと受けとってよいのだな？」

「…………」

「佐野勘十郎！　余人はだませても、この近藤重蔵をごまかすことは、叶わぬぞ！」

重蔵が、叱咤した。

それに応えたのは、勘十郎の冷笑であった。

「亡霊推参の用向き、相判った。引きとってもらおう」

「わしの尋ねることに、一言の返答もせず、追い出すのか。やむを得ぬ。……ところで申しおくれたが、わしが、こうして足をはこんで参ったのは、明日心剣という仁との約束と受けとってもらおう」

重蔵は、起《た》って、廊下へ出た。

しかし、歩き出そうとして、何を思ったか、廊下板を、つよく片足で搏ってみて、

「むかし、お目付屋敷には、いたるところに、好ましからざる客を消す仕掛が設けてある、ときいたことがある。たとえば、客は、辞去する際に、ふっと、油断する。そこを狙って、廊下板をはずして、床下深く掘った奈落へ転落せしめる、などとな。……あいにくだが、お目付に、おことわりしておく。この重蔵が、昼のうちに戻らなかったなら

ば、したためた手紙を、ご老中水野越前守様の側用人武部仙十郎殿に届けるように、と或《あ》る者に托《たく》してある。……無益の殺害は、無用――」

そう云いすてると、こんどは大股に、玄関へ向って、歩いた。

老人とも思われぬ逞しく肩の張った後姿に、勘十郎は、殺意をおぼえつつ、手出しの出来ぬ無念さに、瘧《おこり》のように軀《からだ》が顫えた。

三

勘十郎をして、さらに激怒させることが、その居室に待っていた。

むなしく、近藤重蔵を送り出した無念さのやり場もないまま、勘十郎が、障子をひき開けたとたん、ぱっと、緋の色が宙に散った。

「なんだっ！」

勘十郎は、怒号した。

目の前に、俯伏した女が、あられもなく、裾を捲りあげられ、臀部もあらわに、下肢を拡げさせられていたのである。

妾の数江であった。

――こやつ！

勘十郎は、女のむこうに平然と坐っている下手人を、睨みつけて、

――こやつ、眠狂四郎だな！

と、さとった。

「なんのまねだ、これは？」

勘十郎は、呶鳴った。

「臀部に、熊の刺青が有るか無いか、しらべさせて頂いた。失礼いたした。どうやら、この女人の肌は、京の水でみがいたとみえる」

「眠狂四郎！　この佐野勘十郎を、甘く見くびりすぎては居らぬか？」

「わたしは、他人の家に無断で推参するにあたって、いまだ曾て、敵を見くびったことは一度もない。たとえ、それが、女ばかりの住処《すみか》であろうとも――」

「よしっ！」

勘十郎は、廊下へ向って、

「出あえ！　曲者だぞっ！　出あえっ！」

と、叫んだ。

「お目付――、その障子を閉められるがよい。いまは、争闘よりも、談合を必要とする。……駒込西善寺の近藤重蔵の墓をあばいた者が居る」

狂四郎のその言葉に、勘十郎は、「なに!?」と、大きく目を瞠《みひら》くや、さっと障子を閉めて、廊下を奔って来た配下たちから、内部の光景をかくした。

「殿っ、曲者は何処《いずこ》に――？」

その声に、

「控えて居れ！　庭で、待て！」

と、さがらせておいて、勘十郎は、気絶した女をへだてて坐った。

「近藤重蔵の墓をあばいた者が居ったと？」

「お目付として、不覚であった、と悔いて頂こうか。近藤重蔵は、おのれの骨の代りに、なにやら重大な書類を、棺の中に容れて、埋めたらしい。……墓をあばいて、その書類を奪った者が、お手前でないとすると、これは、どういうことになるかだ？」

「……む！」

勘十郎は、ひくく呻いた。

「書院に於ける先程の、近藤重蔵との問答は、天井裏から、きかせて頂いた。……墓の中から奪われた書類には、どうやら、近藤重蔵とお手前が、三十余年前に、えとろふ島で目撃した秘事とやらが、したためてあったらしい。とすると、御両所のみが知っている秘事が、第三者にも知られたことになる。事態は、面倒になって来たわけだ」

狂四郎は、そう云い乍ら、平然として、腕を組んでいる。

「眠！……おのれだな、墓をあばいたのは？」

勘十郎の形相が、悪鬼に近いものになった。

「血迷って頂いては困る。秘密を知った者が、わざわざ、こんな危険な場所へ踏み込んで参る筈がなかろう。ありようは、墓をあばいたのは、お目付ではないことを、たしかめに参っただけのこと。……安心されるがいい。お手前の敵は、この眠狂四郎ばかりではないのだ」

そう云いすてて、狂四郎は、やおら、無想正宗を携げて、立ち上った。

勘十郎は、こっちの配下が、庭上にひしひしと詰めているのを知りつつ、平然として障子を開けて、出て行こうとするこの浪人者に対して、猛然たる憎悪と憤怒をおぼえた。

「そやつ、眠狂四郎だぞ！　仕止めい！」

勘十郎は、絶叫した。

狂四郎は、一斉に刀を抜きつれた隠密たちへ、冷やかな視線を送って、

「おのが死を嘆く者を持たぬ御仁から、かかってもらおう」

と、云い置いて、縁側を歩き出した。

前後へ、隠密たちが、躍り上って来た。

狂四郎は、鯉口《こいぐち》を切っただけで、歩みを停めなかった。

「とおっ！」

第一撃は、正面まっ向から、あびせかけられた。

狂四郎は、体をひらき、背を庭に向けて、その一撃を宙に流しざま、ぞんぶんに胴を薙いだ。

その一閃の刃音よりも、障子にばっと撒かれた血汐の音の方が高かった。

狂四郎は、鈍《ちぬ》れた無想正宗を地摺りにとって、再び進みはじめた。

背後から肉薄する者にとって、その背中は、いかにも、こちらの突きをのぞむように空けられたものに、目に映った。

「………」

無言で縁板を滑って、必殺の突きを放った。

瞬間――狂四郎の五体は沈み、電光のごとく突いた刀身は、その肩の上から、狂四郎の耳朶わきへ抜き出された。

と同時に、腰を折った狂四郎は、正面の敵の小手を、払いあげていた。

敵の顔面は、真紅の幕につつまれて、悲鳴をほとばしらせた。

狂四郎が、凄まじい動きを示したのは、次の刹那からであった。

右腕を肱から両断されてよろめく敵へ、体当りをくれておいて、次の敵を袈裟《けさ》がけに斬りおろした。

とみた一瞬には、障子を蹴倒して、空部屋へ奔り込んでいた。

「待てっ！」

追って、躍り込んだ者を待っていたのは、顔面を真二つにする迅業であった。

四

諏訪町角の「二八蕎麦」は、たてこんだ午のひとときが過ぎて、急に、しずかになっていた。

片隅に、田舎出らしいお店者が二人、ぼそぼそと、もりをすすっているばかりであった。

「もう、おら、江戸は、いやになった」

「まだ、半年じゃねえか」

「おめえ、いやにならんのかのう」

「しようがあるめえ。国へ戻っても、田も畠もあるわけじゃなし……」

「上方は、どうかのう」

「ううん。この江戸ほど、うるそうはないかも知れんのう」

この時、反対側の壁ぎわの床几から、むっくり起き上った者がいた。

金八であった。

「おうおう、おめえら、江戸のどこが気に入らねえんだ？」

「へえ——」

二人は、顔を見合せた。

「へえじゃねえや。どこが気に入らねえか、云ってもらおうじゃねえか」

「へえ――そのう、しきたりが、むつかしゅうて……」

「どこが、むつかしいんだ？」

「わしら、江戸へ出て来たら、お店づとめは、白足袋をはかせてもらえるものと、愉しみにしとりましたんじゃが――」

「それが、気に入らねえのか？」

「まア、たとえばのことでございますがのう」

「ベラぼうめ。おめえら、なんにも判っちゃいねえや。白足袋ってえのはな、大坂のケチな商人が、穿《は》くんだ。白足袋は、洗いが利かあ。紺足袋は、洗いが利かねえんだ。洗ったら、紺がさめらあ。だから、見ろい、木場や魚河岸の威勢のいい頭なんざ、いつも、ピンと張った新しい紺足袋を穿いてらあ。洗ったしろものは、絶対に穿いちゃいねえ。ふだんぎが、いつも、よそゆきだあ。……ふだんぎをよそゆきにするくらしをしているのが、江戸っ子だあ、判ったか？」

「へえ――」

「その面は、まだ、判った面じゃねえな。身だしなみ――こいつだ。真新しい紺足袋をはくのも、粋な垢《あか》抜けした嬶を持つのも、その嬶を質に置いても初がつおを食うのも、みんな身だしなみだあ。この心意気がわからねえのなら、さっさと、国へ帰んな」

お店者たちは、金八にまくしたてられて、こそこそと、出て行った。

松次郎が、奥から出て来て、

「ずいぶん乱暴な啖呵《たんか》をきりなさる」

と、笑った。

「へっ。松つぁん、おめえも、江戸のどまん中に、二八を出しているんだろう。もりを出したら、次に、一本つけて、鯛のあらいに山葵をきかして、出すぐれえの作法をおぼえたろう」

「それアまあ――」

「夜蕎麦切かけおち者にふたつ売――とは、乙な光景じゃねえか。蕎麦屋の出ねえ芝居はねえやな。ところが、江戸には、だんだん、田舎っぺが多くなって来やがって、そいつらが小金をためて、のさばって来やがる。くそ面白くもねえや」

「どうも、申しわけありませんね」

「松つぁんのことじゃねえや。おめえとおれは、眠狂四郎というすね者の乾分《こぶん》だからな。お互いに仲よく、やっていこうぜ。……ところで、どうしたんだろう、先生は？」

「ここで、待つように仰言ったので？」

「お目付佐野勘十郎の屋敷へ、乗り込んで行ったのよ。あっしが供をしようとすると、云い草がいいや。巾着切なら、根付を切るのは得意だろうが、目付を斬るのはわたしにまかせておけ、と。しゃれてら」

「大丈夫ですかね」

松次郎は、不安な面持になった。

「おい、松つぁん、おめえがそんな面すると、ますます、いよいよ、いらいらして来らあ。……おちつけ。ひとつ、飲んで、待とうじゃねえか。一本つけろい」

眠狂四郎という人物が、もしこの世からいなくなったら、胸の中を冷たい風が吹きぬけて、生甲斐がなくなる思いをすることでは、共通しているこの男たちであった。

択捉《えとろふ》島

一

「佐野勘十郎の屋敷へ、乗り込んだそうだの」

珍しく、主人忠邦の供をして、登城していた武部仙十郎は、帰宅してみると、書院に眠狂四郎が待っていたので、着換えもせずに入って来て、まず、そう云った。

狂四郎は、いつになく鋭くひきしまった表情で、仙十郎を凝視して、

「ご老人――。まわり道は、もうそろそろ、止したいと思うが……」

「まわり道、とはな？」

「貴方が、わたしにまで、空とぼける時期は過ぎた筈だ。これほど、まわり道をさせられると、よほどの愚鈍でない限り、およその見当は、つく」

狂四郎は、薄ら笑った。

老人は、例によって、身を二つに折ると、双の掌を、皺頬へあてて、畳へ視線を落した。

狂四郎は、松次郎に手紙を持たせて、駒込西善寺の近藤重蔵の墓が、すでに一足さきに、何者かにあばかれていたことを、仙十郎に報告してあった。

老人自身、内心では、非常な焦躁感にとらわれているに相違ないのであった。

「この前、貴方は、まだ謎を解いて居らぬ、と云われた。解かぬまでも、およその推測を立てているものと問うと、返辞をされなかった。……今日は、はぐらかされるのは、御免を蒙りたい」

「ふむ……」

「ご老人！　近藤の墓をあばいた者を、ご存じだろう？」

「…………」

「こたえたくないのであれば、わたしの方から、云おう。貴方自身が、わたし以外に、そのことを打明けて、その者に、墓をあばかせたのだ。そうでなければ、つじつまが合わぬ。……近藤重蔵が、自分の死後、墓をあばいてくれ、と告げた人間が、貴方とわたしのほかに、いたとは考えられぬ。貴方は、わたしが、佐野勘十郎配下につけ狙われていることを知っている。そこで、わたしにだけ、墓をあばかせるのは、危険だ、と考えた。そこで、他の何者かに、打明けて、依頼した。そして、私より一足さきに、墓をあばかせた。……その者の配下は、わたしに対して、手槍を三四本、投げつけて来たが、それきり、退却した。これは、わたしということを知って、敵対の意志がなかった証拠だ。わたしは、その時は、あるいは、松前藩がやしなっている手練者たちか、と疑った。……そうではなく、また、佐野勘十郎配下でもない、とはっきりと判ったのは、佐野邸で、数人を斬り伏せた後であった。……ご老人、貴方のしわざだったのだ」

「………」

「昨日今日のつきあいではない。こっちは、貴方の狡智は、充分心得ていたつもりであったが、踊らされるのに狎れすぎた不覚だった、ということになる。……佐野邸から遁れ出て、歩き出した時、はっと気がついた」

「………」

「ご老人、貴方が近藤の墓あばきを打明け、依頼した対手の見当は、わたしには、つけることができる」

「………」

「水戸殿――そうではないか」

狂四郎は、ずばりと、云いあてた。

仙十郎は、もうかくさなかった。

「左様、その通りじゃ」

当時――。

三百諸侯を見わたして、

――この人物こそ！

と、尊敬にあたいする大名は、水戸斉昭《なりあき》であることを、識者ならば、即座に指した。

斉昭は、八代斉修《なりなが》の弟で、敬三郎といい、三十歳まで部屋住みであったが、その英明は少年時代から、きこえていた。

斉修が、重病に陥ちて、もはやたすからぬ、と判った時、継嗣問題で、水戸藩内が二派に割れたことであった。すなわち、将軍家斉の庶子清水恒之丞《しみずこうのじょう》を養子として迎えようとする派と、斉修の弟敬三郎《けいざぶろう》を擁立する派と。

しかし、この対立は、さして騒動にならずに、後者が勝った。

斉昭の資質は、誰の目にも抜群だったからである。

文武の諸芸に秀れていたことは、いうまでもなく、自身で刀を鍛えあげ、陶磁器を焼き、絵を描き、仏像を彫り、友禅を染めた。また、浄瑠璃、清元、端唄にいたるまで、自身で三味線をひいて、見事にこなしてみせる多芸ぶりを発揮した。

三十歳までの部屋住みを、無駄にはしなかったのである。

欠点とすれば、女色であったろうが、これだけの才能の所有者が、その精力を、女にだけはそそぐのをひかえるということは、無理であったろう。

女色もまた、人情の表裏を知るための便宜であったといえる。

二

九代を襲うた斉昭が、刀づくりから三味線稽古に及ぶ多芸の才能を、一挙に施政に向けた精力ぶりは、凄まじいばかりであった。

斉昭はまず、前主時代に、威権をほしいままにした執政の榊原淡路守《さかきばらあわじのかみ》をはじめとし、私腹をこやした国家老、勘定奉行、奥右筆など、片はしから斥《しりぞ》けた。

その英断は、他藩の目を瞠らせたものであった。

次いで、斉昭は、質素倹約の実行に力をそそいだ。自ら、黒木綿の上召《うわぎ》に、桟留の袴をはいて、江戸城へも出仕し、一汁一菜を厳守してみせた。

もともと、水戸藩は、光圀《みつくに》以来、貧乏がつづいていた。

御三家といっても、紀伊家、尾張家にくらべて、禄高は両家の半分にも満たなかった。格式は同じであるから、失費も同じであった。山嶽が多く、すくない耕地も痩地が大半であり、物価の高騰に対処する産業は、なにもない水戸藩が、紀伊、尾張と同じ失費に堪えられる道理がなかった。

水戸の家中で、内職をしない武士は、役人以外は一人もいない、と他藩から、あざけられていたくらいであった。いきおい、食わんがために役人になろうとして、権力ある上司にすがらざるを得ず、また、役人になれば、党同派閥のいずれかに属さざるを得ず、賄賂横行もやむを得なかった。

斉昭から斥けられた面々も、必ずしも、汚官貪吏《どんり》とそしられる人物ばかりではなかった。すべては、水戸藩の貧乏の故であった。

貧乏からのがれるためには、極端な節倹しかなかった。

同時に——。

斉昭は、藩校弘道館《こうどうかん》を創設し、検地をして重農政策をとり、貯穀を奨励し、国防のための大砲鋳造《ちゆうぞう》、反射炉の建造を実行し、さらに、光圀以来の思想である皇道観、国体観を、はばかることなく、表明した。

光圀は、尊皇を唱えたために、幕府閣老から、かなり猜疑《さいぎ》の目を向けられた模様であるが、九代斉昭もまた、目下、幕府の嫌悪を蒙るような言辞を、公然と口に筆にしつつあった。

将軍家斉に向って、直接弊政改革の急務を説いたのは、三百諸侯中、一人斉昭だけだったのである。

このたび、本丸老中に任じた水野越前守忠邦が、腹蔵する幕政改革を実践するためには、水戸斉昭を味方につける必要があった。

幕閣には、水野出羽守が逝ったとはいえ、なお、賢相と称われている大久保忠真《ただざね》、また文政五年から老中職にある松平乗寛《のりひろ》がいた。

これらの人々を押しのけて、忠邦が、敢《あ》えて革新に乗り出すためには、水戸斉昭という強力な援助者がなければならなかった。

忠邦の側用人武部仙十郎が、斉昭に礼を厚うして近づいていることは、眠狂四郎にも、容易に想像がついた。

狂四郎が、調べてみると、水戸弘道館に於ては、水戸藩士挙げての文武修業が為されていたが、その中でも、特にえらばれた若い士らが、「鳥追い党」と称して、もっぱら実戦調練をしていることが、判った。

その調練の内に、柄を短く切った手槍の投擲《とうてき》という競技が加えられていた。

すなわち。

駒込西善寺の墓地で、狂四郎に向って、手槍を投げつけて来たのは、水戸の「鳥追い党」であったのだ。

「ご老人、きかせて頂こう。近藤重蔵の墓から、出て来たのは、何であったのか——?」

狂四郎は、もとめた。

「もう、かくしては置けぬの」

仙十郎は、にやりとした。

「水戸殿の手から、貴方に渡されているのではないのか?」

「いや、わしが、水戸邸へおもむいて、それを観て来た。……墓から出て来たのは、近藤重蔵が、三十余年前にしたためた蝦夷日誌であった」

「その日誌の中に、貴方を驚愕せしめる意外な秘密が、記されてあった——？」

「うむ」

「その秘密とは——？」

「………」

老人の細い眼眸は、狂四郎の胸もとへ当てられていた。

「うかがおう」

狂四郎は、促した。

老人は、なお、しばらく、沈黙を守った。

やがて、老人は、ひとつ溜息をもらした。

「きかせよう」

口にしがたいことを、しなければならぬ苦痛のために、投げ出すような口調で、老中側用人は、云った。

三

近藤重蔵が、蝦夷地場所請負人である兵庫の船頭・高田屋嘉兵衛を御用船頭として、エトロフ島へ向って、出帆したのは、寛政十一年六月中旬であった。

その前年、重蔵は、根室から海上十余里を越えて、国後島へ渡って、エトロフ探険の準備をしていた。

重蔵は、その国後の風光については、名山奇岩、天然の妙は筆紙につくしがたく、茶《ちや》茶登《ちやぬぷ》リの高山は海内第一の神山と推している。

そして、ひとたび海へ出ると、沖合およそ一里余のあいだ、鱒《ます》と鮭が充満し、岸に近いところは、船を押しあげて、櫓揖《ろかい》も自由に動かぬばかりの壮観で、網を投げると、忽ち二三千尾がかかり、手捕りも容易にできる、と記している。

山川は、神代混沌のままに残って居り、修験道も木樵《きこり》もまだ一度も入ったことはなく、山麓に住む夷人は、雪白の鬚髪《しゆはつ》、木皮を綴《つづ》った衣をまとうて、宛然、仙人であった。

この国後島よりさらに東の海上に浮ぶエトロフ島は、さらに珍奇なものを、この目に見せてくれるに相違ない、と重蔵は期待した。

重蔵が、高田屋嘉兵衛の船に乗り込んだ時、供に連れた配下は、旗本小普請組《こぶしんぐみ》の部屋住みの若者四名であった。その一人が、佐野勘十郎であった。

その時、重蔵は、二十九歳であった。

船は、根室を経て、国後に渡り、阿吐江也《あとえや》の崎《さき》に着いた。

ここで、重蔵と嘉兵衛は、毎日岬に立って、風の向背、汐の緩急によって、船がどう流されるかを、つぶさに研究した。

七月中旬、まず、嘉兵衛が、こころみに、その七十石積みの冥温丸を、乗り出した。

冥温丸は、十日後に、海路つつがなく、阿吐江也へ戻って来た。

阿吐江也からエトロフ島は、歴足部《へたるべ》の山がすぐのぞまれる近さであったが、まっすぐに船を走らすことのできぬ難所なので、嘉兵衛は、汐路と追風にしたがって大きく迂回して、丹根萠《たんねもえ》にむかい、海上で一夜を明かして、エトロフ島に到着した。

嘉兵衛は、船を、紗那という河口へさかのぼらせ、会所を設け漁場をひらく土地を見さだめて来た。

「よし、では、わしもすぐに、エトロフへ渡ろう」

重蔵は、嘉兵衛の海上の駆引きに絶対の信頼を置いて、決意した。

しかし、嘉兵衛は、今年はすでに北海が荒れる季節に入って居るので、明春にのばされますように、とすすめた。

「お主の案内ならば、心配要るまい」

重蔵が云うと、嘉兵衛は、何故か浮かぬ面持で、

「エトロフの支配者を以て任じて居る東北端シャルシャムの酋長ハウシヒが、今年は和人を歓迎できぬ、と厳しくこばんで居ります」

と、こたえた。

「理由は、なんであろう？」

「ウルップより、魯西亜の赤人どもが、多数水豹《すいひょう》狩りに参って居り、もし万一、争いになっては、自分らが迷惑する、と申して居りました」

やむなく、重蔵は、蝦夷で越年して、氷解けの春を待つことにした。

その待機の間に、重蔵は、国後からエトロフ、ウルップへ木皮を貼った蝦夷船で渡って行く土人たちに、日本の威光、徳化を吹き込んで、彼地の土人らの警戒心を解くことに努めた。

島情は、あきらかに、和人に対して険しかったのである。

先年、厚岸《あつげし》の酋長イトマイという者が、松前藩の巡察の士数人を殺害して、手下百人あまりを引具して、エトロフへ渡って、たてこもる、という騒動があった。

酋長イトマイは、すでに死亡したが、手下らは生き残って居り、和人に対して強い反感を抱いている、という。

加之《しかのみならず》、魯西亜人どもが、鉄砲を携えて、入り込んで来ている、となれば、渡って行くには、よほどの勇気を必要としたのである。

重蔵は、様似《しやまに》（日高）にひきかえして、越年し、高田屋嘉兵衛は、江戸表へ回航して、重蔵の手紙を、書院番頭松平信濃守忠明に渡しておいて、店のある兵庫湊《みなと》に還った。

そして、正月、嘉兵衛は、米塩木綿莨などを積んだ手船辰悦丸《しんえつまる》に、四艘の図合船《ずあいぶね》と鯨船を率いて、再び蝦夷へ渡って来て、様似に立寄って、重蔵と四人の配下をのせると、いよいよ、エトロフ島へ向ったのであった。

四

エトロフ島は、周囲百余里。しかし、住民は、わずか七百余人にすぎなかった。蝦夷名物の厚司《アツシ》を着ている者は一人もなく、熊と水豹の皮をまとっているのは、酋長ばかりであった。土人らは、鳥の羽毛をキナ草とまぜあわせて綴ったのを、身につけていた。

住居は、小屋ともいえぬような粗末なもので、大半が穴居同様のありさまであった。朝夕の食器も持たず、ひとつの鍋を五六軒でかわるがわる用いている貧しさであった。

土人は、漁獲の方法を全く知らなかった。鮭、鱒のたぐいでさえ、旬におくれて、川をのぼって来るのを待ってから、ヤスで突きとめるだけであった。まして、穀物をつくるすべを知る筈もなかった。せいぜい、黒百合の根や太芹《ふとぜり》を採って、貯蔵するくらいの智慧《ちえ》しかなかった。

しかし――。

海には、魚群が満ちていた。

鯨をはじめ、鱈《たら》、アブラゴ、カサゴなどが、岸近くまで泳ぎまわって居り、独木舟《まるきぶね》の土人がこぎ出して行っても、逃げようともしなかった。

辰悦丸は、舷頭に、日の丸を真紅に染め出した吹抜幟《ふきぬきのぼり》をひるがえし、丹根萠の浜へ、到着した。

その舳には、甲冑に身がためした近藤重蔵が、紅白の軍配を握って、仁王立っていた。

土人たちは、松前藩の討手が襲うて来たのではないか、と驚愕した模様であった。

「千代田城内の文庫蔵にある記録では、近藤重蔵が、えとろふの海岸に、十七箇処の漁場をひらいて、土人らに漁網を与えてその使用法を教え、あまねく徳化を施したので、土人らは悦んで、名さえ何兵衛、何右衛門と、日本風にあらためた者が四百二十人に及んだ、という。また、重蔵は、郷村の制をさだめて、全島をわかって、七郷二十五箇村とし、各村に名主を置いたので、四方風をのぞんで帰服した、とも記してある。シャルシャムの酋長ハウシヒも、すすんで、帰順して、エトロフの尖端藻寄湾にのぞむカムイワッカオイ山に、重蔵を案内して、魯人の立てた十字架を抜かせた、とまことに、いいことだけを、報告してあるのじゃが……」

仙十郎は、そこまで語ってから、曲り背を起して、胸を反らし、ふうっと、ひとつ深呼吸した。

肝心のことを、容易に、口にしようとはしないのだ。

聴いている狂四郎の方は、忍耐を要した。

「近藤重蔵は、ひとつだけ、その報告書に、非常に重大な事柄を、わざと抜かしたのじやて」

ようやく、老人は、重蔵の日誌中の、その秘密の部分について、ふれた。

重蔵一行が、エトロフ島に上陸して、恰度一月経った頃、重蔵は、配下三名を、島内巡察に出した。

その時、高田屋嘉兵衛は、東北端のシャルシャムは、和人に反感を抱くイトマイの手下たちが、集団ぐらしをしているゆえ、危険だから、決して近づかぬように、と注意した。

三名の配下は、その忠告を無視した。そして、ついに還らなかった。

重蔵が、シャルシャムへおもむいたのは、それからさらに、三月後であった。

酋長ハウシヒを詐《いつわ》って、おびき出し、これを生捉ったのである。

配下三名を殺害した罪を問うと、酋長ハウシヒは、自分の仕業ではない、とつよくかぶりを振った。

「魯人のしわざだ、とだまそうとしても、許さぬぞ！」

重蔵が、きめつけると、酋長ハウシヒは、うなだれて、打明ければ自分が殺される、とこたえた。

シャルシャムには、酋長よりも位の上の何者かが住んでいることが、その言葉で、判った。

重蔵は、そこへ自分を案内するように、ハウシヒに命じた。

「行けば、必ず殺されます」

ハウシヒは、容易に承知しなかった。

重蔵は、肯き入れなかった。

ハウシヒは、やむなく、承知した。

重蔵は、残った配下の佐野勘十郎を供にして、後ろ手に縛ったハウシヒを案内役として、シャルシャムに向った。

「シャルシャムには、意外にも、戦国の山城を想わせる構えの大きな館があった」

仙十郎は、狂四郎を瞶め乍ら、云った。

「しかも、その門扉には、葵の紋が打ってあったのじゃから、近藤重蔵と佐野勘十郎は、おどろきあきれた次第じゃ」

「その館のあるじは――？」

「わずか七歳の少年であった。徳川敏次郎《とくがわとしじろう》、と名のったそうな」

徳川敏次郎。

これは、いま西の丸に在る家慶の幼名であった。

吹上茶屋

一

長い沈黙が、書院を占めていた。

狂四郎は、老人を瞶めたなり、腕を組んでいる。

老人の方は、身を二つに折ったなり、畳へ視線を落して、時折りもぞもぞと肩をゆすっているばかりであった。

両者は、重い沈黙の中で、三十余年前に近藤重蔵が見とどけた事実から、ひとつの想像の糸をたぐって、結論を出そうとしていた。

北海の果ての島に、将軍世子と同名同年の少年が、住んでいた。その館の構えも、くらしぶりも、堂々たる格式を備えたものであった。

近藤重蔵の日誌によれば、館内には、すくなくとも二十名に近い武士がいた。もとより、さきに巡察に出していた配下三名が、この面々に殺されたのであった。もとより、重重蔵と佐野勘十郎も、その館から生きて出られぬところであった。さいわいに、重蔵側は、シャルシャムの酋長ハウシヒを捕虜としていた。その館の維持には、ハウシヒの力があずかって大きかった模様であり、おかげで、重蔵たちは、この事実を生涯口外せぬ誓紙をさし出し、ハウシヒの身柄を釈放することによって、自分たちの生命を救うことができたのである。

もとより——。

将軍世子敏次郎が、生れてから一度も、江戸城西の丸を出て、他処《よそ》でくらした事実はない。エトロフ島シャルシャムの館に住む少年が、別人であることは、疑う余地はなかった。

にも拘らず、なぜ、同名を名のり、館の門扉にも、調度にも、衣服にも、葵の紋を打ったくらしをしているのか。

当然、近藤重蔵は、ひとつの推理をたてて、江戸へ帰って来て、その機会をうかがった。

重蔵は、「辺要分界図」を作り、西蝦夷地処分法を論じて、老中戸田采女正に建白したが、その際、なにげなく、西の丸の将軍世子に、蝦夷地に就いてのいろいろな珍奇のお話をおきかせしたい、と願い出た。

許されて、西の丸に伺候し、その御前に罷り出た時のことを、重蔵は、日誌に記している。

『その相似、まさしく瓜二つにて、愕然たり。議事密ならざれば、害を成す。石のもの云う世のならいなれば、この事よくよくかまえて、自戒せざるべからず。それにつけても、択捉開島は、老中方へ上申の上にての決行なれば、幕閣内に、シャルシャム館見聞の儀、懸念あらば、隠密の沙汰あるべきに、さらになかりしは、ご老中、若年寄、いずれ方もご存じなきこと、あきらかなり。まことに不可解なる事実といわざるべからず』

この一文は、将軍世子とシャルシャム館の少年が、まぎれもなく、双生児であることを、指摘していた。

当時——。

双生児の生誕は、忌むべきこととして、武家はもとより、町家でも、世間にきこえるのをはばかり、先にうまれた子をのこして、後からうまれた子を、闇に葬るならわしであった。

まして、将軍家の世子が、双生児であることは、厳秘に付されなければならなかった。

敏次郎(家慶)の生母は、於楽《おらく》の方であったが、双生児を産むや、忽ちにして、これを将軍家にも知らしめぬ素早い処置がとられたものに相違ない。

しかし、何者かが、その双生児の後子《あとご》の方を闇に葬るにしのびず、これを、こっそり江戸城からかかえ出して、何処かにかくしたのではあるまいか。

そして、遠く、蝦夷地まで連れて行き、さらに、エトロフ島へ渡って、そこを生育の地にさだめた。

おそらく、その子を救ったのは、大奥の老女の一人に相違あるまいが、四十年前の出来事である。必死の決行に及んだその老女はじめ、ごく限られた少数の人々は、もはや生存しては居るまい。

よしんば生存していても、その者の口を割らせて、真相をつきとめることは、無用である。近藤重蔵の日誌が、すでに、事実を明らかにしているからである。

重大なのは、今日の事態であった。

四十年の歳月を経て、シャルシャム館の少年は、西の丸に在る内大臣大納言家慶と全く同じ容貌の壮者となった。

何処で、どのようなくらしを送っていたか、誰も知らぬ。

ところが——。

今春、家慶は、父家斉が左大臣に、自分が内大臣に任ぜられたお礼に、京へ上り、帰府した時、別人になったごとく、性情が一変していた。

家慶は、殆ど感情をおもてにあらわさぬ、平常大きな声もたてたことのない温厚な気象の持主であった。京から帰って来た家慶は、宛然それまでのおのれは仮面をかぶっていたかのごとく、それをかなぐりすてた狂暴な振舞いを示しはじめたのである。

同一人とは、とうてい受けとれないくらいであった。

側近たちは、おどろき、おそれた。

一人、お目付佐野勘十郎だけが、家慶の行状を、巧みに隠蔽し、糊塗して、世間に知れぬように努めているのであった。

二

――西城府は、京に於て、別人とすりかわった。その別人とは、エトロフ島で育った少年の後身に相違ない。

長い重い沈黙の中で、狂四郎と老人が、出した結論は、それであった。

事実とすれば、これほど前代未聞の奇怪事はなかった。

ようやく、狂四郎が、沈黙を破った。

「ご老人――どうされる？」

「うむ」

武部仙十郎は、顔を擡げて、狂四郎を視かえした。

「水戸殿は、わしに、解決を一任なされたわい」

「それで――？」

「それで、困って居る。この武部仙十郎、生涯最大の困惑をいたして居る。そうではないか？」

「たしかに」

狂四郎は、苦笑して、頷いた。

「あの西城府が、贋者であることは、ほぼまちがいないとしても、やはり、はっきりと、その証拠をつかんでおかねばなるまい。そのことだけでも、容易ではない。……さて、贋者である証拠をつかんだとして、それからが、問題じゃな」

「………」

「お主に、西の丸へ乗り込んでもらって、斬ってもらうのは、さほどの面倒な手筈を要すまい。しかし、そうは、参らぬ。表沙汰には、断じて、できぬ。隠密裡に、ことをはこんで、本物と、すりかわってもらわねばならぬ。……ところで、その本物が、はたして、生きて在《おわ》すか、どうか。生きておいでならば、何処に在すか——まるきり、雲をつかむような当のない探索をいたさねばならぬ。この探索には、庭番衆を動員できぬつらさが、やりきれぬ。さて、本物が生きて何処に在すか、つきとめて、これをお救い申すのも、大仕事じゃ。無事にお救い申して、江戸へおつれもどして、さて、贋者とすりかわって頂くのも、これまた大仕事。……たのむ！」

老人は、畳に両手をついた。

武部仙十郎が、はじめて、眠狂四郎の前に、平伏したのである。

「この天下の一大事が、無事に片づくも、片づかぬも、お主の働きひとつじゃ。……どうぞ、たのまれてもらいたい」

狂四郎は、悃願《こんがん》されて、はじめて、自分の立たされている場を思い知らされた。

梅雨のうっとうしい日、旧知の松次郎がひらいている諏訪町角の「二八蕎麦」に立寄り、一人の旗本の少年と言葉を交わしたのが、きっかけで、松次郎に、

「旗本が一軒、どういう滅びかたをするか、それを見とどけて来る」

と、云いのこして、店を出た――その時から、知らず知らずに、この異常な秘密の渦の中へ、おのが身はまき込まれていたのだ。

いつの間にか、のっぴきならぬ立場に置かれてしまっていた、と気がついた。

――この老人は、すでに、ずっと前から、西の丸にいるのが、贋者である、と疑惑を抱いていた。しかし、その疑惑を、すぐに、おれに打明けずに、おれがまわり道をするのを、辛抱づよく待っていた。おれに、両手をついてたのむ時を、じっと待っていたのだ。おれが、あとへ退《ひ》けぬところまで来たのを、看てとって、両手をついた。

こっちが、お人好《よ》しであった、ということである。

この老人のやりかたを、表裏すべて知っていたつもりであり乍ら、こんども、つい、あやつる糸に踊ってしまったのである。

そして、いよいよ、これから、本舞台で、踊らされるのである。

かりに徳川幕府が倒れても、冷やかに傍観していられるほど、疎外者として生きている筈のこの自分が、親藩譜代の大名旗本の中でも最も忠節心にこりかたまった幕臣が、一身をなげうって為さねばならぬ働きを、もとめられているのであった。

これ以上の皮肉が、またとあるであろうか。

西の丸に在る贋者は、やはり、将軍家の実子なのである。どこの馬の骨とも判らぬ天一坊ではなかった。

実子と実子をすりかえる仕事であった。ばかげているといえば、これほどばかげた行為はなかった。

そもそもが、双生児の片方を殺してしまう、という陰惨なしきたりが、生んだものである。片われも育てて、大名にしておけば、このような奇怪な異変は起らなかったのである。

いわば、これは、迷妄の俗習がまねいた禍を、世間の目からはずしつつ、しりぬぐいする仕事であった。

——それを、このおれが、やらされるのか!

狂四郎は、自嘲せざるを得なかった。

「ご老人、木偶《でく》も時としては、あやつる糸通りには、踊らぬことがある、と承知しておいて頂こう」

「うむ。承知じゃ。……お主に、まかせる」

「場合によっては、筋書を変えるかも知れぬ」

「やむを得ぬ」

「こっちは、幕臣でもなければ、天下を憂う志士でもない。生命があぶなくなれば、自衛上、贋者を斬るかも知れぬ」

「公儀ひろしといえども、わしが両手をつく者が一人も居らぬ以上、お主のやりかたにまかせるよりほかはあるまい」

「では――」

狂四郎は、急にくつろいだ様子になった老人を、憎いものに眺め乍ら、

「とりあえず、西の丸へ、新しい女子を呈上して頂こう」

と、云った。

三

その日――。

西の丸のあるじは、吹上御苑の南隅にある馬場で、小半刻馬を責めてから、紅葉茶屋に入っていた。

茶屋といっても、十一室総畳数七十三畳もある宏壮《こうそう》な構えであった。

上之間に坐って、甘酒を飲んでいるところへ、音もなく、入って来たのは、お目付佐野勘十郎であった。

「勘十郎、退屈だぞ。どうにかせぬか」

西の丸のあるじは、大声で、云った。

「どうすれば、よろしゅうございましょうかな?」

勘十郎は、にやにやした。

西の丸のあるじと勘十郎が、なにげないていで、密談を交わすのは、この時刻、この吹上の紅葉茶屋に於てであった。

江戸城内で最も人の影のすくないのは、此処であった。西の丸御殿の表も大奥も、四六時中、人の目につかぬ場所はなかった。

此処は、溜《たまり》之間に黒鍬《くろくわ》之者二人、数寄屋に坊主一人、そして勝手に数人の小者が、ひっそりと控えているばかりで、上之間からは、大声をあげても、きこえなかった。

控えている者たちは、すべて、佐野勘十郎の頤使《いし》下にあった。

「女子もあきたぞ。大奥奉公の女中らは、人形同様で面白うないと思うて、旗本の妻女らをえらんでみたが、いずれも、猫をかぶり居って、木股《きのまた》とかわらぬ。一人ぐらいは、嚙みついて参るかと期待して居ったが、人身御供《ひとみごくう》どもが、死体になったように寐たにすぎぬ」

「やむを得ぬ仕儀かと存じられます。上様に、嚙みつく女子など居る道理がありませぬ」

「勘十郎、江戸には、莫連《ばくれん》と申す女子が居る由、その莫連を呼ぶことはできぬか？」

「上様、ここは、千代田御城内でございますぞ」

「忍び出ることは、叶わぬか。吉原の廓へ参りたい、とまでは云わぬ。……大奥のくらしは、死んで居る。わしは、日々を活《い》きているくらしの中に居りたい。せめて、月に一日だけでもよい。このままでは、気が狂うぞ、勘十郎」

「下情ご見聞の儀も、おいおいには、と考えて居りますが、まだその時機にはたちいたりませぬ。上様が、ここにお入り遊ばされてから、まだ一年も経ては居りませぬ」

「わしは、もう数年も、とじこめられているような気がする。……やはり、わしは、まちがって居ったらしい。参るのではなかった。ここは、牢獄《ろうごく》だ。一日にわずか半刻の自由さえもない。食事にしても、自分の食いたいものは、何ひとつ食えぬ。勘十郎、わしの膳につけられる刺身を、食ったことがあるか。身が縮まって、まるであらいではないか。賄方を呼んできいたところ、一切ずつ、水おろしと称する砂糖水で、こすり洗いをするのだ、という。食えたしろものではない。鰻の蒲焼《かばやき》は、油が抜けきって、まるで若布《わかめ》ではないか。栄螺《さざえ》が出れば、これは作りもので、中身は味のない芋の煮つけであり、浅蜊《あさり》汁が出れば、これも、身はとりのぞいてある。舌つづみの打てるような食物は、何ひとつないではないか。あつものも、焼もののも、みな冷えきって居る。台所から二丁もの距離をはこんで参るのだから、やむを得まいが、こんなまずいものを食わされて居れば、神経もささくれ立とうと申すものだ。……厠へ入れば、臀拭きがひかえて居る。臀を拭く自由も与えられて居らぬのか。こんなばかげたくらしがあろうか」

「いかに、ご不満であろうとも、もうおそうございます。貴方様は、将軍家おん世嗣《よつぎ》・内大臣・大納言家慶様であらせられる」

勘十郎は、冷やかに云った。

「わしは、もとの名もない男に還りたい。……勘十郎、まことの大納言を、呼びもどすがよい」

「………」

「勘十郎！」

贋家慶は、勘十郎の冷然たる態度に、はっとなって、

「そちは、よもや、大納言を、暗殺したのではあるまいな？　大納言は、わしの実の兄だぞ！」

「貴方様こそ、大納言家慶様以外の何人でもありませぬことを、お忘れなさいませぬように——」

「勘十郎！　おのれっ、わが実の兄を！」

かっと逆上した贋家慶は、とびかかりざま、勘十郎の頬桁へ、一撃をくれた。

「誰が、殺せと申した！　おいっ！　誰が殺せと申したぞ！」

「おしずかに——。ここは、吹上の御庭でありますぞ。もし万が一、ぬすみぎく者があれば、ただではすみませぬぞ」

「莫迦っ！　わしは、兄上が生存の有無をきいて居るのだ。……勘十郎、暗殺いたしたのか？　それとも、兄上は、何処かに、つつがなく在るのか？　どうじゃ？」

「将軍家お世嗣家慶様は、この世に、お二人とは在さぬ、と申し上げて居ります」

「で、では、殺したのだな？」

「いずれとも、ご随意にお受けとり下さいますよう——」

「おのれっ！」

贋家慶は、もう一度、拳をふりかざした。

しかし、頬を鳴らすより一瞬はやく、手くびを摑まれ、ねじあげられていた。

「ぶ、ぶれいなっ！」

贋家慶は、ふりはなそうとしたが、勘十郎の腕力は強かった。

「は、放せ！」

「おとなしゅうなさいますか？」

「痛いっ！　放せ！　痛いっ！」

贋家慶は、悲鳴をあげた。

勘十郎は、「やくたいもない」と呟いてから、その手くびをはなした。

贋家慶は、どさっと、座に就いてから、大きく肩で喘いだ。

「悪党めが——。末は、老中にでもものしあがろうとの野望をたくましゅうして居るのであろうが……」

「老中！　左様、まことに魅力のある権威でござる。老中となって、一度、前田とか島津とかの大名方を、——その方、と呼びすてにしてみとう存じますな」

勘十郎、本心か否か、しゃあしゃあとこたえてみせた。

贋家慶は、遠い眼眸になると、

「わしは、蝦夷の空が、恋しゅうなった」

と、云った。弱々しい声音であった。

「男と申すものは、一度踏み出した道を、ひきかえすことは、叶いませぬ」

「勘十郎、その方は、内心では、わしの道化ぶりを、せせら嗤って居るのであろうな？」

「どうつかまつりまして——。身共は、上様を、まことの将軍家おん世嗣としか、考えては居りませぬ」

「嘘をつくな。わしに、今更、かくしたところで、なにになる」

「そう思い込まねば、身共のお役目は、つとまりませぬ。……上様、あと一年のご辛抱を、何卒お願いつかまつります」

「一年？　一年経ったら、どうなるというのだ？」

「ご本丸にお入り遊ばされるならば、おのずからご自由を得られることと存じます」

「勘十郎！」

贋家慶は、かっと目を剝いた。

「そちは、よもや……将軍家のお生命までも、縮めようというのではあるまいな？」

「どうして、そのような大それたまねを――」

勘十郎は、あわてて、首を振った。

しかし、すでに、蘭学医師の渋江養庵を、「御匙」に昇らせて、将軍家斉の生命を、近いうちに、奪おうと企てている勘十郎であった。

――やれやれ、このだだっ児《こ》、いささか神経が過敏にすぎる。

勘十郎は、うんざりした。

刺青《ほりもの》

一

眠狂四郎の姿が、ふらりと谷中《やなか》に現われたのは、雨もよいの、素足に寒気のしみる初《はつ》酉《とり》の日であった。

谷中といっても、寛永寺三十六坊の護国院とか養寿院のある清水門からは、ずっと遠くはなれた、ひくい窪地に裏店がひしめいている一郭へ、狂四郎は、足を踏み入れていた。

不忍池へ降りる広い往還に隣接している地域なので、三十六坊の要請もあって、公儀では、いくたびか、浅草あたりに代地を与えて移転させようとしているのであったが、いまだ実行不可能な裏店町であった。

住んでいるのが、いずれも、欲得ぬきで数十年働いて、いまは手足の利かなくなった頑固な職人たちだったからである。

一例を挙げれば——。鮪《まぐろ》の鮨など、死んでも口にしない連中であった。

鮪の鮨は、つい三年ばかり前に、つくられた食物であった。その年の二月と三月に、江戸の沖あいで、鮪が滅茶滅茶に取れて、小児が持ち上げられないほど大きな一本が、二百文ぐらいになった。しかし、二百文でも買い手がなくなった。やむなく、肥料として、近郊へ送り出した。その時、目はしの利いた如才のない板前が、鮪の身を削《そ》いで、鮨をこしらえてみた。すると、これが、安くて、うまいので、大当りした。

いわば、鮪が莫迦安値になったために、窮余の策として考案された食物であった。

しかし、それがいくらうまくても、谷中の職人長屋の老爺たちは、

「飯に鮪の刺身を、のせやがるなんざ、下の下だ」

と、云って、手を出さないのであった。

江戸汁という滅法辛い汁に、箸でひとすくいした蕎麦を、ほんの先だけ、ちょっとつけて、ひと息にすすりあげるのを意気として、伜や娘や弟子たちが、汁をたっぷりつけて喰べようものなら、血相変えて、

「馬方蕎麦をくらう奴なんざ、家へ置けねえ」

と、呶鳴るあんばいで、いきおい若い者たちから敬遠され、孤独なくらしをするようになっている――そうした年寄りたちが、枯葉が吹き溜るように集まった場所であった。

棒手振《ぼてふ》りも、ここへ入るのをためらう木戸を入った狂四郎は、泥溝をさらっている住人に、

「彫政という男が、ここに住んでいるときいたが……？」

と、訊ねた。

「いるにはいるが、もし仕事の話でおいでなすったのなら、ここからひきかえすのが、慈悲ですぜ、旦那」

「家は、どれだ？」

「だから、仕事の話なら、ひきかえしなせえ、と云ってるんでさ」

もう対手は、中《ちゅう》っ腹《ぱら》になった顔つきであった。

「こっちは、家は、どれだときいている」

「判らねえ御仁だ。ここには、むかしは、名人と称われた男が、笊《ざる》ですくうほど、いまさあ。しかし、足腰立たなくなって、手が顫えるようになっちまっちゃ、名人もへったくれもねえやな。だから、仕事の話を持ち込むのは、酷というものだ、と云っているんでさ」

「わかっている」

「わかっているのなら、ひきかえすのが慈悲じゃござんすまいか。老いぼれをそそのかすのは、こんな罪な話は、ありゃしねえ」

「早合点すぎるようだな。たしかに、わたしは、仕事の話を持ち込んで来たが、彫政にやってもらうためではない」

「じゃ、いってえ、誰にやらせなさるので――？　彫政のところには、中風の親爺を世話している娘しかいませんぜ」

　狂四郎が、しつっこく食いさがって来る老爺を、いささか、もてあましている時、とある一軒から、鍋をかかえた娘が出て来た。

　狂四郎は、近づいて、

「そなた、彫政の娘か？」

と、訊ねた。

「はい」

　下ぶくれの、おっとりした顔だちであった。

――大奥へ上らせるには、おあつらえ向きの娘だな。

　狂四郎は、自分のカンが当ったことに、満足した。旧知の刺青師政五郎の面高な風貌を想い泛べて、

――あの男の娘なら、大奥女中にできる顔だろう。

と、考えて、やって来た狂四郎であった。

「彫政――。眠狂四郎だ」

　そう告げておいて、狂四郎は、破れ障子を開けた。

　夜具にくるまっていた老爺が、首を擡げて、

「旦那！　ど、どうして、こんなところへ……？」

もつれ舌で、おどろきの声を出し乍ら、もぞもぞと、身を起した。

曾て、江戸の三名人の一人にかぞえられた刺青師の、掛具にのせた右手が、絶え間なく小刻みに顫えているのを、狂四郎は、いたましいものに、眺めた。

二

刺青全盛の時代であった。江戸だけでも、刺青師は、百人以上いた。鳶《とび》人足や駕籠舁きで、刺青を施していない者は、一人もなかった、といってもあながち、誇張ではないくらいであった。

寛政の改革で、みだりに入墨をしてはならぬ、という法度が出され、さらに、文化年間にも、近年軽い者が総身にさまざまの絵だの文字だの彫る者が多いが、厳しく処分し、またそれを彫った者も咎めがある、というふれが出されている。

しかし、刺青の流行は、下火になるどころか、年を加えるにしたがって、熾《さか》んになったのである。

文政の初年、一人の盗賊を召捕って、打首にしようとしたところ、首から肩へかけて、大きな文字で、「東照大権現」と彫ってあった。徳川将軍家の始祖家康の神号に、刃物を加えることは叶わず、やむなく、この盗賊の処分を、死罪から永牢にかえた。

巷間《こうかん》にこの噂がつたわるや、刺青の流行に、いよいよ拍車を加えた。

当時、彫物の名人と称されたのは、彫宇之、彫兼、彫政の三人であった。

彫宇之は、跛で傴僂《せむし》で、変り者であった。深川八幡前の、さる大きな廻船問屋に提供された酒倉に住み、白昼でも、陽光がさし込むのをきらって、一年中、蠟燭のあかりの中でくらし乍ら、飯は一粒も口にせず、目がさめてから寐るまで、酒気が抜けたことのない男であったが、

「彫宇之が彫った竜は、夜中に抜け出して、庭の泉水の水を飲む」

とか、

「何某という仕事師の背中に彫られた九郎判官に、出入りの大店の娘が、惚れて、とうとう気が狂った」

とか、ばかげた噂を、髪結床や湯屋の二階で交わさせるほどの名人であった。

また、彫兼は、国芳《くによし》の水滸伝《すいこでん》の豪傑の錦絵を、大名火消の加賀鳶たちに、彫ったので、有名であった。国芳の水滸伝の一枚絵は、百八枚ある。つまり、彫兼は、百八人の背中へ、彫ったのである。

彫政については、次のような逸話が、のこっている。

小石川伝通院前の茶漬屋・辰巳《たつみ》屋某は、全身に江戸名所図絵の刺青をして、山の手きっての絶品だという評判をとっていた。

某日、神田から、ごく風采のあがらぬ大工の棟梁が、辰巳屋へ茶漬を喰べに来た。

茶漬を、喰べおわってから、大工は、

「お前さんの刺青は、江戸一番という評判をとっていなさるそうだが、実は、あっしも、神田では、ちょっと知られた刺青をして居ります。……どうか、お前さんの刺青を見せてもらって、あっしのもごらんに入れたいと思うが、どんなもので――」

と、申し入れた。

辰巳屋は、承知して、着物を脱いでみせた。

それは、まことに見事な筋彫で、江戸の名所が、芥子粒《けし》ほどの人間が目鼻口までつけているほど、こまかく浮き出されていて、目を奪う綺麗さであった。

大工は、感服して、

「なるほど、評判通りで、目の栄養をとらせてもらいやした。……そいじゃ、こんどは、あっしのを、お目にかけやしょう」

と、云って、するりと、素裸になってみせた。

辰巳屋が、眺めると、からだ中どこにも、一点の針の痕さえもなかった。

「これア、どういうわけなので――？」

怪訝そうに見上げる辰巳屋に向って、神田の大工は、にやりとすると、褌をはずしてみせた。

股間に携げられた男根は、人に自慢にするに足りる巨《おお》きなしろものであった。

その陽茎の先端に、いっぴきの蚊が、とまっているのを、辰巳屋は、見わけた。

実物大のその蚊は、生きているとしか思われなかった。

辰巳屋は、唸った。

身体の中で、針を入れられると、最も痛い箇所であり、いまだ、ここに刺青を施した者はいなかった。

大工は、云った。

「あっしは、ここに、この蚊を彫ってもらうために、蜂に刺される十倍ぐらいの痛みを、十日間我慢しやした」

辰巳屋は、おそれ入って、この刺青くらべは、自分の負けだ、と正直にみとめた、という。

この蚊こそ、彫政の彫ったものであった。

その名人芸も、四年前までのことであった。

中風で倒れた彫政の名は、いまでは、人の口にのぼることもない。

「旦那、あっしは、こんな、だらしのねえ姿を、あっしのむかしをご存じの、貴方様のような御仁に、ごらんに入れたくねえばかりに、こうして、この裏店に、ひっ込んで、いるんでさ。……それを、どうして、わざわざ、さがして、おいでになったので――？」

「たのみがある」

「へえ――？」

「お主は、弟子を取らなかったな？」

「こんな稼業は、一代限りのものだ、と思いやしてね」

「いま、おもてで会ったが、お主の娘は、お主の仕事を、手つだったことはないか？」

「多少、絵を習わせましたので、ちょいちょい、下絵を描かせたおぼえはございますが……、それが、どうか、なすったので？」

「手伝って居れば、墨の入れかたも、見様見真似で、できるのではあるまいか」

「ご冗談を――」

彫政は、かぶりを振った。

「旦那ともあろう御仁が、むかっ腹の立つようなことを云いなさる。まあなんとか見られる刺青をやれるまでに、十年の修業を積んでいなけりゃならねえんですぜ、旦那――」

「わたしは、器量のいい娘で、刺青のできるのを欲して、ここへ来たのだ。名人芸はおろか、並の腕前をも必要としている次第ではない」

狂四郎が、そうこたえた折、格子が開けられ、戻って来た娘の声がした。

「旦那は、蛙の子は蛙だから、やれねえことはねえ、と仰言るんでしょうが、そうは、問屋が、おろさねえ。……あのおきちに、たったいっぺんだって、針を持たせて、手ほどきしたことは、ありゃしねえんだ。仮名文字一字だって、人様の肌をよごせる道理がねえ」

「お主がそうきめているだけで、案外やれるかも知れぬ」

「莫迦なことを、仰言るものじゃねえ。おきちは、あっしの娘ですぜ。親爺に恥をかかせるようなまねをする筈がねえ。……おきちが、絶対諾《うん》とは云いませんや」

「諾と云ったらどうする？」

「あっしが、許しませんや」

「彫政――、このたのみは、途方もない一大事にかかわったことだと思ってもらおう」

「どんな一大事か存じませんが、あっしは、おことわりしやすよ。冗談じゃねえ、まったくの話――」

彫政は、さっさと帰ってくれ、といった表情になった。

三

台所へひっ込んでいた娘のおきちが、顔をのぞけたのは、その時であった。

「おとっつぁん――」

「なんだ？」

「このおさむらい様は、おとっつぁんが、いつも噂をしている眠狂四郎様だろう？」

「ああ、そうだ」

「そいじゃ……、おとっつぁんが、一番好きなお方のおたのみじゃないか」

「べらぼうめ！　いくら、眠の旦那のおたのみでも、肯き入れられることと、肯き入れられねえことがあらあ。ものには、けじめというやつがあるんだ。……たとえ、百両積まれたって、針を持ったことのねえ小娘に、刺青なんぞを……、そんな、ふざけたまねが、させられるけえ」

「おとっつぁん！」

「うるせえ。すっ込んでろ！」

「おとっつぁん、あたしは、針を持ったことがあるんだよ」

「なんだと!?」

彫政は、びっくりして、わが娘《こ》の顔を見かえした。

「ほ、ほんとか？」

「あい、ほんとさ」

「な、なんでまた――？」

「是非って、たのまれたし……、それに、お礼が三両、と云われて――、あの時、借金取りが、毎日押しかけて来て、つらかったので、つい……」

「ば、ばかやろうっ！　針を、持ったこともねえ、てめえが、どうして、彫れるんだ！」

「門前の小僧が、お経を読む、ということがあるじゃないか」

「きいた風な口を、ききやがるねえ！　あきれけえったあまだ。……おれが、このざまでなかったら、勘当して、たたき出してやるところだ」

狂四郎は、おきちが顔に似合わず勝気であるのを、たのもしいものに思い乍ら、

「何を彫ったのだ？」

と、訊ねた。

「眠の旦那様。ちょっとのあいだ、お待ち下さいますか？」

「うむ」

「ひとっ走り、行って参じます」

おきちは、いきいきした様子で、おもてへ駆け出て行った。

「埒もねえ！　なんてえこった！」

彫政は、いまいましげに、吐き出した。

「彫政、わたしの話をきいてもらおうか」

狂四郎は、自分の計画を打明けることにした。

彫政は、狂四郎がしずかな語気で、話す内容を、きいているうちに、驚愕の目を瞠り、やがて、唖然とした面持で、口を半開きにしたまま、言葉もなかった。

狂四郎が、話しおわった時、おきちが誰かをともなって、戻って来た。

偶然であった。

おきちのあとから入って来た者を、一瞥して、狂四郎は、

「なんだ、お前か——」

と、薄ら笑いを、口もとに刷いた。

路考茶縮緬に、一粒鹿《か》の子《こ》の黒襟、白繻子の半衿《はんえり》をひきたたせて、袖から緋縮緬の襦袢を色っぽくちらつかせた粋な町方女房のなりをしているが、実は、上野・両国の広小路に出没している女すりであった。

たそやお新、という。

いささか彫りがふかすぎて、やや険はあるが、造作の大まかな肌の美しい佳い女であった。

「見物して下さるのが、眼の旦那ときいて、やれうれしや、ととんで来ましたのさ」

たそやお新は、上って来ると、狂四郎と彫政へ挨拶した。

お新は、彫政とも顔馴染であった。

「お新さん、おめえさんが、おきちに、彫らせなすったのか？」

彫政は、あきれ顔で、お新をじろじろ見やった。

「あいな。名人の娘だもの、立派に彫れるにちがいない、とあたしゃ見込んでね」

「なにも、おめえ、ど素人の小娘に、針を持たせねえでも、その白い肌を脱いでみせり

や、欲得ぬきで、夢中で彫ってくれる刺青師は、いくらでも、いるじゃねえか」

「それが、そうは、いきませんでしたのさ」

お新は、ふふふ……と含み笑いをした。

「見せてもらおうか」

狂四郎が、促した。

「あいな」

お新は、立ち上った。

「ほんとは、お賽銭をいただかなけりゃ、おいそれとおがませられない刺青なんだけど、対手が眠狂四郎の旦那じゃ、二つ返事で、ひらいてみせないわけに参りません。……お気に召したら、旦那、あたしを、抱いておくんなさるかえ？」

「場合によっては——」

「うれしいことを、仰言って下さるわさ。じゃ、ひとつ——はずかし乍ら」

お新は、膝を折り加減にして両脚をひらくと、路考茶縮緬の裾をつまんで、江戸褄を左右へはねておいて、緋縮緬の長襦袢と白縮緬の湯文字を、合わせてつかんで、するすると、捲りあげ、鼠の厚板の帯の下あたりで、ひき裂くように押し拡げてみせた。

大きくひろげた両脚の奥に、女の部分が、あらわになった。

狂四郎と彫政の視線が、そこへ、当てられた。

柔襞《やわひだ》を包むくろぐろとした密毛に向って、いっぴきの赤い蟹《かに》が、鋏《はさみ》を高くふりかざして餇い込もうとしているのであった。

お新は、にことすると、その肢態のままで、前へ、進んで来た。

それは、とうてい、はじめて、細針を束ねた簓《ささら》を持った者の作とは思われぬ精巧な出来ばえであった。

すくなくとも、狂四郎の目には、熟練の刺青師が成したもの同様に、映った。

「おわかりですか、親方。これが、おきっちゃんが、彫ってくれた蟹なんですよ。……ほめてあげて下さいな。借金を返すために、けんめいになって、彫ったこの出来ばえに、ケチはつけさせませんよ、親方」

「………」

彫政は、なんとも、こたえなかった。

無言が、娘の才能を、ある程度みとめた証左であった。

「眠の旦那様、あたしを使って頂けますか？」

おきちが、必死な眼眸を仰がせた。

「こちらから、見込んで、たのんだのだ。……いま、借金は、いくらある？」

「は、はい。……七両がほど——」

それに応えて、狂四郎は、懐中から、小判を十枚、とり出して、おきちの膝の前に抛った。

「ありがとう存じます。……おとっつぁん、ほれ、こんなに——」

彫政は、おきちに、小判をさし出されて、俯向いた。

「眠の旦那、いったい、おきっちゃんに、何を彫らせようというんです？」

前を合わせたお新が、訊ねた。

それにこたえず、狂四郎は、立ち上ると、

「彫政、それでは、娘を借りるぞ」

と、云った。

「へい」

彫政は、頭を下げた。

「あのう……どちらへ——？」

おきちが、ちょっと不安そうに、狂四郎を仰ぎ見た。

「大奥だ。そなたは、三日間だけ、大奥女中になる」

狂四郎のこたえは、それであった。

湯殿

一

十二月十三日――この日は、千代田城内に於ける煤払いの定日であった。

煤払いといっても、町家のように、この日一日だけ大わらわになって、屋内を掃除するのではなく、営中では、すでに月はじめから、めいめいの部屋（長局）からはじめて、この日は、御座所をきれいにして、おわるのであった。そして、すでに用意してある新しい障子と畳に取り替える。

午前中に、これは、おわり、午後に、煤払いの式を催す。

塩引き鮭の切身、里芋、大根、牛蒡《ごぼう》、人参、焼豆腐、田作《ごまめ》の平盛、豆腐の味噌汁など、なるべく、民間の食膳に似た料理が出され、上臈《じょうろう》、年寄から使番、御半下《おはした》にいたるまでの総員が、酒を汲む。

大奥に於ける年に一度の無礼講であった。上下ともに、染模様の手拭いをかぶって、盃を重ね、酔うほどに、踊りを披露する者、歌をきかせる者があり、やがて、誰かれの別なく、数人で一人をつかまえて胴上げをするにぎやかさであった。

たとえ、位が上の中臈であろうとも、寄ってたかって、宙へ抛りあげ乍ら、

「めでためでたの若松さまよ、枝も栄えて、葉もしげる」

と、はやしたてる。

数町の長廊下を歩いても、裳裾をみださぬ作法を身につけた大奥女中がたが、宙へ躍るたびに、しだいに下肢をあらわにして、膝はおろか、内股の奥までひらいてしまうさまは、あでやかでみだらなけしきであった。

当然――。

この日ばかりは、大奥内は、平常のしきたりがすべて破れた。

そこをねらって、西の丸御殿で、二人の新参お目見がなされた。

一人は、上野東叡山三十六坊をわたりあるいて大名に春をひさいでいる紋ちらしのお玉、そしてもう一人は、刺青師彫政の娘おきちであった。

勿論、その素姓は、かくされて、本丸老中水野忠邦の側用人武部仙十郎の養女として、奉公に上って来たのであった。

たとえ、旗本の娘であっても、お目見には順序があり、はじめ一月あまりは中年寄の部屋に部屋子として働き、その中年寄が願い親になって、願い出て、何月何日御吟味という許可が下りるまで、待つのであった。

ところが、たま、きちと呼ばれた二人の新参は、昨日、中年寄の部屋に上り、早速、今日――煤払いの式の終るのを待って、御年寄にお目見することになった。異例のことであった。武部仙十郎の工作であった。

中年寄は、美しい掻取《かいどり》を羽織った振袖姿のたま、きちの二人に、お広座敷へともなう前に、

「これに、親の名と自身の名を書きつけますよう――」

と、二つ折りの小奉書を、渡した。

それには、すでに、

上々様御機嫌能被為成御座御目出度有難候

と、したためられてあった。

たまときちは、それぞれ、親の名を武部仙十郎と書きつけた。

しきたりとしては、それから、親もとへ、身許しらべをして、それが、たいがい一月から数十日もかかるのであったが、この二人の女中に対しては、すべてがはぶかれた。

「では、お広座敷へ、連れまする」

中年寄は、立ち上った。

あとにしたがった新参二人のうち、からだに大名の家紋を彫りつけた者の方は、

――どうなるというんだろう？　こんな大それた芝居が、筋書き通りに、はこぶもの

かしらね。

と、胸の裡で、呟いていた。

眠狂四郎が、打った芝居であった。紋ちらしお玉は、狂四郎という男に、ふっと魅せられて、つい、承諾して、女中に化けたのであったが、いざ、大奥へ上ってみると、流石に空おそろしさを、おぼえずにはいられなかったのである。

——素姓がばれれば、首がとぶだろうし、やりそこなっても、生命はないんだ。……とんでもない芝居を引き受けちまったよ、あたしゃ……。

出仕廊下を進み乍ら、お玉は、処刑場へでも曳《ひ》かれて行くような気分になった。

おきちの方は、すでに覚悟をさだめたもののごとく、無表情であった。

あちらこちらの部屋からは、なお、歌声や笑い声が、ひびいていた。

やがて、中年寄が、二人をともなったのは、奥御膳所という、中央に大きな囲炉裏の切ってあるお広座敷であった。

そこには、御膳所の役人である御仲居が、たった一人だけ、控えていた。

「お目見吟味、お願いつかまつる」

中年寄が、願い出ると、御仲居は、

「かしこまりました」と、一礼して出て行った。

やがて、「お入り」という声があって、入って来たのは、五十前後の大柄で福々しい老女であった。

ふつう、お目見吟味は、老女（お年寄）が三人か四人そろい、ほかに上臈、中臈が列座するのがしきたりであった。

しかし、今日は、浦尾《うらお》というその老女一人しか、姿を現わさなかった。浦尾は、西の丸大奥に於ける第一の実力者であるとともに、武部仙十郎が、呼吸を合わせることのできる唯一の存在であった。

浦尾は、中年寄から、二枚の小奉書を受けとると、別に目も通さず、お玉とおきちの顔を、じっと眺めやった。

二

御仲居が、

「新規お召抱えの者どもの吟味、頂戴つかまつります」

と云って、お玉とおきちのそばへ、膝行《しっこう》すると、

「脱ぎませ」

と、命じた。

吟味とは、この囲炉裏端で、一糸まとわぬ素裸にして、どのような肌と肢体を所有しているか、観察することであった。

おきちはともかく、お玉は、愕《ぎょ》っとなった。吟味が素裸にされることだとは、きかされていなかったのである。

裸になれば、忽ち、素姓は露見してしまう。

お玉は、腹の底まで蒼ざめた。

「本日は、お煤払いであるし、吟味は、この浦尾だけゆえ、脱がずともよいであろう」

老女浦尾が、微笑し乍ら、免じた。

二人を裸にしないために、この日をえらび、浦尾だけが吟味に現われたのである。

御仲居は、手数がはぶけたことを、よろこんだ。

浦尾は、二人に、家慶付き中﨟を命じて、

「お湯がかりの役向きを与えるゆえ、御湯殿にてお目見をいたすがよい」

と、吩付《いいつ》けた。

これは、筋書き通りであった。

あとは、お玉とおきちの腕次第ということになる。

老女浦尾は、その眼眸の色に、言葉にできぬ意味をこめて、頷いてみせておいて、立ち上った。

――うまくやるがよい。

浦尾の眼眸は、そう云ったのである。二人の素姓に就いては、武部仙十郎の密書で、知らされていたのである。

その時刻、家慶――いや、家慶と瓜二つの人物は、表から奥へ入って来ていた。

取替えられた青畳の匂う御小座敷に、坐った贋家慶は、中臈に、

「煤払いのばか騒ぎを、わしにも見せぬか」

と、云った。

しかし、中臈は、それには、こたえず、

「御前（夫人）さまよりのおゆるこを――」

と、黒塗りの椀を、さし出した。

贋家慶は、その蓋を取ってみた。

善哉《ぜんざい》であった。大奥では、煤払いのこの日と、正月十一日の鏡開きに、御台所《みだいどころ》が手ずからよそおって、将軍家へ、おゆること称する善哉を馳走するならわしであり、西の丸の方でも、これにならっていた。

贋家慶は、甘いものは大きらいであった。

中臈は、贋家慶が黙って、蓋をするのを眺めて、

「おしきたりにございまする」

と、すすめた。

「くだらぬしきたりなど、わしは、進んで破って居る！」

贋家慶は、呶鳴るように云った。

中臈は、俯向いた。

贋家慶は、忽ち苛立たしい形相になった。

贋家慶は、今春、西の丸に入ってから、一度も、夫人と寝所をともにしていなかった。

家慶の夫人は、京の御所から嫁いで来た喬子《たかこ》（楽宮《さざのみや》）という内親王で、聡明《そうめい》な婦人であった。

夫人と同衾《どうきん》することは、贋者であることが露見する危険率が最も高かった。

贋家慶は、そのため、ずうっと、夫人とは顔を、間近に合わせることも、避けて来ていた。

——この中臈めは、わしが、妻と寐ぬことを疑って居る。

それが、贋家慶を、苛立たせた。

「その方、わしが、次から次に、しきたりを破っていることを、不都合だと思って居るのであろう」

「…………」

中臈は、黙って、顔を伏せている。

「法度、掟と、しきたりは、ちがうぞ。……大奥では、煙草《たばこ》を、食後に二服ずつ喫《の》むのが、これまでのしきたりであった。しかし、三服喫んでいかぬということはあるまい。……おい！　三服喫んでは、不都合なのか？」

「いえ――」

中臈は、おそろしさに、肩をすくめた。

「見ろ！　ここには、いつも、煙草盆が置いてあるぞ。ところが、しきたりとして、これまでは、食後でなければ、煙管《きせる》を把ることはできなかった。それならば、なぜ、食後にだけ、煙草盆を、わしの前に置かぬのだ。常時ここへ置き乍ら、食後の二服しか喫ませぬ、というばかげたしきたりを、その方らは、いかにも、法度か掟のごとく、思い込み、わしがそれを破ると、まるで、大地震《おおない》でもくらったように、仰天いたす。……よいか、わしは、そういうくだらぬしきたりが、今年の春頃から、急に、腹が立って参ったのだ。片はしから、破ってくれることにしたのだ。わかったか！」

贋家慶は、呶鳴りたてておいて、不意に、中臈につかみかかった。

「その方は、もはや四十に近かろう。しかし、わしが、その方に手をつけてはいかぬ、という法度はないぞ。どうだ！」

そう云いざま、贋家慶は、中臈の膝のあいだへ、片手を、ねじ込むようにもぐらせようとした。

中臈は、必死になってこばもうとしたが、贋家慶が遮二無二膝を押しひらかせる暴力に、救いを呼ぶことも叶わず、ついに、その食指に、いまだ男を知らぬ女性の柔襞を弄《なぶ》られようとした。

老女浦尾が、入って来たのは、その時であった。

三

「上様、今日はお煤払いでもありまするゆえ、奥にて、ご入浴あそばして、お髪でもお洗いなさいませ」

浦尾は、贋家慶のみだらな行為を眺め乍ら、眉ひとつ動かさずに、そうすすめた。

将軍家ならびにその世子は、大奥で入浴する慣習はなかった。

もとより、大奥には、湯殿は設けられてあったし、主人が奥泊りの日には、入浴の用意がされていた。

入らぬのは、ただ、表御殿の方で入浴するしきたりであったにすぎなかった。

「ふむ！」

贋家慶は、にやりとした。

老女自身が、すすんで、しきたりを破ろうとするのであった。

「話が判るの、浦尾――」

贋家慶は、弄んでいた中臈をすてて、腰を上げると、

「どうじゃ、浦尾、しきたりの破りついでに、今夜は、その方が、わしの伽《とぎ》をつとめぬか、はっはっはっ……」

と、高笑いした。

大奥の湯殿は、浴槽の下を焚いて、湯を沸かすのではなかった。八畳あまりの板敷き(流し場)に、檜の浴槽が据えてあり、御三之間女中が、大きな玄蕃《げんば》(桶)で、熱湯と水をはこんで来て、加減をととのえるのであった。

贋家慶は、ずかずかと、高麗縁《こうらいべり》の脱衣の間に入ると、そこに平伏する二人のお目見女中などへは目もくれずに、衣服を脱ぎすてた。

贋家慶が、素裸になって、板敷きへ降りて行くと、お目見女中は、そっと頭を擡げて、顔を見合せた。

お玉とおきちであった。

お玉は、おきちに合図しておいて、搔取を肩からすべり落した。空色綸子《りんず》の小袖を素肌にまとうていたが、これは、お湯衣裳で、裾を短く執り、緋の手襷《たすき》をかけていた。

小函に、白い真岡《もうか》の糠袋《ぬかぶくろ》をのせて、板敷きに降りた時には、もう贋家慶は、浴槽に身を沈めていた。

お玉は、なるべく、目にとまらぬように、片隅に、蹲って贋家慶の出て来るのを待ち乍ら、

――丁と出るか、半と出るか……、ここが一番、いのちがけの勝負どころだよ、紋ちらしの姐御《あねご》！

と、自分をはげました。

贋家慶は、浴槽から出ると、

「女中、力をこめてこすれ」

と、命じた。

「はい」

贋家慶の体軀は、逞しかった。

ひとしきり、背中をこすってから、お玉は、贋家慶の前にまわって、その腕を洗いはじめた。

贋家慶は、双眼をふさいで、こころよい放心状態でいたが、やがて、目蓋をひらいた――とたん、その視線が、はだけられた女中の胸もとへ、当てられた。

「おい！」

贋家慶は、猿臂をのばして、お玉の襟をつかむと、ぐいと拡げてみた。

「なんだ、これは!?」

贋家慶は、あきれて、声をあげた。

ゆたかな胸の双の隆起の上には、右に降鶴丸、左に打出小槌、そして、その谷あいには、花藤の紋が、白い柔肌を彩っていたのである。

「おはずかしゅう存じまする」

お玉は、わざと、消えも入りたげな身振りで、あわてて、胸をかくそうとした。

贋家慶は、それを許さず、

「これは、刺青ではないか。刺青をした女子を、奉公させたとは、浦尾め、しゃれたまねをいたすの」

と、云い乍ら、さらに、空色綸子の前を、大きくひきはだけさせた。

腹部にかけて、竜胆、三蓋松、鷹羽、菊水、抱茗荷など、さまざまの紋章があらわになるのを、見出した贋家慶は、

「その方、家紋ばかりを彫ったのは、なんのためじゃ？」

「はい――」

「申してみい。なにか、仔細があるのであろう？」

「は、はい」

「申せ」

「おゆるし下さいませ」

「しおらしげな様子を、つくるな！　その方、市井《しせい》で謂う莫連であろう。どうじゃ？」

「申しわけございませぬ」

「莫連めが、何故に、大奥奉公に上ったぞ？　なんのこんたんじゃ？　申せ！」

贋家慶は、いきなり、乳房のひとつを、わし摑みにした。

お玉は、悲鳴をあげて、思わず贋家慶の手を叩いた。

「ははは……、莫連の本性をあらわしたの。さあ申せ、なんのこんたんがあって、女中に化けたぞ？」

「申し上げまする。……わたくしは、このからだに葵の御紋を、彫らせて頂きとう存じまする」

「どういうことだ？　彫りたければ、勝手に彫ればよいではないか。……奉公いたすまでもあるまい」

「上様。このからだに彫ってありますのは、わたくしにおなさけを下されたお大名がたお旗本衆の御家紋でございます。ごらん下さいませ」

お玉は、お湯衣裳を、すばやく脱ぎすてて、一糸まとわぬ裸身を、贋家慶の眼前にさらしてみせた。

「……うむ！」

およそ三十ともかぞえられる紋章をちらばせた肢体を、じろじろと眺めやっていた贋家慶は、不意に声をたてて、笑った。

「面白い女子だ。まさしく、その方は、莫連だな」

「空おそろしいことを、思いつきまして、申しわけございませぬ。からだが縮みまする。おゆるしを――」

お玉は、またあわてて、お湯衣裳を身につけると、板敷きに、平伏した。

「よい。殊勝な心掛けじゃ。この大奥には、掃いてすてるほど女子が居るが、その方のようなあっぱれな思案をいたす者は一人も居らぬぞ。……ところで、これほど数多《あまた》の大名旗本に、どうして、操《みさお》をまかせることができたのじゃ？」

お玉が、寛永寺の三十六坊を告げると、贋家慶は、声をたてて笑った。

「大名旗本ども、何食わぬ面つきをして、口をぬぐってそ知らぬふりをいたして居るが、一皮剝けば、土方人足と料簡は、すこしも変っては居らぬ。……よし、莫連――なさけをくれてやろう」

「はい！　ま、まことでございますか？」

「造作もないことじゃ。幾十人かの大名旗本に春をひさいで、その紋章を彫ったからだを、この内大臣大納言が、最後に抱いて、葵の紋を、彫らせてやる。ははは……面白い。……よし、彫れ。彫るがよい」

贋家慶は、お玉の肩を摑むや、その場へ、押し倒した。

お玉は、目蓋を閉じると、

――筋書き通りにはこんでいますよ、旦那。

と、胸の裡で、云いかけた。

眠狂四郎が、この湯殿の天井裏に身をひそめて、じっと、隙間から見下ろしているような気がしたのである。

贋家慶は、仰臥させたお玉の裳裾を捲ると、残忍な視線を、その秘処へおとして、

「ははは……、どうじゃ、莫連、いっそ彫るなら、この恥毛を剃りおとして、葵の紋を彫りつけい。それがよい。ははは、それがよいぞ！」

と、云った。

葵紋異変

一

贋大納言家慶は、湯殿の流し場で、ひどい気ぜわしさで、市井の莫連女の体内へ、したたかに、精気を放射しおえると、さっと起き上って、湯槽《ゆぶね》へつかった。

お玉は、お湯衣裳をととのえると、両手をつかえて、

「有難う存じました」

と、平伏した。

家慶は、目蓋を閉じて、何やら考えていたが、

「その方のからだに、大名旗本は、随喜の泪をこぼしたか？」

と、訊ねた。

「わたくし自身には、判りませぬが、お殿様がたは、次つぎに、こっそり、申し送りをして下さいました」

「ははは……。下世話に申す、三味の音締めのよさか。莫連、市井では、その方のよう

なからだを、章魚《たこ》と申すのであろう。知って居るぞ」

「恐れ入りましてございます」

お玉は、そっと顔を擡げて、湯槽から浮いた贋家慶の首を見やり乍ら、内心、

――せっかくの章魚をご馳走したのに、喰べかたが、チトお粗末でござんしたねえ。

と、毒吐《どくづ》いた。

「莫連――」

贋家慶は、板敷きへ出た。

「はい」

「わしの目の前で、その恥毛を剃りおとして、葵の紋を彫ってみせい。その方が懇意の刺青師を呼べい」

「上様。あちらに控えまする、わたくしともどもお目見いたしました者が、これらのご紋を彫ってくれたのでございます」

「ほう――」

贋家慶は、脱衣の間に控えているおきちを視やった。

「あれは、莫連とは思えぬぞ」

「莫連ではございませぬ。江戸一番と称われた刺青名人の娘でございます。……斯様なご下命もあろうかと存じまして、さそうて、お目見いたしたのでございます」

「小面憎い算段をいたし居った。……面白い。早速、今宵にも、彫ってみせい」

「忝のう存じまする」

贋家慶が、衣服をつけて、廊下へ出ると、そこに、老女浦尾が、待っていた。

「浦尾、今宵の伽は、あの湯殿の新参二人にいたせ」

贋家慶は、命じた。

「かしこまりました」

浦尾は、無表情で、こたえた。

武部仙十郎と打合せた手筈通りに、事ははこんでいた。

西の丸大奥で、この人物に対して、もしや贋者ではあるまいか、と疑惑を抱いていたのは、この浦尾ただ一人であり、すでに夏頃、武部仙十郎に、その疑惑を告げていたのである。

贋家慶は、お縁座敷の上段の寝所に入ると、炬燵《こたつ》に入って、鍼医《はりい》に、灸《きゅう》をさせた。

ほんものの家慶は、灸がきらいであったが、贋者は、乱気をしずめるために、佐野勘十郎のすすめで、灸をするようになっていた。

大奥に於ける点灸は、やはり、面倒なしきたりがあった。

鍼を打ち灸を据える鍼医は、黒ずくめのいでたちで、顔も目ばかりに、黒い布で包んでいた。御匙医師といえども、手をじかに肌にふれることは決してなく、襦袢の上から診察するのであったが、鍼医だけは、直接、肌へ針を刺さねばならず、また、墨を点じて、もぐさを押しつけなければならぬので、肌へ息がかからぬように、顔をかくすのであった。

将軍家は、灸の時は、御灸御召という着物をつける。背縫いが五色の糸で綴《と》じてあり、その糸を抜くと、ほころびて肌が出るしかけであった。

すなわち、灸を据えるところだけを、肌が出せるような着物をつけた。

鍼医は、灸穴にあたる箇処へ、墨を点じて、もぐさを押しつけ、山の形に盛っておき、丁子油を用《つか》った行燈から、線香に火を移して、据えた。

そして、羽箒《はぼうき》で払って、おわるのであった。

贋家慶は、御灸御召に着換えると、桜炭でほっかりとあたたかい炬燵の中へ、四肢を容れると、伺候して来た鍼医に向って、唐突に、

「その方も、鍼を打つ、刺青師も同じく針を刺す。どうじゃ、その方も、刺青をやってみたくはならぬか?」

と、訊ねた。

「てまえは、医師にございますれば……」

鍼医は、経絡に指をふれ乍ら、こもり声でこたえた。

「刺青師よりも、鍼医の方が、上だ、と申すのか？」

「刺青師は、肌をけがすだけでございまするが、鍼医は、からだをなおすつとめにございまする」

「刺青というのは、肌をけがすのではなくて、肌を美しゅう彩るものだぞ」

「身体髪膚は、これを父母より享《う》けたものでございますれば、かまえて、そこなわぬように努めるのが、孝行でございまする」

「ははは……、ところが、せっかくこの世へ送り出した子を、世俗の慣習で、あの世へ葬り去ろうとする親も居るぞ」

「左様な非情な親など、万人に一人も居りはしませぬ」

鍼医は、墨を点じた灸穴へ、もぐさを押し盛り乍ら、急に、地声らしい大声で、こたえた。

それは、講釈師立川談亭のものにまぎれもなかった。鍼医に化けて、上って来たのである。

立川談亭としては、一生一世の大芝居であった。

二

「それが、居る。例えば、武家では、双生児《ふたご》が生れると、あとから生れた方を、葬る慣習があるではないか。……あやうく殺されかかったその子が、偶然に、一命をとりとめて、育ったといたしたら、どうだ。浮世の仕組、慣習と申すものに、ことごとく、反逆いたすのは、当然であろう。どうじゃ？」

「御意――」

談亭は、線香に火をつけると、もぐさを燃やしつけた。

――源平盛衰記に、過去の因を知らんと欲せば、その現在の果を見よ、と書いてあるが、うめえことを云ったものだ。種の蒔《ま》きかたが多すぎるから、こういう因果なことになっちまったんだが、さて、これを、どう刈るかは、大変だ。

各灸点から、煙がたち昇るのを眺め乍ら、談亭は、ひそかに、首を振った。

「どうだ、その方、ひとつ、刺青を習って、わしのからだへ、彫ってみせぬか？」

贋家慶は、途方もないことを、口にした。

「めっ、滅相もないことを！　おたわむれにも、左様なことを、お口にあそばしましては……」

「本気じゃ。……神君家康公の肖像など、如何であろうな。それとも、美女が素裸になってしがみついている図が、よかろうか」

「と、とんでもない！」

「まさか、刺青師を呼びつけて、彫らせるわけには参らぬゆえ、鍼や灸をするとみせかけて、その方に、すこしずつ、彫らせるのであれば、内密の裡に、仕上げることができるぞ。どうじゃ、やらぬか？　習って参れば、やれるであろう。彫れ！……あ、熱っ！」

贋家慶は、炬燵の櫓《やぐら》へ、しがみついて、疼痛に堪えた。

——いよいよ、贋者に相違ない、と明々白々と相成ったわい。

談亭は、合点しつつ、

「是非にとの御下命でございますれば、刺青を習わぬでもございませぬ」

「わしは、本気だぞ。……うむ！　彫ってくれるぞ！　そうだ。神君が、出陣の座に就いている——そのまわりを、一糸もまとわぬ裸女が、踊り狂うて居る図がよいぞ。……む！　む！　うむ！……そ、その図を、彫れるように、その方、名人と称される刺青師に、習うてまいれ。よいか」

「かしこまりました」

談亭は、燃え尽きたもぐさ灰を、羽箒で払いおとし乍ら、

——眠狂四郎に、このことを告げたら、にやりとして、談亭、面白いではないか、彫ってやれ、と云うにちげえねえんだが……、やれ、空おそろしや。こうして鍼医に化けているだけでも、たいがい、きもが縮まっているんだ。……ねえ上様、芭蕉《ばしょう》も詠んでいますぜ。河豚《ふぐ》汁や鯛《たい》もあるのに無分別、とね。綺麗な女中衆の肌に刺青させて、これを抱くぶんには、まだよかろうが、てめえのからだをよごしちまっちゃ、それこそ、墓穴

を掘ることになりゃしませんかねえ、上様。

眠狂四郎からきかされたところでは、この贋者は、何処の馬の骨とも判らぬ天一坊ではなく、やはり、現将軍家の実子であることにまちがいはないのであった。

内大臣大納言家慶とは、兄弟なのであるから、べつに、すりかわっても、不都合はないわけであった。

もしかすれば、兄の家慶の方は、もはや、この世の人ではないかも知れなかった。そうとすれば、この人物が、家慶になりすまして、やがて、十二代将軍職を襲うたとしても、文句のつけようはないところである。

しかし、始祖を冒瀆《ぼうとく》するような刺青を、わが身に施そうとするような料簡の持主では、とうてい将軍家になる資格は、なさそうであった。

——贋者と断定できる上からには、このままでは、すまされまいが、武部仙十郎と眠狂四郎が、さて、どう料理するか、この庖丁《ほうちょう》さばきは、よっぽど冴えていなくちゃなるまいて。

三

その夜——。

西の丸主人の大奥寝所からは、添寝の中臈がしりぞけられ、代って、老女浦尾が、褥を延べた上段の間の、几帳のこちら側へ控えた。

上様御風気、と布《ふ》れて、特に浦尾が、添寝の役をつとめることにしたのであった。

将軍というものは、奥泊りの時、決して、いかなる場合でも、一人でいるということはないのである。

寝る時は、将軍家が同衾する当番の中臈のほかに、添寝の中臈と御伽坊主が、側に控えた。添寝の中臈は、たいがい手がついた女性である。したがって、将軍家が当番の女中を抱くのを、側に控えて、たとえ見ないようにしても、全神経が、その終始を感ずるのであるから、添寝の中臈にとっては、非常に辛いことであった。近年では、添寝の中臈は、そっと眠り薬を用いるならわしになり、御伽坊主も、それにならっていた。

この添寝の中臈に代って、その座に就いた浦尾は、腹心のお伽坊主に、女中たちをことごとく遠ざけさせておいて、新参中臈二人を呼ばせた。

浦尾は、お玉とおきちに、

「粗相があってはなりませぬ。何事も、御意のままに――」

と申しきかせておいて、几帳の奥に入るように命じた。

贋家慶は、白羽二重の寝間着姿で、御納戸縮緬の掛具に凭りかかるようにして、坐っていた。

両手をつかえて平伏するお玉とおきちを眺めて、贋家慶は、にやりとすると、

「よし、葵の紋を、彫ってみせい」

と、命じて、

「さ、ここがよい。ここへ寝るがよい」

と、褥の上を、お玉にゆずった。

「みぐるしゅう思召《おぼしめ》すと存じまする」

お玉が、一応ことわった。

「ははは、男にとっては、これは、目の果報であろう」

お玉は、華やかな辻模様の衣裳を、ゆっくりと脱ぎすてて、白の大紋綸子の下着姿になって、褥の上へ仰臥した。

「わしが、めくってくれよう」

贋家慶は、跼《かが》みかかると、その下着と、その下の白羽二重の腰巻を、するすると、捲りあげ、左右へはねてやった。

お玉の秘部は、すでに恥毛が剃りすててあった。もともと、濃い方ではなかったので、殆ど剃りあとはなく、ふっくらとして、なめらかに盛りあがったかたちは、白木蓮の厚い花弁を合わせたようであった。

左右から落ち込む二本の襞のまん中に、花弁には、ひと筋、刃物を入れたような亀裂が入っているばかりで、多くの男によって穢《けが》されたみにくい痕は、みじんもとどめてはいなかった。

おきちの方は、黒塗かぶせ蓋の刺青箱を持って、褥の脇へ進んだ。

まず——。

そこを、鹿角菜《ふのり》を解いて、刷毛で、しめらせて、美濃紙でぬぐうと、絵筆を把って、上半身を、その上へ傾けた。

およそ大判大の葵の紋が、みるみる描かれるのを、贋家慶は、固唾をのんで、見まもった。

おきちは、すでに、幾百回となく、葵の紋を描く稽古を、仕上げているとみえて、絵筆のはこびに、みじんの狂いもみせなかった。

葵の紋を描く上でむつかしいのは、十三の葉脈（蘂《しべ》）であるが、おきちは、なんのためらいもなく、するすると描いた。

「うむ！」

描きあげられた葵の紋を、覗いて、贋家慶は、満足げに頷いた。

葵の紋は、徳川家の一門親藩以外には、これを用いることを許さず、たまたま、将軍家の子女で、大名に婚嫁した者に、これを特別に許すことがあっても、一代かぎりで、その子等には許さないくらい厳しい禁令が設けられていた。皇室の紋章たる菊桐《きくきり》を僭用《せんよう》しても、大して咎められないが、葵の紋を用いると、重刑に処せられる時代であった。

享保《きょうほう》中、山名左門《やまなさもん》という浪人者が、葵の紋を衣服につけたため、死刑になっている。それほど、絶対禁止の、権威ある紋章が、大名旗本対手の高等内侍の秘部に、描かれたのである。

おきちは、休息するいとまもなく、細針を束ねた簓《ささら》を把ると、片掌で、下腹部をしっかと押えておいて、ぷすっぷすっと、刺しはじめた。

「あ——うっ！　あっ！」

お玉は、その痛みに堪えようとして、歯をくいしばったが、その歯の隙間から、怺えきれぬ呻きをもらして、一針毎に、びくっと、あらわな下肢を痙攣させた。

はじめは、足と足をからみあわせたり、膝と膝を骨が鳴るほど強くすり合せたりしていたが、痛みの連続が、いつの間にやら、膝を立てさせたり、折らせたりして、あられもない肢態をつくらせた。

眺める贋家慶の双眼が、ぎらぎらと燃えた。

墨を入れてゆくおきちもまた、憑《つ》かれたような必死の表情になっていた。

やがて、おきちは、お玉の腰脇から上半身を踞みかからせる作業が、しにくくなり、立って、お玉の両脚の間に入り、大きく股を広げさせておいて、そこに坐って、のしかかった。

お玉の肢態は、一層あられもないものになり、贋家慶を興奮させたようであった。

四

およそ半刻も過ぎると、それまで、「ひいっ……ひいっ……」とお玉の口からもれていた悲鳴が止った。簓が刺さる毎の痙攣はつづいていたが、お玉の寐顔には、あきらかに、被虐症の淫靡《いんび》な陶酔の色が刷かれていた。

おきちが、最後のひと刺しを終え、滲み出た血汐をきれいに拭いておいて、お玉の股間からはなれると、贋家慶は、微かにわななく片手を、葵の紋へふれさせた。

「よう、出来た。見事じゃ！」

おきちは、その称賛を受けて、平伏した。

お玉は、死んだようにぐったりとして、指一本も動かそうとしなかった。

大きく拡げた下肢を投げ出したまま、前をかくそうともせぬのは、疼痛を堪《こら》えるために、すべての力を使いはたしたものと思われる。

「ははは……葵の紋を、からだに彫った女子ができたぞ。まさに、前代未聞じゃ。天下に披露してくれたいのう。……うむ。刺青とは、まことに、面白いしろものだ。わしも、彫るぞ。からだ一面に彫ってくれるぞ」

そう云った時、老女浦尾が、几帳をまわって、姿を現わした。

「上様！　これは、何事でございましょうぞ！」

わざと、烈しい憤りを示した。

「わしのやったことが、気に食わぬと申すのか」

「葵の御紋は、そのむかし松平家が三河にて加茂朝臣《かものあそん》とお称えあそばされた頃よりの御家紋ではございませぬか。その尊き御紋を、あろうことか、斯様ないやしい女の、斯様なけがれたところへ、入墨なさいますとは、なんという狂気の沙汰でございましょうか！」

「それが、わるいか？」

贋家慶は、浦尾を睨みつけた。

「わたくしは、御座輿までに、上様が、刺青をするところをごらんあそばされるもの、と存じ、女中どもに気づかれぬよう、心くばりをいたしましたものの、よもや、葵の御紋を、女子の肌にお彫りあそばそうなどとは、露もだに思わず……、うかつでございました。上様は、もはや、うたがいもなく、乱心あそばされて居りまする」

「黙れっ！」

贋家慶の怒号で、お玉があわてて、起き上り、身づくろいをした。

「雑言は、許さぬぞ！　わしは、乱心など、みじんもしては居らぬ。わしは、この江戸城内のくだらぬしきたりを破ってくれようとして居るだけだ。……そなたならば、わしの気持を汲んでくれて居ろう、と存じて居ったが、やはり、他の婆あどもと同じであったな。……口をひらけば、公儀の権威にかかわる、とほざく。わしは、それが、気に食わん。やたらに、掟だ法度だしきたりだ、とおのれでおのれの身を、ぐるぐる巻きに縛りあげるようなこのくらしぶりを、誰も疑いもせずに居る。ばかげて居るのだ！　こんなくらしよりも、飲もうと買おうと打とうと、何をしようと、なんの咎めも受けぬ町人どものくらしの方が、百倍も千倍も、人間らしいぞ。……わしが、一人で、因習をうち破ってくれようとすると、おのれまでが、乱心したと申すのか。……家紋がなんだ！　家紋などというしろものは、源頼朝の頃には、何もありはしなかったのだぞ。源氏は白旗・白符を用い、平家は赤旗・赤符を用いただけだ。……戦があった頃は、旗幕や馬標《うまじるし》に家紋をつける必要もあったろうが、元和偃武《げんなえんぶ》以来、家紋などは、ただの飾りになってしまったのだ。公儀の権威で、葵の紋を、用いるのを禁じて居るが、巷間を眺めてみるがいい。勝手に、優美な紋章をつくって、飾りたてて居るではないか。河原乞食の役者の紋が、今日では、最も庶民どもによろこばれて居ることを、存じて居るか、浦尾！……ええい！　面白うない！　不快だ！　どいつも、こいつも、下れ！　下れっ！」

談亭奇謀

一

師走に入ると、日の過ぎるのが、駆け足になる。

四序のきまりが、はっきりした時代であった。今年のことは、この月のうちに納めるならわしであったし、新しい年を迎えるさまざまのしきたりもおろそかにできぬとあれば、武家も社家も寺院も町家も、その用事で、寸隙をあらそい、日の短さをうらむことになる。

煤払いをすませると、すぐ、節分を迎え、どんな貧しい家でも厄払いをした。その頃になると、歳《とし》の市が、深川八幡をはしりに、浅草観音境内を絶頂として、江戸のすべての盛り場で、にぎわう。

餅搗《もちつ》きの音が、四方からひびき、千代田城三十六の見付御門をはじめ、武家屋敷、寺社、大店などが門松で飾られた。

江戸名物の火事も、この月は殊に多くなった。

往還には、かけ取りの行き来があわただしい。

「梅が枝《うめえ》の手水鉢、ぽんぽんと……」

白い一重の室咲きの梅の鉢を、小脇にかかえた立川談亭が、芝赤羽橋を渡って来た。

鉢を、叩いて調子をとり乍ら、

「叩いてお金が出るならば、その時ゃ、身請を、たのみます、と両手合わせて、くの字の胴で、ちらりこぼした湯文字の赤さ」

わざと大声で、唄って行く。

門松をかついだ鳶が、うしろから、

「おうおう、師匠、どこの横丁新道へ、それを持って行きなさるんでえ？」

と訊ねかけて来た。こっちは知らぬが、むこうは高座で見知っているのであったろう。

「きまっていらアな。門は松竹、蛙は柳、白井権八鈴ヶ森、曾我兄弟は富士の裾野で、梅が香に迷うのは鶯、と相場がきまっているわさ。……羽風に匂う梅が香の、花にたわむれしおらしや――拙のあいては、毎年若くなっての、明けて二八か二九からぬ、ひらく初音のいじらしく、まだ解けかねる薄氷、と来た」

「嘘をつけ」

「嘘かまことか、まことか嘘か、そこがわからぬ色の道。解いてこまそと、いそいそと、百夜《ももよ》もかよう恋の闇、君がなさけの仮寐の牀に、枕かたしく夜もすがら」

「大方、借金取りに追いかけられて、あわてて、たったひとつの財産の鶯宿梅《おうしゆくばい》を持って、逃げて来た、ってえところじゃないのかね、師匠」

「ははは、図星だったのう。昨年は雪隠にしゃがんで——掛取りが帰ると尻を拭いて出る、ってえやつを、痔《じ》でやってのけて、これがほんとの肛門の虎追っ払いの術だったが、なにせ、今年は、債鬼が多すぎて、立川談亭まさに危急存亡の秋《とき》、瓶に落ちたる鼠の如し。そこで、泣き泣き、十年愛《いとお》しんだこの鶯宿梅を手ばなす決意をしてな——窮猿《きゆうえん》、林に奔る、あに木をえらぶにいとまあらんや。ゆずる対手が、江戸一番の因業と称われている高利貸しでのう」

「あっしが出入りの蔵前の旦那に、気前のいい御仁がいるが——」

「ああら、忝なし、有難や——渡りに舟、ととびつきたいところだが、なにせ、その高利貸しめ、五年がかりで拙をくどいて居ったのでな。なんのくそ、梅の一本や二本、こっちは、年相応に、梅なんざくそくらえ、来年からは姥桜《うばざくら》を可愛がってやろうずと——ははは、世の中は、食って糞《くそ》して、寐て起きて、さてその後は死ぬばかり」

やがて、談亭は、増上寺山内を、川むこうに眺め乍ら、金杉橋《かなすぎ》までやって来た。

橋ぎわに、屋形船が一艘、つないであった。

屋形の中で、炬燵に入って、手枕で寐ていたのは、眠狂四郎であった。

談亭は、その寐顔を一瞥して、ぎょっとなった。死相を呈している——そんな印象であった。

血の気は全く失せて、その蒼白な皮膚の下を、血がかよっているとは思われないくらいであった。

談亭は、しかし、わざと、陽気な声音で、

「それ、つらつらおもんみるに、偃鼠《えんそ》、河に飲むも、満腹に過ぎず——いやはや、まったく、なんとも、あきれはてたる次第でござる」

と、云った。

狂四郎は、べつに起き上りもせず、目蓋をふさいだまま、

「鍼医が看破した贋者である証拠は？」

と、訊ねた。

「あきれましたねえ。この立川談亭に、あろうことか、鍼医も刺青師も、同じ針を打つのであろうから、刺青を習うて、わしのからだへ、彫ってみせい、と仰せられたじゃありませんか。しかも、その図柄たるや、東照神君が出陣のいでたちをなされているまわりを、一糸もまとわぬ裸女が、踊り狂うているさまが、よいぞ、と来た」

「………」

狂四郎は、なおしばらく、手枕のまま、動かなかった。

談亭が、大奥お縁座敷の上段寝所で、目撃したことを、つぶさに語り了えるのを待っ

て、やおら起き上った狂四郎は、懐中から一通の封書をとり出して、談亭に渡した。

「浦尾という老女から、武部老人にとどけられた報告書だ。お主が、灸を据えたあと、贋者は、紋ちらしお玉の、恥毛を剃ったあとへ、彫政の娘に、葵の紋を彫らせた」

「甲乙へえ、丁《てえ》した糞度胸でござんすねえ。いったい、どういう料簡ですかねえ」

「おれと同様、因果な出生に、ひねくれているだけの話だが……、ここまで来れば、枝ぶりのいい樹を見つけてやって、縄をかけてやるよりほかはあるまい」

「しかし、西の丸から、主がいなくなっちまっちゃ、恰好がつかなくなるじゃありませんか。ほんものの方を、はやく、つれもどさなくちゃ――」

「生きているのか、死んでいるのか、何処にいるのか――見当もついては居らぬ」

「それじゃ、どうなるんで？」

「どうなるか……、とりあえず、ふりかかった火の粉を、はらうことにする」

「火の粉？」

「船頭、船を出してくれ」

狂四郎は、命じておいて、談亭に、

「ここへ来る途中で、誰かに会ったか？」

と、訊ねた。

「いえ、誰にも……」

談亭は、かぶりを振ってから、

「講釈好きらしい鳶には、会いましたがね」

と、告げた。

「そいつだろう」

「………」

「おれの行方を、躍起になってつきとめようとしていた佐野勘十郎の配下の一人、ということだ」

「げっ！ 冗談じゃない。君子は、虎の尾をまたがず、石を抱いて淵《ふち》に入らず、薄氷を踏まず、卵を累《かさ》ねず、ええと、まだ何かあったっけ――」

「鞘走りより口走り、か」

「それだ！ この駄講の口めが、おのれ、何を口走ったやら、……おまけに、ここは、板子一枚下は地獄と来た」

談亭は、障子を細めに開けてみた。

「来たっ！ 三艘、いや四艘――十四人、数がわるいや」

「船頭、南へ向って漕《こ》げ。鹿島《かしま》明神近くの砂浜をめざせ」

狂四郎は、命じた。

二

「先生、大丈夫なんで——？」

「請けあうことはできぬ。談亭、伏せていることだ」

狂四郎が云いおわらぬうちに、つづけさまに、四本の矢が、左右の障子を貫いて来た。

四艘の小舟は、飛ぶ迅さで、屋形船の両脇をはさんだのである。

狂四郎は、刀の鐺で、わざと、左右の障子を開けはなった。

矢はさらに、四本襲って来た。

その一本は、炬燵脇に伏せた談亭の襟もとを刺した。

「南無！」

談亭は、目蓋を閉じた。

四艘は四方にわかれて、屋形船を包囲した。

十四人の敵は、一斉に、抜刀した。

「談亭、寒中水泳は、苦手だろう」

狂四郎が、薄ら笑い乍ら、云った。

「あっしが、金槌だってえこと、ご存じなかったとは、おなさけない」

「炬燵にもぐっているよりほかはあるまい」

「あっしは、敵がすてた舟の方へ、隙をうかがって、遁げまさ」

「よし、遁げろ」

「といって、いつも、先生の危急存亡に、遁げてばかりいちゃ、立川談亭の沽券《こけん》にかかわる。……先生、この講釈師も、時には、立役を相勤めまする」

「どういうのだ？」

「細工はりゅうりりゅう、仕上げをごろうじろ。……ようがすか、あっしが遁げた舟から、お呼びしたら、間髪を入れず、この屋形から、跳び移って頂きてえ」

「よかろう」

狂四郎は、談亭に何か期すところのある工夫があると知って、信頼することにした。

まず――。

談亭のために、一艘を奪ってやることにして、艫《とも》へ出た。

艫へ出ざま、襲いかかった敵の一人を、一閃裡に、流れへ落して、高い飛沫《しぶき》をあげさせた。

無想正宗を、右手に携げたこの男の、鋭気をひそめ、殺気を去った静止相は、襲撃者が熟達の業の持主であればあるほど、無気味なものに目に映る。

すでに、船頭は水へとび込んで、艫は、闘いの場としては、決して狭いものではなかった。

その無構えの姿に向って、刺客たちは、じりじりと肉薄して来た。

狂四郎は、待つ。

背後から、電光の突きが来た――刹那、躱したともみせぬわずかな動きだけで、狂四郎は、その敵に血煙りをあげさせていた。

その紅の飛沫が、淡い陽ざしの満ちた宙に消えた時、小舟からまた一人、艫に、跳びあがって来た。

その敵へ、袈裟がけの一撃をあびせた迅業を、狂四郎は、舷《ふなばた》から躍って来た背後の敵の胴を薙ぐ迅業へ、継続させた。

とみた瞬間には、もう、狂四郎の五体は、宙を旋回して、屋根の上のものになっていた。

そして、ゆっくりと、舳先へ向って、歩いた。

もうその時は、艫につけた舟は空になって居り、両舷、舳先に寄せた三艘からも、それぞれ一人だけのこして、跳び移って来ていた。

狂四郎は、舳先ぎわの屋根の端に、立つと、突きの構えに揃えられた前方と左右の鋭い刀鋒《とうほう》へ、冷やかな眼眸を、まわして、

「お主ら、佐野勘十郎からもらう手当は、いくらだ。せいぜい、月五両が、止りだろう。

……ということは、駿河《するが》町の三井越後屋が、師走《しわす》に売り出す恵比須《えびす》ぎれが二十枚。安い

ものだと思わぬか」

と、あびせた。

三井越後屋の恵比須ぎれ、というのは、一年中の截《た》ち余りの切《きれ》を何枚か、ひと綴じにしたもので、それを一分《ぶ》（一両の四分の一）で、年の暮に売ったのである。これが安いというので、売り出しの朝は、暗いうちから、店さきに行列をつくり、大戸が開くと、なだれ込んでわれ勝ちに、二十枚も三十枚もかかえ込んで、買ったのである。

越後屋は、数十万綴も用意したが、忽ち売りきれて、一日五六千両ものあきないになる、という。

この恵比須ぎれと、おのが生命の価値をくらべられて、刺客たちの面相が、屈辱の憤りに、燃えた。

艫寄りの屋根には、すでに、二人、匍い上って来ていた。

狂四郎は、その二人に対して、視線をまわした時、談亭が、背をまるめて、艫から小舟へ跳び移るのを、視てとった。

談亭は、屋形船のもやい綱をつかんで、小舟を六尺ばかり、突きはなしておいて、

「先生っ！　いまだっ！」

と、叫んだ。

狂四郎が、奔りつつ、屋根上の敵二人を、目にもとまらず斬りすてておいて、屋根を

蹴りざま、一気に、宙を翔けた速影は、黒い鳥に似た。

その時、はやく、談亭は、棹《さお》を把っていて、屋形船を、力まかせに、突きはなした。

轟然と、屋形内が、炸裂《さくれつ》して、屋根をとばして、火柱が噴いたのは、次の瞬間であった。

「やったあっ！　やあ、やあ、見たか知ったか覚えたか、われこそは、立川談亭とは世を忍ぶ仮の名にて、まことは諸葛亮孔明《しょかつりょうこうめい》なりっ！　火焔《かえん》の術とは、これなるぞ！」

談亭は、火の粉をかぶり乍ら、両手をかざして、喚き立てた。

三

小半刻のち、狂四郎と談亭は、伊皿子台町の小料理屋の二階にいた。

「談亭という軍師が、わたしについているとは、夢にも思わなかったな」

狂四郎は、盃を口にはこび乍ら、云った。

「高座で、二十年も、読み台を張り扇でたたいて居りやすとね、孫子やら六韜三略《りくとうさんりやく》やらを、いつの間にかそらんじて、てめえが軍師気どりになるものでさ。そこで、ひとつ、空読みばかりじゃ物足りねえから、実地に、やれるかやれないか、やってこましてくれようと、へへ、鍵屋にたのんで、花火用の火薬を、ごっそりと――」

「そうか、お主がかかえ込んだ鶯宿梅の鉢の中に、詰めていたのか」

「場所は、大川のどまん中、屋形船の中に炬燵がある、と来りゃ、こんなおあつらえ向きの実験は、またとありやしねえや。……なにね、あっしが、鍼医に化けて、お城から下って来た時から、尾けて来る奴がいやがったので、たぶんおそらく、いや絶対に、あっしを尾けているのは、眠狂四郎の居処をつきとめる目的に相違ねえと——そこは、諸葛亮孔明、カンが冴えていた。いでや、目に物見せてくれるのは、今この時とばかり、火術書片手に、一晩がかり——、つくりあげた火薬を、鶯宿梅の鉢の中に仕込んだとは、三国志を無駄には読んでいなかった証拠でござる。……ははは、いやもう、こんなにうまくゆくとは——ふるえが、いま頃、襲って来やがった」

談亭は、あわてて、椀《わん》の蓋に、酒をついで、あおった。

「談亭——。忝ない」

狂四郎は、頭を下げた。

「へえ?」

談亭は、あっけにとられた面持になった。眠狂四郎から、はじめて、礼を云われたのである。

「おどろいた。いや、あきれた。全く、こんなばかばかしい。この立川談亭、高座で頭を下げたことはあるが、人に頭を下げられるなんて、そんな寐ざめのわるいことは、今日が日まで、したおぼえないんだが……」

狂四郎は、無想正宗を携げて、立ち上ると、

「談亭——」

「へい」

「わたしが、頭を下げたのは、今後は、このような余計な手だすけは無用だ、という意味を含めている」

そう云いのこした。

狂四郎は、伊皿子台町の小料理屋を出た足で、内桜田の老中水野忠邦邸に向った。

ふところ手で、師走のあわただしい街中を行き過ぎ乍ら、

——どういうのだ？

と、おのれに問うていた。

——乗りかかった船だが、どうでも是非に、乗らねばならぬ義理は、ない筈だ。

——柳営の騒動ではないか。おれとは、なんのかかわりもないことだ。兄が姿を消して、弟が替玉となった——それだけの話だ。どちらでもいいのだ。弟を追いはらって、兄をつれ戻しても、公儀の仕組みが変るものではないのだ。

——おれが、どうして、一身をなげうって、この解決に、踊らねばならぬのだ。

自己嫌悪が、腐った澱のように、胸中によどんでいた。

それでいて、足はまっすぐに、老中邸へ向っていた。

——おれには、将軍家の世子の身柄がどうなるかという懸念よりも、談亭や金八のいのちの方が大切なのだ。

談亭のやってのけた冒険は、狂四郎にとっては、有難迷惑であったのである。

ともあれ、あとへは引けぬ立場に立たされた以上、狂四郎は、急がねばならなかった。

表長屋の武部宅の書院に坐った狂四郎は、ここで、老人から走狗《そうく》にされたかずかずの仕事を、想い泛べた。

——おれが、もし、死んでいたなら、老人は、どんな気持で、弔ってくれたろう？

腕を組み乍ら、そのことを考えてみた。

——残念がる気持よりも、おれに代る走狗をさがす気持を先立たせている……そんな爺さんなのだ。

武部仙十郎は、狂四郎の前に就くと、

「さて、どうするかの？」

と、訊ねた。

西の丸に在る者は、贋者と断定できたのである。

狂四郎は、老人の狡猾《こうかつ》な質問に対して、沈黙を守った。

仙十郎は、咳をひとつしてから、

「わしは、お主が、お城へ忍び込むのではあるまいか、と内心おそれて居った。お主が忍び込んで、贋者と看てとったならば、屹度斬るであろう、と思うてな。代りに、講釈師をおもむかせてくれて、事なきを得て、ほっと一安堵というところじゃ。……わしは、もう、決して、お主を木偶として踊らせては居らぬよ。……万事、お主の思うがままに、やってくれてよい。まかせる」

そう云われて、狂四郎は、口をひらいた。

「明日、京へ参ろう」

「ふむ！　京への――」

本物と贋者が、すりかわったのは、京都に於てであった。

どのようにして、すりかわったか、それを調べるには、京都へおもむかざるを得ないようであった。

「わたしの見当では、西の丸殿は、京より西の方角に在るような気がする。生きて居るならば、の話だが――」

「うむ、うむ――」

「ひとつには、京へ向うわたしに、佐野勘十郎が、あくまでも追手を放って来れば、これは、西の丸殿が生存していることだ、と受けとってよいと思う」

「成程――」

「わたしが、いかにも、西の丸殿の在処を知って、つれもどしに行くかのごとく、佐野勘十郎に、思わせる。その手がある」

「うまい手だの」

やがて、狂四郎は、立ち際に、

「ご老人——。踊らざるを得ないように仕向けておいて、もう踊らせては居らぬ、と弁解する貴方に、私が、云いのこす言葉がある」

「なんじゃな？」

「このことが解決すれば、その安堵で、貴方は、おそらく、死ぬであろう——そのことだ」

元日の客

一

大晦日《おおみそか》──。

江戸の店舗は、大小問わず、早朝から、猫の手も借りたい忙しさで、日暮に至るや、さらに目のまわる状態になり、定紋入りの高張の大提灯や、幾つもの弓張提灯の下で、客の出入りは、ひきもきらなかった。積み上げた荷のかたわらには、出入りの鳶や下職までが、動員されて立番役をつとめた。

そしてまた、町辻はいうに及ばず、往還いたるところに、露店がつらなって、かまびすしく、客を呼んでいた。

江戸の風習で、大晦日になって、露店から、梅や南天や福寿草の鉢を買いもとめる人がおびただしかったのである。

この熱鬧《ねっとう》のあわただしさは、寺院が鳴らす百八つの梵鐘《ぼんしょう》の音が、ひびきはじめるまでつづく。

ようやく――。

獅子《しし》舞いの遠音や厄払い神楽の声が、消えて、店から客足が遠のき、大提灯の下で、

あかあかと燃える土火鉢に寄って、立番の鳶たちが、ひと息ついた頃あい。

眠狂四郎が、この日まで、逗留《とうりゅう》していた柳橋の船宿「ふくべや」から、ふらりと立出た。

切火で送り出したおかみは、ちょっと、不機嫌な様子で、その後ろ姿へ、

「旦那、わかっていますよ」

と、高い声をかけた。

狂四郎は、振りかえりもせず、

「なにが、判っているのだ？」

「この色年増に、首尾もさせずに、出て行って、鼬《いたち》の道切りをするんだから、憎らしい。どうせ、一年も、戻っては来ないんでしょうよ」

当時――。

武家町家を問わず、かなり年老いた夫婦であっても、百八つの鐘の音が鳴っている大晦日の夜、閨房の営みを為したものである。

たとえ、一年間、妻に接しない者でも、この夜だけは、必ずこのしきたりを守った。

町人はいざ知らず、武士は、妻に接するのを、かなり控えていた。寝室は別であった

し、閨房の営みをはげむことは、あまりほめられたことではなかった。三十代で、せいぜい月に一度、四十代になると、三月に一度の疎遠さであった。五十代ともなると、新年夜明けだけになったのも、やむを得ぬ仕儀であった。

しかし、年に一度――この夜だけは、老夫婦と雖《いえど》も、男女であることの証《あかし》をたてた。狂四郎と「ふくべや」のおかみは、三年前に、たった一度であるが、他人ではなくなっていた。

おかみには、然るべき旦那は、いなかった。

当然、狂四郎は、この夜だけは、おかみを抱いてやるべきであった。それをせずに、ふらりと、何処へおもむこうとするのか、別れを告げたのである。

狂四郎は、おかみのうらみのこもった口説をきき流して、往還をひろい出した。檐下《のきした》をえらんで、足をはこんで行くのであった。

すでに、往還は、水がまかれて、きれいに箒目が立てられていたからである。

両国橋を渡りかかって、狂四郎は、すでに、はやくも尾行者があることを、察知していた。

この尾行は、予期していたことであった――、むしろ、こちらにとって、歓迎する客であった。

江東に入ると、なお、客足の絶えない小売店が多かった。この夜更けに、高下駄の音をひびかせて、せわしげに、若い女たちが往《ゆ》き来するのも、大晦日でなければ見られぬ風景であった。

〆飾《しめかざ》りを商っていた辻の掛小屋だけは、もうその跡もとどめずに、掃除されて、そこだけは、急に広くなっていた。

本所横川の本法寺橋を過ぎて野がひらけると、あたりはもう、元旦を待つ静寂が占めていた。

尾行者は、依然として、数十歩の距離を置いて、つきまとっていた。

――尾けることに馴れて居らぬ男のようだが……。

これまで、かぞえきれぬほど、尾行された経験のある狂四郎は、そのことに気がついていた。

二

押上村の古刹竜勝寺の山門を、くぐった時、狂四郎の胸中に、微かな痛みがわいていた。

ここの庫裡に、旗本大番組頭・長岡采女正重武の妻志津を、預けて、そのまま、すててあった。

その一子守一は、さぞかし母を恋うているに相違あるまいが、狂四郎は、母子《おやこ》を逢わせる努力も払ってはいなかった。

およそ半年ぶりに、狂四郎が、飄然と、ここへやって来たのは、志津を利用するためであった。女の心と身を利用することに、狂四郎は、ふっと、胸の痛みをおぼえたのである。

狂四郎は、この夏、志津を、立川談亭の家の二階で、一度だけ、抱いている。それは、生きることを知らしめるためであった、と弁解できる。

しかし――。

半年のあいだ、すてておいて、この大晦日の夜更けに、やって来たのは、浮世のしきたりに倣うとみせかけて、志津を利用するためであった。

女は、ひたすらに恋うて、こちらの現われる日を待ちつづけていたに相違ないのであった。

――尾行者殿、これから、お主に、歌麿《うたまろ》描く秘戯図を、この眠狂四郎が、見せることになる。

狂四郎は、胸の裡で、背後の敵に、そう云いおいて、境内を横切った。

庫裡の戸をひらくと、すでに四更（午前二時）をまわっている、というのに、志津は、上り框に、坐っていた。

「おもどりなさいませ」

武家の妻女の作法が、その態度を無表情なものにしていたが、

「今夜、わたしが現われるのを、予想していたとみえる」

そう云うと、

「はい。……遠くからの跫音で、わかりました」

と、こたえた。

狂四郎は、上って座敷に坐ると、

「そなたとは、夫婦ではないが、互いに、他に伴侶がない身であるから、大晦日のしきたりに従うことにする」

と、告げた。

「うれしゅう存じまする」

志津は、両手をつかえて、礼をのべた。

それから、この座敷の方に牀をのべる旨を、俯向いて、口にした。

狂四郎は、厠に立った。

厠に入りがけに、鋭く、神経を、小庭へ配った。

尾行者は、竹の濡縁の下で、気配をひそめている、とさとった。

常人ならば、さとることは叶わぬことであった。

気配を断っている者を、そこにひそむとさとるところに、狂四郎の神経の異常な修練

の冴えがあった。

座敷に戻った狂四郎は、すでに牀をのべ了《おわ》って、こちらが寝衣《ねまき》にきかえるのを手伝うべく待っている志津を見下ろし、

「この半年間、そなたは、一人で、何を考えていたのだ？」

と、訊ねた。

「貴方様のことだけを、想いつづけて居りました」

志津は、はっきりとこたえた。

「……？」

狂四郎の冷たく冴えた眼眸を、志津は、ためらわずに、受けとめた。

「今年の盂蘭盆の日のことでございました」

住職空然が、本堂に於て、無縁の諸精霊に供養の誦経をあげているのをきいて、志津は、亡き良人の霊も回向してもらおうと、そっと上って行った。

すると、須弥壇にならべられた位牌の中に、真新しい白木の位牌が据えられてあり、それには、「依眠狂四郎被斬殺諸精霊位」と記されてあった。

狂四郎が斬る敵は、毎年幾人かにのぼる。したがって、空然は、その位牌を、その年の盂蘭盆には、新しいのにとりかえたのである。

空然が、供養を了えて、出て行ったあと、志津は、しばらく、須弥壇の前に坐ってい

た。

ところが、突然、その新しい白木の位牌が、壇から落ちたのであった。にわかに風が吹きつけたわけでもなく、鼠が走った次第でもなかった。

志津は、一瞬、不吉な予感をおぼえて、胸を激しく動悸打たせた。

位牌を元の場所へもどした時、志津は、ただひたすら、狂四郎の身の安全を祈っていた。

志津が、はっきりと、狂四郎という男を愛しているのを意識したのは、その夜、牀に就いて、ねむられぬままに、闇に眸子をひらいている時であった。

三十歳になって、志津は、はじめて、恋を知ったのであった。

志津は、話し了って、両手をつかえると、あらためて、

「この大晦日には、必ずお戻りあそばすことと、わたくしは、かたく信じて居りました。……うれしゅう存じまする」

と、礼をのべた。

狂四郎が、牀に就くと、志津は、着換えるために、次の間へしりぞいた。

仰臥した狂四郎の神経は、床下へ送られていた。

——出来る奴らしい。

それにしては、どうして、尾行が下手であったのか。

そのことを、狂四郎は、志津が入って来るまで、考えていた。対手は、佐野勘十郎であった。どのような策をとって来るか、予測できぬ曲者なのである。

——こちらの策に、佐野が乗って来るか、それとも、佐野の策に、こちらが乗せられるか……勝負は、そこできまる。

三

志津は、純白の綸子の裾から、緋の二布《こしまき》を、ちらりとこぼし乍ら、牀に入って来た。

狂四郎は、掬《すく》うように、そのからだを抱き取って、

「ことわっておく。……あるいは、これが、そなたとわたしの最後の契りになろうか、と思う」

と、云った。

「は、はい？」

「打明けておかねばなるまい。西の丸で、そなたの操を弄んだのは、まことの大納言家慶殿ではなかった」

「え!?」

「贋者であった、ということだ」

狂四郎の片手が、胸を押しひろげて、豊かな隆起にふれ、片脚が、膝を割って入った。

「ま、まことでございますか？」

「贋者だから、旗本の女房を、無理矢理犯したのだ。……贋者である証拠を、わたしは、つかんだ」

「………」

つよく抱き寄せられた志津は、乳房にふれていた手が、ゆっくりと、胴をすべって、下にのびて来るや、目蓋を閉じた。

西の丸のあるじが、本物であろうと贋者であろうと、そんなことは、いまの志津には、どうでもよいことであった。

それよりも、この営みが、これで最後だという宣告の方が、志津には、堪えがたい悲しさであった。

最後であるならば、この一瞬のために、生命の焔《ほのお》を燃えつくして、元日の朝には、屍《し》体《たい》になっていたかった。

「本物の方は、上方にいる。その場所も、およそ見当がついた。……わたしは、本物をつれ戻しに、夜が明けたならば、江戸をはなれる。……わたしに、そうさせまいと、贋者側の連中が、追跡して参るであろう。道中いたるところに、死地がある。生還は、期し難い。……わたしが、還らなかったならば、そなたは、どうする？」

狂四郎の指頭が、柔襞をしめらせた。

「……死にまする」

志津は、こたえた。

「そなたを、死なせはせぬ」

「はい！」

「わたしは、必ず生きて還る。本物を連れもどしてみせる。……そなたを、幾箇月かのちには、こうしてまた抱いてみせる」

「うれしい！……きっと、きっと、そうして下さいませ」

志津は、下肢をひらいて、喘いだ。

三十女が、はじめて女の悦びを知り、ひたすらに待ちのぞんでいた瞬間であった。しとどに濡れた秘処は、火のように熱く、狂四郎の指を灼《や》こうとした。


明けの鶏の声が、遠くにきこえた時、とろとろと睡っていた志津は、はっと目覚めた。

狂四郎は、ぐっすりと睡入《ねい》っているようであった。

そおっと、牀からぬけ出た志津は、次の間に移って、身じまいをととのえた。

若水を汲むためであった。

輪飾りをかけた手桶を携えて、裏口から出てみると、夜は淡々と明けはなたれていた。

元旦らしい、麗《うら》らかに晴れた空であった。遠近《おちこち》の静謐《せいひつ》が、旧をのぞいて、万戸あらたまった思いをさそい、志津は、今日からは自分は別の女になったのだ、と呟いてみた。

百日紅《さるすべり》の蔭にある井戸端へ歩いた志津は、自分の生家の旧式に従って、今年の恵方に向って、若水を汲んだ。

初鶏の長鳴《こえ》に応えるかのように、澄みわたった空で、明けの鴉が啼いた。

東の空には、ほんのりと、紅がさした。

志津は、自分がいまいちばん幸せであることを、感じた。

しかし――。

その幸福感は、次の刹那、無慚《むざん》に破られた。

「志津殿」

不意に、背後から、そう呼びかけられ、ぎくっとなって振りかえった志津は、大きく眸子を瞠いた。

亡き良人の従弟の北園唐吉郎《きたぞのとうきちろう》の姿を、そこに見出したのである。

北園唐吉郎は、七年前、同輩と武士道の吟味を賭けて決闘して、これを斬り、甲府勝手――山流しと称ばれる身となっていた旗本であった。

甲府勤番を命じられていた旗本が、再び江戸へ呼び戻されるということは、曾て例がなかった。

北園唐吉郎は、小野派一刀流を学び、旗本随一の使い手と噂の高かった男であったが、甲府勝手を申しつけられて、江戸を去るや、いつとなく忘れ去られた存在になっていた。

志津の念頭にも、この男のことは、全くなかったのである。

四

「亡霊にでも出逢うた顔つきを、されて居るな」

北園唐吉郎は、皓《しろ》い歯をみせて、笑った。

志津は、曾ては、この男の風貌にも気象にも、好意を抱いたものであった。良人とは対蹠的なからっと明るい男だったのである。

「ご懸念には、及ばぬ。それがしは、貴女を討ちに、ここへやって来たのではない。……実は、昨夜、眠狂四郎を、尾行して来た」

「えっ!?」

「それがしは、よもや、貴女が、ここにかくれていようとは、夢にも想像して居らなかった。……貴女は、いつの間にやら、眠狂四郎のものになって居ったのだな。しかし、そうと知っても、それがしは、腹は立たなかった。……重武と貴女は、幸せな夫婦ではなかった。それがしには、よく判って居った。……貴女は、はじめて、男を慕うことを知ったようだ。いま、若水を汲んでいる貴女の顔は、長岡の屋敷で、貴女が一度もみせたことのない幸せな色をたたえていた。……それがしは、眠狂四郎を討つことを命じられた刺客として、江戸へ呼びもどされたのだが、このまま、また、甲府へひきかえしたいくらいだ。……志津殿。それがしは、貴女が、長岡へ嫁いで来て、はじめて会った時から、惚れていたのだ。甲府にいても、貴女のことは、絶えず思い出していた」

北園唐吉郎は、一気に、しゃべった。

志津は、立ちすくんだなり、釘づけされたように、動くことができなかった。

昨夜、狂四郎を尾けて来て、いまなお、ここに在るということは、狂四郎と自分の同衾を、どこからか、窺っていたことを意味する。

最後になるかも知れぬその秘事を、けがされた憤りが、志津の心にわいていた。

「志津殿。……相談がある！」

北園唐吉郎は、一歩出た。

志津は、反射的に、一歩退《さが》った。

「もし、志津殿が、このまま、この場から、それがしと一緒に来てくれるなら、それがしは、刺客の任務を放擲《ほうてき》してもよい。……たったいま、そう考えた」

「………」

「どうだろうな。それがしの腕前は、貴女は、よく知っている筈だ。……眠狂四郎を、無事に、上方へ向けて発足させるためには、貴女は、そうしてくれてもよいのではなかろうか、と思う。……それがしは、貴女から愛されはせぬ、と知りつつも、云っているのだ。それがしは、貴女が、欲しいのだ。なにもかも、なげすてても、かまわぬのだ。貴女さえ、わがものになってくれれば、それがしは、公儀を敵にまわしても、かまわぬ！」

「北園様！」

志津は、冷やかに、言葉をかえした。

「貴方様は、女心というものをご存じありませぬ」

「……む」

「たとえ、この場で、貴方様に斬られようとも、わたくしは、貴方様には、順《したが》いませぬ。このことだけ、はっきりと申し上げられまする」

志津は、きっぱりと、拒絶した。

「そうか。やっぱり、そうであったな」

北園唐吉郎は、頷くと、

「相すまぬ。余計なことを、云った。……貴女の前に、姿を現わすのではなかった」

そう云いのこして、踵をまわした。

「北園様。今日は、元旦でございます。どうぞ、今日だけは……」

志津は、ふかく頭を下げた。

「眠狂四郎という人物には、大晦日も元旦もなかろう。刺客になった者にも、そんな頓着はない。……しかし、貴女にたのまれると、それがしは、弱い」

北園唐吉郎は、遠ざかった。

志津が、庫裡にもどった時、すでに、狂四郎は、起きて、黒の着流し姿になっていた。

屠蘇《とそ》の盃を把った時、狂四郎は、

「そなたに、客があったようだな」

と、云った。

志津は、はっと、からだをこわばらせた。

「昨夜から来ていた客であったな。ともに、屠蘇を祝ってもよかったことだ」

（下巻に続く）

本作品には、一部不適切と思われる表現や用語が含まれておりますが、故人である作家独自の世界観や作品が発表された時代性を重視し、原文のままといたしました。これらの表現にみられるような差別や偏見が過去にあったことを真摯に受け止め、今日そして未来における人権問題を考える一助としたいと存じます。

（集英社　文庫編集部）

本書は、一九六九年十一月に新潮社より単行本として刊行され、一九七九年九月に新潮文庫として文庫化されました。

初出　「週刊新潮」一九六八年七月十三日号〜一九六八年十二月二十八日号

集英社文庫

眠狂四郎虚無日誌《ねむりきょうしろうきょむにっし》 上《じょう》

2020年6月25日 第1刷 　定価はカバーに表示してあります。

著 者 柴田錬三郎《しばたれんざぶろう》

発行者 徳永 真

発行所 株式会社 集英社

東京都千代田区一ツ橋2-5-10 〒101-8050

電話 【編集部】03-3230-6095

【読者係】03-3230-6080

【販売部】03-3230-6393(書店専用)

印 刷 大日本印刷株式会社

製 本 大日本印刷株式会社

フォーマットデザイン アリヤマデザインストア 　マークデザイン 居山浩二

ISBN978-4-08-744128-4 C0193